書下ろし

# 浮かれ鳶《とんび》の事件帖

原田孔平



祥伝社文庫

# 目次

田原町
風花堂
相模屋
吉原
浅草寺
入谷
浅草
聖天町
長命寺
桃源郷
小梅村
向島
源森川
花川戸
吾妻橋
蔵前
本多家
北割下水
横十間川
新シ橋
柳橋
柳原通
両国橋
回向院
亀沢町
竪川
横川
日本橋
大川
小名木川
八丁堀
深川
片岡家

「浮かれ鳶の事件帖」の舞台

地図作成／三潮社

# 序　章

薄暗い波間を、一艘の小舟が沖に向かって漕《こ》ぎ出して行く。

船頭が操る櫓《ろ》の動きとは逆方向に艫《とも》を振り、打ち寄せる波に抗《あらが》いながら進んだ舟は、砂浜から十町（約一キロ）ほどの沖合で止まった。

まだ陽が落ちて間もないとはいえ、すでに漁をしている者はいない。それでも船頭は用心深く辺りを見回すと、砂浜に向かって手を挙げた。

おそらくは合図のつもりだろう。だが、船頭は砂浜からの応答を待つことなく、胴の間へ屈みこむと、人型に膨らんでいる筵《むしろ》を剝《は》ぎ取った。

「坊ちゃん、勘弁してください。こうするしか方法がないんです」

船頭は悲痛な声を上げた。

詫《わ》びた相手は、まだ少年の域を脱しておらず、恐怖に怯《おび》えた目をしていた。

痩《や》せ細った身体を荒縄で何重にも縛《しば》られ、そのうえ、足首にまかれた綱《つな》の先が、重い碇《いかり》に結ばれていた。恐ろしくないはずは無かった。

漕ぐ手を止めた舟は波に激しく揺れた。にもかかわらず、船頭は砂浜から見えるように、少年の身体を高々と持ち上げると、勢いよく海へ放り投げた。

少年の身体が波間を漂った。だが、次の瞬間、碇が海に投げ込まれると、その身体は暗い海中へと引き込まれていった。

船頭は暫《しばら》くの間波間を見つめていたが、再び櫓を握ると、砂浜の方へと戻って行った。

波打ち際の近くまで舟を寄せると、船頭は砂浜で待っていた二人の男に、舟には何も残っていないことを確認させた。そして、そのまま砂浜には上がることなく、港を目指して、舟を漕いで行った。

「随分と、用心深い野郎だな」

砂浜にいた二人のうち、手代風の身形《みなり》をした男が、隣にいる浪人風の武士に向かって言った。武士が頷《うなず》いた。

「所詮、漁師だ。分け前を貰《もら》った以上、次に案ずるは己《おのれ》の身よ」

武士の口から分け前という言葉が出たことで、手代風の男は、思い出したように持っていた麻袋を武士に差し出した。

「十三郎《じゅうざぶろう》、これがおめえの取り分だ」

膨《ふく》らみ具合からして、中にはかなりの小判が入っているようであったが、武士は袋を受け取ろうとはしなかった。

「遠州屋《えんしゅうや》蛍助《けいすけ》からせしめた財産の半分以上を、お前は駿河《するが》城代の役人と、薬種問屋の二人にやってしまったのだろう。碌《ろく》な働きもしない糞《くそ》みたいな奴らにな。その上、俺にまで金を渡してしまえば、お前の手元にはいくらも残らぬはず。卯《う》之吉《のきち》、俺はお前が抜け荷の品に紛れ込ませた異国の芥子《けし》の花と、法外な金を渡したあいつらをどう使うのか、見てみたい。それまで、この金はお前に預けておく」

卯之吉と呼ばれた男の頰《ほお》がわずかに緩んだ。

# 婿《むこ》入り

## 一

その姉妹を見かけたのは大川《おおかわ》沿いの道を吾妻《あずま》橋まで来た時であった。

花見帰りの人垣の中、その姉妹だけがぽっかりと浮き上がって見えた。

向島堤《むこうじまづつみ》からの帰りらしく、長命寺《ちょうめいじ》門前で売られている桜餅の袋を提《さ》げていた。

帯の後ろに木刀を差した下男が供についていることから、武家の姉妹とみて間違いないようだ。

「七五三《しめ》、見てみな。あの娘は恐ろしく美形だぜ」

控次郎《こうじろう》が弟七五三之介《しめのすけ》の袖《そで》を引っ張りながら囁《ささや》いた。

これから今戸《いまど》まで鰻《うなぎ》を狙《ねら》って夜釣りに行く途中での出来事であったが、その姉妹、とりわけ姉の美しさには驚かされた。

萌黄《もえぎ》に桔梗《ききょう》をあしらった小袖を身にまとい、人込みの中を端然と歩く姿は、清《せい》楚《そ》を通り越し、神々しささえ感じられた。隣には色違いの紺地に、同じく桔梗柄の小袖を着た妹娘が並んで歩いているのだが、普段なら人目を引くであろうそのぽっちゃりとした顔立ちも、姉娘の前ではかなり希薄な存在となっていた。

妹娘の方は人だかりが珍しいのか、しきりと周囲を気にしていたが、自分達を見ている控次郎と七五三之介の視線に気が付くと、慌《あわ》てて目を逸《そ》らした。まだおぼこ娘のようで、気持ち頬を染める表情も初々しい。

そんな妹に対し、姉の方は自分に向けられる視線など気にする風もなく、胸を張り気味にしながら、連れの二人を小走りにさせるほど切れの良い足捌《さば》きで歩を進めて行った。時折、着物の裾《すそ》からちらつく赤い蹴出《けだ》しもさることながら、姉娘の白い足袋《たび》が特別誂《あつら》えかと思われるほど眩《まぶ》しく感じられた。

――江戸は広いぜ。まだこんな別嬪《べっぴん》が隠れていやがったかい

呆《あき》れたように呟《つぶや》いた控次郎が相槌《あいづち》を求めるべく隣の七五三之介を見やると、当の本人は未《いま》だ動揺が収まらないらしく、あんぐりと口を開けたままだ。

――やっぱりおめえもそう思ったかい

思わず苦笑を洩《も》らした控次郎が、視線を七五三之介から群衆へと戻した。

兄弟揃《そろ》って女に見とれている図は、さすがにみっともないと気づいたらしい。

一方の七五三之介も、娘を見送っていた視線が左手で握っていた竿《さお》の穂先を捉《とら》えたところでようやく我に返った。だが、どこか様子が可笑《おか》しい。やけに萎《しお》れてしまった感じがするのだ。それでも、

――無理もねえや

控次郎には察しがついていた。

なぜなら、七五三之介が手にした魚籠《びく》の中には、小さな甕《かめ》に入ったどば蚯蚓《みみず》が鰻の餌《えさ》として用意されていたからだ。

釣りをする以上餌の蚯蚓は欠かせないが、神々しいまでの輝きを放つ娘を見た後だけに、未だ嫁取りもしていない純な七五三之介には、蚯蚓を抱えた自分が妙に貧乏たらしく思えたのだろう。

と、一応は兄らしく弟を気づかった控次郎であったが、次の瞬間には、またしても七五三之介の袖を引っ張っていた。

「七五三《しめ》よ。面白いものが見られるかもしれねえ。夜釣りにはまだ早《はえ》え。ちょっ

と寄り道をするぜえ」

控次郎が伝法《でんぽう》な口調で囁いた。視線の先が姉妹の後から半町（約五十メートル）ほど離れて、つけ狙う男達に注がれている。

やくざ者風の男が四人、残りの二人は侍だが、前を行く娘達に向けられる目つきには、やたら淫靡《いんび》なものがあった。その男達が行き過ぎるのを待って、控次郎は七五三之介の腕を引きながら、群衆の中に混じり込んだ。

通りは帰路につく人で溢《あふ》れ、普通なら前を行く娘達が見えづらいはずだが、幸いなことに控次郎も七五三之介もこの時代にしては長身であった。人込みの中、次第に娘達に近づいて行く男達をはっきりと視界に捉《とら》えていた。

大きな人の群れが、さながら大河のようにゆっくりと移動して行く中、娘達をつけ狙う怪しげな男達を追うように、空高く突き出した釣竿がゆらゆらと流れ下って行った。

姉妹が大川沿いを南下し、船着き場を通り過ぎた頃、やくざ者風の男達が足早に娘達に追いすがり、にやにやと笑いながらまとわりついた。

花見客の中には何事かと足を止める者もいたが、やくざ者達の凄味《すごみ》のある目つきに睨《にら》まれると、関わり合いになることを恐れたか、すごすごと遠ざかって行った。
——可哀相に、あんな奴らに狙われて
姉妹の方へ同情の眼を送りながらも、人の群れは餓狼《がろう》に襲われる娘達を置き去りにしてしまった。

突然の事態に下男はうろたえ、何とかこの場を逃れようとやくざ者達の横を通り抜けようとした。だが、その都度やくざ者達に前を塞《ふさ》がれ、それをよけるたび、狭い路地へと追い込まれて行った。

川沿いの奥まった路地で、とうとう身動きが取れなくなった。

下男は青ざめ、それでも懸命に娘達を守ろうとしたが、如何《いかん》せん相手が多すぎた。こんなところで迂闊《うかつ》に木刀を抜こうものなら、どんな目にあわされるかわからない。

「済みません。お通しください」

とりあえずは丁寧《ていねい》に頼み込んだものの、たちまちやくざ者の一人に胸倉《むなぐら》を摑《つか》まれることとなった。

「爺《じい》さん、おめえさんにゃあ用はねえんだよ」

やくざ者は下男を突き飛ばすと、姉妹に向かって好色そうな眼を向けた。

「お嬢さん。あっしらに付き合っておくんなさい」

「俺たちゃあ、とっても寂《さび》しいんですよ」

男達は下卑《げび》た笑いを浮かべると、娘二人に詰め寄った。

見れば見るほど上玉だ。しかも路地は完全に通りから遮断《しゃだん》されている。やくざ者達にしてみれば、手に入れたも同然と言えた。

だが、

「無礼者、寄るでない」

思いの外姉娘は気丈であった。

吊り上がった目が怒りを抑《おさ》えきれず、めらめらと燃え盛っている。

「あれえ、このお嬢さん。俺達を無礼者と言いなすったぜ」

「おう、俺も聞いたぜ。まだ、無礼な真似《まね》などしてねえっていうのによう。随分と気が早いお嬢さんじゃねえか」

「それを言っちゃあいけねえよ。それじゃあ、お嬢さん方も期待しなさっているってことになるじゃねえか」

男達は憎体《にくてい》な顔で、好き勝手なことを言い合う始末だ。

「茂助《もすけ》、役人を呼びなさい」

堪《たま》らず姉娘が下男に命じた。吐き捨てるような物言いに、汚らわしい輩《やから》への侮《ぶ》蔑《べつ》と憎悪が込められていた。

「はい、ただ今」

一応は答えたものの、下男にはこれといった手立てはない。なにしろ目の前にはやくざ者が四人、その後には二人の浪人者が立ちはだかっているのだ。

下男は覚悟を決めると、目を瞑《つむ》って強引に突破しようと試みたが、早速頰に鉄拳を見舞われることとなった。

「お嬢様あ」

口の辺りを血に染めながら、下男はやるだけはやったとばかりに無念そうな声を上げた。その脇腹をやくざ者が蹴《け》り上げた。

「やめぬか、狼藉者《ろうぜきもの》」

姉娘はやくざ者に向かって叫ぶと、妹を庇《かば》うようにして懐剣の紐《ひも》に手をかけた。

「佐奈絵《さなえ》、このような者達に侮《あなど》られてはなりませぬぞ」

姉娘の檄《げき》に、妹娘が小さく「はい」と答えた時だ。

やくざ者の後ろで薄笑いを浮かべていた浪人者が、つんのめるようにして前に倒れ込んだ。どうやら浪人者は背後から尻を蹴りとばされたらしく、立ち上がってもまだ尻の辺りを押さえていた。

「みっともねえなあ。女相手に大の男が六人がかりかい」

釣竿を手にした控次郎が嘲《あざけ》りの声を上げた。

「おめえらが、この娘達を吾妻橋の辺りから尾《つ》けていたのは先刻承知の上だぜ。女が欲しけりゃあ、岡場所でもどこでも行ったらどうなんだい」

伝法な口調で言い放った控次郎であったが、怒りの目を向けたのは二人の浪人者だけではなかった。岡場所の女と一緒にされたことが癇《かん》に障《さわ》ったらしい。

姉娘の険《けわ》しい目が控次郎に向けられた。

だが、控次郎はお構いなしだ。

自分に向けられた姉娘の視線など気にする風も無く、男達を平然と見渡した。

やがて腰の据わり具合、目の配り方から浪人者の力量を見定めると、控次郎は七五三之介を振り返り、手招きで呼び寄せた。

「はい」

行儀よく一礼した七五三之介が、控次郎の元へと近づいて行く。

姉娘はその様子を訝《いぶか》しげな面持《おもも》ちで見ていた。

姉娘の目には控次郎も浪人者同様、御家人崩れくらいにしか映らなかったが、七五三之介の立ち居振る舞いには、意外なほどの折り目正しさが感じられたからだ。

「七五三《しめ》よ、おめえはまだ喧嘩《けんか》をしたことがねえだろう。いい機会だ。ちいっとばかり暴れてみな」

顎《あご》をしゃくりながら喧嘩を促《うなが》す控次郎に対して、またしても「はい」と素直に答えた。しかも手にした釣竿を申し訳なさそうに控次郎に預けている。

姉娘の眼が、より大きく見開かれた。

目の前にいる二人は兄弟のようだが、それにしても兄に対する弟の態度としては、些《いささ》か度を越しているように思えたからだ。

さらに、事態を見極めようとする姉娘の耳に、場違いとも思える言葉が、のんびりとした抑揚《よくよう》とともに飛び込んできた。

「すみません。私がお相手をすることになりました」

律儀《りちぎ》にも、やくざ者達に向かって頭を下げた。

「そいつはご丁寧に、この野郎」

七五三之介の上体がまだ戻らぬと見たのだろう。やくざ者の中でもすっとぼけた奴がいきなり殴りかかったが、紙一重で躱《かわ》された挙句《あげく》、腕をひねられ、大きく宙に舞うこととなった。

勢いよく地面に叩《たた》きつけられた男は、その拍子に肩を外《はず》してしまったらしく、苦痛の声を上げ、のたうちまわっている。

「後で治します」

倒れている男に断りを入れると、七五三之介はすぐさま次の相手に備えた。

まだ状況を把握《はあく》できない次の男が、頭から突っ込んでいった。

「あれえ、この野郎」

だが、そこには馬鹿丁寧な物言いからは想像もできない仕打ちが待っていた。

突っ込んできた男の首根っこを捉えると、跳び上がるように身体ごと体重をかけたからたまらない。

七五三之介の体重ごと顔から地面に突っ込んでしまった男は、「ぎゃっ」という短い悲鳴を残したまま気を失ってしまった。

さすがにならず者達も顔色を変えた。

やくざ者達は懐《ふところ》から匕首《あいくち》を取り出すと、目で浪人者に合図を送り、七五三之介の前後に散らばり始めた。

隙《すき》を見て、背後から斬りつけるつもりだ。

「油断するなよ。こいつ等は弱《よえ》えからな。正面からかかってくる奴はいねえぞ。後ろだけ注意しな」

控次郎が馬鹿にしきったように嘲った。

喧嘩慣れしている、というよりは喧嘩好きといった方が当たっている。

なにしろ相手の引っ込みがつかなくなるほどの悪態だ。さすがのならず者達も違和感を覚えたらしい。警戒の色を強め、遠巻きに様子を見るようになった。

そこへ、あろうことか七五三之介の返答がさらなる侮蔑の言葉となって襲いかかった。

「はい、私もそう思っておりました。多分、最初に斬りつけてこられるのは、今後ろに回られた方かと」

口振りは丁寧だが、言うことは完全に喧嘩を吹っ掛けているのと同じだ。

やくざ者達の顔が怒りに震えはじめた。

「この野郎、言いてえ放題ぬかしやがって」

口々に吠《ほ》えたてたが、匕首をせわしなく構え直すだけで、身体の方は一向に前に出ない。

背後にいる浪人の一人が、じりじりと距離を狭めていった。

その途端、

「痛《いて》てて」

武士とは思えぬ情けない声を上げた浪人が、斜め方向に引っ張られるように動きだした。

控次郎が振り出した釣竿の針が、見事に口にかかってしまったのだ。

「雑魚《ざこ》にしちゃあ重てえな」

楽しむような口振りの控次郎が、乱暴にもそのまま竿を煽《あお》った。

糸がぷつんと切れ、釣り針が刺さった男は痛さに悲鳴を上げた。

「鰻針だから返しがついている。抜くときゃあ随分と痛えぜ」

控次郎はにやりと笑うと、仕上げにかかった。

「ひゅん」

延べ竿のしなやかな穂先が的確に男達の顔面を捉えた。同時に、竿先からわずかに垂れる編み込まれた絹糸が男達の髷《まげ》にからみつき、髷の髻《もとどり》を引き裂いた。

顔を押さえて倒れ込んだ男達は、ざんばら髪のまま、這々《ほうほう》の体《てい》で逃げ出して行った。

「あっ、肩は大丈夫ですか」

思い出したように七五三之介が呼びかけたが、男達はそれさえも耳に入らないらしく、気絶していた男を二人がかりで担《かつ》ぐと、あっという間に姿を消してしまった。

控次郎は下男の方へと向き直った。

「爺さん、人通りの多い道を選んで帰るこったぜ。また変なのが現れたら、そんときゃあ脇道へ逃げずに、大声を出しな」

娘達の方など見向きもしない。どうやら先ほど姉娘から送られた、咎《とが》めるような視線が気に入らなかったらしい。

「おい。七五三《しめ》、行くぜ」

控次郎は七五三之介に声をかけると、すたすたと歩き出してしまった。

二人の姿が角を曲がって行く頃、妹の方が思い出したように声を上げた。

「姉上、いいのですか。お礼も言わずに、見送ってしまって」

その言い方には、まだ先ほどの男達の仲間ではないかという疑いが多少なりとも残ってはいたが、それ以上に、妹娘は非礼を気にした。

躊躇《ためら》っている姉をせっつくような目で見ると、

「あの御方は私達を助けてくださったのですよ。なのに私達はお気を悪くさせてしまったみたい」

妹娘は二人が消えて行った通りの角を見詰めたまま、心配そうな声で言った。

普段とは違う妹の様子に、姉娘は怪訝《けげん》そうな顔をしながらも下男に命じた。

「茂助。あの方達の後を尾けなさい。お屋敷まで尾けて行き、近所の者からお名前を伺《うかが》ってくるのです。私達なら大丈夫です。いくらならず者といえど、あれほど無様な姿を見せた以上、もう一度襲ってくるとは思えませんし、それにあの橋を渡れば、存じよりの同心達が見回っているはずです」

二

再び、吾妻橋近くまで戻ってくると、控次郎は辻番《つじばん》に提灯《ちょうちん》の火を借りに行った。まだ薄明るいが、ここの辻番は気前がよく、いつも夜釣りに来る時はここで火を借りると、ついでに用心のため短い蠟燭《ろうそく》を一本持って行け、と言ってくれるのだ。

「兄上。あの娘達が、またならず者どもに襲われることはありませんか」

七五三之介の心配を控次郎はからかった。

「おめえ、あの姉妹が気になるようだな。どっちだ。やっぱり姉の方だろうな」

図星だ。一応は、

「左様なことはございませぬ。私はせっかく助けたのに、また襲われはしないかと懸念《けねん》しただけでございます」

と七五三之介は答えたが、控次郎の勘の良さに恐れ入ったらしく、それっきり黙り込んでしまった。

二人が今戸に着いた頃には、提灯がくっきりと浮かび上がるほどに輝いて見えた。

今戸と橋場《はしば》町の境目の対岸、大川が緩やかに曲がりかけた辺りが狙い目だ。本来ならばもう少し下流の吾妻橋辺りが鰻釣りには適しているのだが、こちらはやたら釣り人が多い。そこで、ここまで出張《でば》ってきたというわけだ。

細い月が暗い川の流れにかすかな光を反射させる中、二人は提灯を片手に、支度にとりかかった。

鰻は夜活動する。

餌となる稚鮎《ちあゆ》がこの時期にもっとも適した餌だが、これはなかなか手に入らない。そこで、太めの蚯蚓、いわゆるどば蚯蚓を使うのだ。びた銭を十枚ほど麻糸で縛りつけて錘《おもり》にする。

七五三之介が魚籠にしまっておいた糸巻輪を取り出した。糸の端を竿先に縛りつけ、巻輪から糸をすべて引き抜くと、仕掛けの部分を控次郎に手渡した。

控次郎が餌の蚯蚓をつけ終える間、七五三之介はその巻輪から外した糸が絡まないようたるみを取り、川下に立って遠投に備えた。

控次郎がどば蚯蚓をつけ終えて立ち上がった。

勢いよく対岸に向けて投げられた仕掛けは、どぼんという音を残したまま水流に流され、それでも錘によって適度な位置を保つ。

竿は魚信《あたり》を伝えるだけにすぎない。糸がぴんと張るように竿を立てると、控次郎は竿先に合図の鈴を縛りつけた。

それが済むと、今度は予備の遠投用の仕掛けを取り出し、餌をつけた。当初は川岸近くを探るつもりで用意していたのだが、先ほどの浪人達を引っ掛けたため糸が先端からなくなっていた。そこで、急遽《きゅうきょ》遠投用の仕掛けに変更し、川の中ほどへと投げ入れることにしたのだ。

投げる位置を変えたのは、二本の糸同士が絡まないようにするためだ。

こちらの竿にも鈴を付けると、控次郎は七五三之介の横に座った。

これから夜釣りの長い戦いが始まる。

いつ鳴るかわからない鈴の音に耳を傾けながら、二人は暗い大川を見つめた。

初めのうちこそ多少の人通りがあった道も、徐々にその数を減らし、やがて川の音以外には何も聞こえなくなった。

時間だけが過ぎて行く中、二人は黙ったまま川面《かわも》を見つめた。

ひたすら鈴の音が鳴るのを待ち続ける。


一刻（約二時間）ほど過ぎた時であった。

「ちりーん、ちりーん」

小さく鋭い断続音が鳴った。

中流に投げ込んだ方の竿先が、わずかな月明かりの中、激しく揺れ動いているのが見えた。

どば蚯蚓に食いついた鰻が針にかかり、巣穴に持ち込もうとしているようだ。

素早く竿先から手繰《たぐ》り糸を手にとった控次郎がやり取りし、

「七五三《しめ》、提灯を持って川下に回れ」と指図した。

手繰り寄せる術は控次郎の方が優れているからだ。

「こいつはでかいぞ」

控次郎がまだ見ぬ鰻の大きさを推《お》し量りながら言った。

すると、その声につられたか、突然通りから一人の男が顔を出した。

先ほど助けた娘達の下男で、茂助と呼ばれていた男だ。

娘達に命じられ、尾行してきたものの、様子を見ているうちにこの二人があのならず者達とは無縁であると思えてきた茂助は、七五三之介が鰻に提灯を近づけた時、それがどの程度の大物なのか覗《のぞ》きたくなり、ついつい顔を出してしまったのだ。

「やりましたねえ。見事な鰻じゃないですか」

今更引き返すわけにもいかず、暗がりだから大丈夫だろうと、通行人の振りをしながら茂助は口を利《き》いた。

針にかかったままの鰻を手にした控次郎が、そちらを向いた。

七五三之介が鰻に向けて提灯をかざした時であったから、茂助の顔ははっきりと見て取れた。

「あれえ、さっきの爺さんじゃねえか」

しまったとばかり顔をしかめる茂助に、控次郎はにやりと笑いかけた。

「ははーん。さては爺さん、あの娘達に俺らの後を尾けるよう、言いつかったんだな」

「へ、へえ」

「爺さん、俺達は礼が欲しくてしゃしゃり出たんじゃねえ。面白そうだから楽しんだだけよ。だから爺さん、気にすることはねえや。早《はえ》えとこ帰《けえ》んな」

控次郎が素っ気なく突き放すと、茂助は困ったような顔になった。

「あの、ご無礼かとは思いますが、お武家様のお名前をお聞かせいただくわけにはまいりませんでしょうか」

恐る恐る口にした。

町人の方から武士に名前を尋ねることはかなりの非礼にあたるからだ。

だが、幸いなことに、茂助の純朴さは控次郎の好みに合った。

「そうか、おめえもこのまま帰るわけには行かねえよな。わかったよ、名乗ってやる。直参《じきさん》旗本と言っても、わずか二百石だからあんまり威勢も良くねえが、本《ほん》多《だ》七五三之介という者だ」

驚く七五三之介を片手で制すと、控次郎は茂助に向かって言った。

「もう気が済んだろう。爺さん、さっさと帰んな」

追い払うような控次郎の態度に、気圧《けお》された茂助はぺこぺこと頭を下げながら暗い夜道へと消えていった。

「兄上。何故、私の名だけを教えたのですか」

七五三之介は尋ねた。

控次郎は相変わらず、鰻と格闘している。ぬるぬるしている上に、鰻の口はやすり状になっていて針が外しにくいのだ。

ようやく針を外した鰻を魚籠に入れると、厳重に蓋《ふた》をした控次郎が七五三之介の方へ振り返った。

「七五三《しめ》よ。おめえも、もう二十五だ。そろそろ嫁を貰ってもいい頃だ。あの娘がおめえと一緒になるって保証はねえが、気に入った娘なら唾を付けておくにこしたことはねえ。何しろ、おめえにゃあ借りがある。家を飛び出しちまったおいらだが、おめえとあまるにはなるべく幸せになってもらいてえんだよ」

常日頃の控次郎からは想像もできない、しみじみとした言い方であった。

七五三之介とは三つ違いになる。

長兄の嗣正《つぐまさ》が学者肌で、その兄と幼い頃から比較されてきたせいか、早々と学問に見切りをつけた控次郎はじっとしているのが大嫌いであった。その代わりと言っては何だが、唯一の取り柄ともいえる剣術は、十九の時に直心影《じきしんかげ》流田宮《たみや》道場で目録を受け、その三年後には皆伝となるほど天賦《てんぷ》の才があった。以来、道場では師範代を任されるようになっていた。

軽妙洒脱《けいみようしやだつ》な性格は誰からも好かれたが、とりわけ女達からの人気はべらぼうに高かった。控次郎の行く所、必ず女達が押しかける。女に縁の無い男達にしてみれば、なんとも羨《うらや》ましい限りだが、騒ぎたてる女達には目もくれず、また旗本を捨て、のんびりと長屋暮らしを楽しんでいる様子から仲間達は控次郎を「浮かれ鳶《とんび》」と呼ぶようになった。

長身瘦軀《そうく》に粋《いき》な着流し姿、それだけでも十分人目を引くというのに、役者を思わせる顔立ちの男が、やくざまがいの伝法な口調を用いるとあっては、女は堪らない。いつの世も、女がさばけた男に惹かれるという図式は不変なのだ。

「母上はお元気かい」

控次郎が訊いた。

「お元気ですよ。たまには兄上も顔を見せて上げてください」

「そうもいかねえよ。家を飛び出した挙句、勝手に所帯を持っちまったおいらだ。合わせる顔がねえぜ」

「ですが……」

言いかけた七五三之介だが、慌てたように口を噤《つぐ》んだ。

親思いの七五三之介だけに、ついつい母の気持ちが先にたってしまったのだが、事が控次郎の家族に及ぶとなると、これ以上の話は躊躇《ためら》われた。

「相変わらず、やりくりには苦労なさっておられるようです」

七五三之介は話を元に戻した。

「そうだろうな。直参旗本と意気がったところで、二百石取りの暮らしは大変だ。年三回支給される蔵米などほとんどが札差《ふださし》への借金返済で消えちまうんだ。俺一人の食い扶持《ぶち》が減ったところでどうにもなりゃあしねえ」

調子を合わせた控次郎だが、実のところ自分が口を滑《すべ》らせたことで、弟に妙な気を遣わせてしまったことを悔いていた。

「七五三《しめ》よ。半端者のおいらが言えるこっちゃねえが、せめておめえだけは母上に孝をつくしてやってくれな」

話が自分の女房子供に及ぶのを嫌ったか、控次郎はそう言って話を打ち切った。

七五三之介にはこれだけ言えば十分なのだ。親思い、兄妹想いということもあるが、七五三之介の場合は人に優しいと言った方が当たっていた。常に人の気持ちになって考え、人を傷つけぬよう配慮する性格は、控次郎から見ても好ましく、時に眩《まぶ》しく映ったものだ。

貧乏旗本は子供の数も制限される。日々の暮らしに追われ、二人の子供を育てるだけで大変なのだ。それだけに、七五三之介が自分まで生まれてしまったと思いこんでいることは、控次郎も前々から気になっていた。

可哀相なくらい素直な奴で、七年後にまたしても出来てしまった妹のあまるを自分に重ね合わせ、心底可愛がっている姿が控次郎には何ともいじらしくて仕方がなかった。

「七五三《しめ》よ、あまるばっかり可愛がってねえで、早えとこ他の女を可愛がんなよ」

控次郎は言ったが、内心では七五三之介を説教する資格など、自分にはあるはずもないと思っていた。

貧乏旗本では、嫡子に金を掛けても、庶子には掛ける余裕がない。そのため、七五三之介は医者にでもなれと、束脩《そくしゅう》の安い本草学の塾へ通わされた。兄の嗣正は昌平坂《しょうへいざか》学問所の前身とも言うべき仰高門《ぎょうこうもん》東舎で林家《りんけ》の門下生となったものの、勘定方に組み入れられたまま、未だ出世の見通しも立たない。控次郎から見れば学問しか取り柄のない兄だが、その学問さえ七五三之介の才能の方が優れていると控次郎には思えるのだ。自分が苦しかったとき、七五三之介はさりげない様子で長屋にやってきては、娘の相手をしてくれた。それを思うと、控次郎はなんとしても七五三之介には幸せになってもらいたかったのである。

三

八丁堀《はっちょうぼり》与力とは、その他の職種におけるあまたの与力衆に対し、八丁堀の名を冠することで、町奉行所付きの与力たることを明確に区別した俗称でもある。他の与力に比べ、町奉行所与力は庶民との関わりを深く持つことから、同心共々、所在地を呼称され、単に『八丁堀』とも呼ばれていた。

だが、与力と同心の間にはかなりの隔たりがあり、格も実入りも全くと言っていいほど違っていた。

屋敷の広さも同心が敷地百坪なのに対し、与力は敷地三百坪と広く、門構えも旗本並みだし、俸禄も同心が三十俵二人扶持（二・五俵が一石）なのに対し、与力は通常二百石を下賜されていた。そんな旨味《うまみ》のある役職だけに与力は、よほどのことがない限り自分の子供に跡を継がせたがった。

息子が十二、三歳になると、無足見習《むそくみならい》として奉行所に奉公させた。中には十歳を待たずして奉公する者もいるが、それは見習与力に空きができた場合、順次繰り上がるためであった。

そんなわけであるから、娘しかいない与力ともなると大変だ。早々に娘に婿を取らせることで、与力職の存続を図らねばならなかったからだ。

ところが、ここに困った娘達を抱えた与力がいた。

名を片岡玄七《かたおかげんしち》と言い、その職歴は素晴らしい。

玄七は吟味《ぎんみ》方与力を数年勤めあげ、今では年番方支配という与力の職種では最上位の位置に就いていた。若い頃から切れ者の名をほしいままにし、吟味方時代には鬼と呼ばれたほどの男だ。

それがどういうわけか、家に帰ると女房に全くと言っていいほど頭が上がらず、そのせいか三人の娘達はわがまま放題に育ってしまったのである。

普通、武家の娘は否応なく父親の勧める縁談に従うものだが、この家の娘達は、父親の威厳《いげん》など全く気にする様子もなかった。

長女の雪絵《ゆきえ》は二十三になるまで嫁にも行かず、数年に亘《わた》って親を苦しめ続けた。やっとのこと嫁入りを承諾したのは、下がつかえているからと、この時ばかりは母親の文絵《ふみえ》が玄七と一緒に懇々《こんこん》と諭《さと》したせいであった。

だが、何とも性根がよろしくない。

「父上はそれほどまでに私を追いだしたいのですか」

手強い文絵を避《さ》け、与《くみ》しやすい玄七を睨みつける。

「どうしても気に入らなかったら帰ってくれば良いではないか」

という、玄七の甘い言質《げんち》をしっかりと取り付けると、嫁に行って一年もしないうちに、姑《しゅうとめ》との折り合いが悪いと言いだし、出戻りとなって帰ってきてしまった。

呆れたことに、

「お約束通り帰ってまいりました。やはり私は結婚には不向きでございます」

と、悪びれもせずに答えるほど始末におえない娘なのであった。

二番目はさらにひどい。

八丁堀小町と称されるほどの美貌を備えているにもかかわらず、次女の百合絵《ゆりえ》は滅法《めっぽう》気が強く、言い寄る男が引きも切らないことで、男を小馬鹿にしているというよりは、完全に舐め切っているところがあった。

山ほどあった縁談話も、間に入った人間が、相手の家柄や人格について、気を遣いながら話しているというのに、その揚げ足をとるような真似ばかりしては、立ち消えになるのも当然といえた。

今年で二十一。すでに年増の部類に入ることもあり、両親としては早いところ嫁に出したい気持ちはやまやまであったが、百合絵の好戦的な性格を考えると、嫁入りしたところで一悶着《ひともんちゃく》起こさぬはずはない、と諦めざるを得ないほど気の強い娘なのであった。

そして、三女の佐奈絵だが、こちらはまだ十八になったばかりだ。

上の姉二人から比べると、母親の文絵に似てしまったこともあり、器量的にはいま一つの観がある。

それでも性格的には上の二人とは違い、家庭的であった。

父親の玄七は殊《こと》のほかこの末娘が可愛いようで、できることなら佐奈絵に婿を取らせたいと考えていた。

とりあえずは上の二人を嫁に出し、その後で佐奈絵の婿取りを、と玄七は考えていたのだ。その佐奈絵が、なんと嫁に行きたいと言いだした。

玄七は驚いた。

昨日まで全くその気がなかった末娘の唐突なる変貌であった。

まだ気持ちの整理がつかない玄七であったが、娘がその気になった以上、放っておくわけにもいかない。

相手の男は貧乏旗本で、本多七五三之介というらしい。

旗本なら嫡子でない限り、今のご時世、婿にすることができる。

玄七は配下の同心に、本多七五三之介なる者の身辺と人となりを調べるよう依頼した。

その後、同心が調べてきた身上書に、玄七が満足したことは言うまでもない。

人格的に見て七五三之介は非の打ち所がなく、そのうえ三男だという。

外見については触れていなかったが、佐奈絵の意に適《かな》っているのだから、これについても問題があろうはずは無かった。

というわけで、玄七は本多家周辺の旗本で、世話好きの奥方を物色することにした。

生活の苦しい旗本にとって、仲人料《なこうど》は貴重な副収入ゆえ候補はあり余るほどいた。玄七はその中でも一番禄高の高い千二百石取り旗本の奥方を選び出した。

仲人料は少々高くなるかもしれないが、断りにくい相手を選んだのだ。

狙いは的中した。格上の旗本からの口利きとあっては、貧乏旗本ではよほどのことがない限り断りづらいらしく、話はとんとん拍子に進み、ついには結納《ゆいのう》の日取りまで決まってしまった。

四

直参旗本も二百石となると哀れなもので、敷地の広さも三百坪程度、屋敷内の部屋数も当然のことながら少なかった。そこへ持ってきて、貧乏旗本特有の捨てられないがらくたが、先祖代々の遺留品として部屋数を占拠したものだから、本多家の人間が暮らす部屋は一段と少なくなっていたのだ。

当主本多元治《もとはる》の居室と、嫡男嗣正の居室は確保されているが、奥方のみねは娘のあまると一つの部屋で暮らし、七五三之介も控次郎が屋敷を出るまでは兄と同室であった。

一応、大広間なる大して広くない部屋もあるが、これは客が訪れた場合に使うもので、空けておく必要があった。

他には用人部屋と女中部屋がある。

無論、用人と言っても名ばかりで、わずか三十俵の薄禄であったし、女中ともなると、使い古した雑巾《ぞうきん》のような婆《ばあ》さんであった。

あとは風呂場と台所、そして二か所の厠《かわや》があり、家宅外には厩《うまや》がもう十年ばかり同じ状態で放置されていた。肝心の馬はいない。

「疾風《はやて》」という脚の短い、やたら食欲だけはある馬が死んでから、次の馬を購入する余裕がなかったためだ。

母に呼ばれて、七五三之介は父元治の前に座った。

七五三之介同様、元治も比較的背が高く痩《や》せぎすの体形をしていた。体質ではなく、子供達に金がかかるため、極力粗食で過ごしたせいであった。

七五三之介を見る眼がこよなく優しい。

元治は一つ咳払いをすると、穏やかに切り出してきた。

「七五三之介。お前の婿入り先が決まった。お相手は南町奉行所筆頭与力片岡玄七殿のご息女だ」

一気に言い切ると、身を乗り出すようにして補足した。

「かなりの美形じゃぞ」

冗談交じりに口にした元治であったが、その眼にはうっすらと涙が滲《にじ》んでいた。

この時代、旗本への婿入りは皆無に等しかった。

勿論、有るにはあるのだが、高額な持参金を用意しなくてはならない。

この孝行息子に、父親として持参金を工面できない済まなさを、元治は涙に表していたのだ。

「ありがたき幸せに存じます」

そう答える七五三之介に、たまらず母のみねも袂《たもと》で涙を拭《ふ》いた。

縁談成立である。

旗本の冷や飯喰いは当主から申し渡された縁談に異を唱えることなどできない。だが、それを抜きにしても、この息子は自分達の言いつけに背《そむ》くことはない。そう思うと、元治もみねも、七五三之介の素直さがどうしようもなく辛《つら》かった。

七五三之介が退出すると、みねは力ない声で夫に言った。

「あまるが寂しがるでしょうねえ」

元治も同様に感じていたらしい。

一つ、息を吐きだした後で気を取り直すように言った。

「仕方がないではないか。七五三之介もあまるも、いずれは去って行かねばならぬ」

めでたい話だというのに、夫婦の心は沈んでいた。


自分の部屋に戻ってきた七五三之介は、先ほどの元治の言葉を思い出しながら、一抹の不安とは別に、淡い期待を抱いていた。

不安は先方が南町奉行所の与力であり、七五三之介には、その職種についての素養が全くないということだ。

加えて与力は人を裁《さば》かねばならないが、自分に人を裁くだけの器量があるとはとても思えなかったからだ。

幾分憂鬱《ゆううつ》になりかけたが、七五三之介はそれを頭から振り払った。

――婿入り話が決まった以上、自分は与力になるしかないではないか昔から諦めという言葉には慣れていた。

物心ついた時から、両親が無意識のうちに見せる、迂闊《うかつ》にできてしまった子、という思いを敏感に感じ取っていたせいでもあった。

勿論、父も母も七五三之介に対して愛情を注いでくれたことは承知していた。だが、兄達が母に菓子をねだっている時でも、七五三之介は言えずにいた。

母のみねはそんな七五三之介が殊のほか不憫《ふびん》だったようで、幼い七五三之介が遠慮する姿を見るにつけ、涙をこぼしたものだ。そして、その時の母の気持ちに触れるたび、七五三之介は必要以上に我慢を心掛けるようになっていた。

今回の縁談にしたところで、両親が自分の為に決めてくれたものだ。悪かろうはずなどないと七五三之介は確信していた。

いくら世故に疎《うと》い七五三之介といえども、与力という仕事が羽振りの良い職種であることぐらいは知っていた。

格式から言えば旗本の方が上だが、暮らしぶりからすると、与力の方が断然裕福と言えたからである。元治はすまながったが、与力になること自体さほど悪い話ではなかった。それゆえ七五三之介には、今回の縁談話はどうみても先方から持ちかけられたとしか思えなかった。

つまりこれが淡い期待の方なのだ。

あまりにも唐突な縁談話には、そんな気がしてならなかった。

控次郎が唾を付けておけばよい、といった言葉もその考えを後押ししていたし、父も「美形」という言葉を口にした。

考えれば考えるほど、先日の娘ではないかと思えてきた。

頭の中に、美形の姉娘が鮮明に映し出され、その随分と端っこの方に、一抹の不安を伴って、妹娘の下膨れの顔がちょこんとしがみついていた。

だが、父は美形と言ったのだ。

父の美的感覚がどのようなものかは知らないが、「美形」というからには姉娘に違いないと七五三之介は信じた。

突然の縁談に戸惑《とまど》いつつも、未知なる社会への不安を、半ば強引に花嫁への期待に切り替える七五三之介であった。

五

油蟬が間断なく鳴きたてる夏の午後。すでに小暑《しょうしょ》（新暦の七月七日頃）を過ぎていた。

七五三之介を乗せた駕籠《かご》が両親や長兄、そして妹のあまるに見守られ、八丁堀組屋敷内へと入って行った。控次郎だけがいない。

その控次郎は、人目をはばかるように駕籠を後ろから見送っていたのだが、それに気づいた者はいなかった。

今日が七五三之介の祝言の日だ。

姉娘を飛び越しての三女の祝言ではあったが、筆頭与力の祝い事には驚くほどの人が集まり、奉行の池田筑後守《いけだちくごのかみ》までもが臨席していた。

駕籠が冠木門の前で止まると、花婿の七五三之介は小砂利の敷き詰められた屋敷内へと足を踏み入れた。

――ここが、これから私の家となるのだ
自分に言い聞かせながら、小砂利を踏みしめた。

さすがに緊張の色を隠せない。

仲人に導かれるまま、しっかりと前を見つめて歩き続けたから、自分を見る人の顔などは目に入るはずもなかった。

そこに、自分が想い描いた相手がいたことも気づかずに通り過ぎてしまった。

――違う。この人ではない

百合絵は思わず口に出して叫びそうになった。

百合絵は気づいていたのだ。あの日、大川沿いで助けられた後、佐奈絵が言った「あの御方はお気を悪くされたのでは」という一言から、佐奈絵の想い人が控次郎であることを。

七五三之介と、付き従う親族達が自分の前を通り過ぎてゆく間、百合絵はその場に、呆然と立ち尽くすしかなかった。

もう、どうすることもできない。

奉行までもが顔を揃えてしまったのだ。

今となっては、取り返しはつかなかった。

祝いの高砂《たかさご》が吟《ぎん》じられ、祝言は滞《とどこお》ることなく進んで行った。

花嫁の佐奈絵は白無垢《しろむく》に身を包み、じっと下を向いている。

花婿の七五三之介は両手を膝に置き、心持ち視線を落としているが、それでも時折思い出したように正面を見据え、毅然とした態度を心掛けていた。

そんな七五三之介が、列座した祝い客の後方でかいがいしく動き回る、予期せぬ女性の姿を捉えた。

「う……」

危うく声が出そうになった。

酒を運ぶ準備に忙しいのか、こちらを見ようともしないが、間違いではなかった。

その女性こそ、まさしく自分の隣にいるはずの女性であった。

容易には信じがたい現実を受け止めるまでに、暫くの時間を要した七五三之介が、再度この現実を確かめるべくそっと花嫁の方を見た。

純白の角隠しから、わずかにふっくらとした頬が覗いていた。

今なら大変なことになりそうだが、いや、今なら起こるはずはあるまい。

この時代、武家の結婚としては珍しくなかった。

祝言の当日に初めて相手の顔を拝むなど、ごく当たり前のことであった。

自分の意思が通る結婚の方が少ない。つまり、結婚とは自分に課せられた運命と捉えるよう、躾《しつけ》られた時代なのだ。

こうなった以上、もうどうすることもできない。

若い二人は、ともに覚悟を決めるしかなかった。

　さて、お互いに別の相手を望んでいた七五三之介と佐奈絵であったが、いざ一緒に暮らしてみるとこの結婚は大当たりとなった。

　二十五にして見習与力となった七五三之介には、同年の本勤与力や、さらに年下の同役に囲まれての仕事は何かと気苦労が多いはずである。

　にもかかわらず、一向に辛そうな顔をみせない夫の気配りを、最初は新鮮な驚きとしていた佐奈絵であったが、時間が経過するにつれ、この夫が心底優しく、純粋であることに気づいた。

　佐奈絵は母親からそれなりの器量と、かなりの聡明さをそのまま受け継いでいた。母の文絵は鬼与力といわれた玄七を、有無を言わせず尻の下に組み敷いた傑物でもある。

　腕力で劣る女が鬼と呼ばれた亭主を押さえつけるには、よほどの知力と胆力を駆使しなくてはならないのだが、文絵はいとも簡単にそれをやってのけた。

　時として失地を挽回《ばんかい》しようと謀反《くわだ》を企てる亭主を冷ややかに見つめ、士気が衰えた頃に、子供を諭すように言い聞かせる。そして、亭主の士気が完全に下がったとみるや、今度は大黒柱とおだてあげ、気持ちよく働かせた。

　娘達にしてみれば、真の権力者がいずれであるかなど、考える必要もないほど明白なことであった。

だが、佐奈絵は文絵に倣《なら》うような真似はしなかった。機敏に七五三之介という人間の本質を見抜いたのである。

母のように亭主を尻の下に敷く必要などない、そう考えた。できることなら可愛い妻でいたい、と佐奈絵は願った。

七五三之介が佐奈絵に問われるがまま、一日の仕事振りについて話すときには目を輝かし、「ふんふん」と忙《せわ》しなく頷《うなず》きながら、どんな些《さ》細《さい》なことでも嬉しそうに聞き入った。

それは七五三之介にも意外であった。

今まで自分の話をこのように積極的に聞いてくれたのは、妹のあまる以外にはいなかったからだ。

六

湯島《ゆしま》横町に「おかめ」という呑み屋がある。

蛸《たこ》料理を中心とした呑み屋で、店の名は蛸の足が八本あることから、囲碁《いご》で言うところの岡目八目にもじってつけられたそうだ。

　どこでどう間違ってくっついてしまったものか、無愛想な親爺《おやじ》にはもったいないほど色香のある女将《おかみ》と、どちらかといえば親爺似の、適度に可愛げのある娘達が切り盛りしている店で、毎日八つ半（午後三時）頃から店を開けていた。

　板場を預かる釣り好きの親爺は、一日に一度の割合で漁に出る。そんなときは、上の娘が板場に入るのだが、若干味の方は落ちるそうだ。

　それでも仕事を終えた大工や左官屋、指物師《さしもの》など居職《いじょく》の職人達がひっきりなしに顔を出すのは、味そのものより、三人の女達が醸《かも》し出す温かな雰囲気に魅力を感じるからで、そういった点では親爺はいない方が良いとも言えた。

　店内には、太い丸太を二つに割って拵《こしら》えた四つの卓があり、そのうち三つの卓には椅子代わりの縁台が置かれていた。

　一番奥の卓だけが四人掛けだが、何故か椅子代わりに置かれた樽《たる》は三つしかなかった。つまり一人分席がない。初めて訪れた客の中には不審に思う者もいて、樽は無いのかと訊いたりもしたが、その都度「ありませんよ」と断られた。「奥の方に座布団が敷かれた樽があるじゃないか」などと言っても相手にされることはなかった。

この席は特別なのだ。

「いらっしゃい。お待ちしていましたよ。先生」

上の娘お夕《ゆう》に声をかけられ、入ってきたのは控次郎だ。

すぐさま下の娘お光《みつ》が座布団の敷かれた樽を転がしながら運んできた。

常連客の歓声に迎えられた控次郎が、一人一人に言葉をかけながら特別席に着くと、女将は嬉しそうに板場を振り返った。

偏屈といわれる親爺が、客がいなくなった途端、酒を片手に隣の席に座りこむほど、控次郎は大のお気に入りであった。

板場にかかった縄暖簾《なわのれん》を威勢よく掻《か》きあげ、銚子《ちょうし》の追加を告げに来た女将は、ついでに親爺の喜ぶ顔でも見てやろうと思ったらしいのだが……。

案に相違して、親爺は驚いたような顔をしている。

それで女将もようやく気づいた。

今宵は十五夜だ。控次郎が店にやってくるはずがない日なのだ。

「お前さん。どうしちゃったんだろうね」

先ほどまでとは打って変わって、女将は不安そうな顔になった。

「俺にもわかるもんかい。でも、せっかくお越しいただいたんだ。愚《ぐ》にもつかねえお喋《しゃべ》りで、お気を悪くさせたりするんじゃねえぞ」

「そんなことぐらいわきまえているよ。お沙世《さよ》ちゃんのことには一言も触れやしないさ。何たって先生はあたしら夫婦にゃあ、大恩人なんだから」

親爺に向かって「つん」と鼻をしゃくると、女将は控次郎の元へお銚子を運んで行った。

「先生、まずは一杯」

とっておきの笑顔で酒を注ぐと、女将は今日のお薦めを披露した。

すると、

「女将、今日は祝い事だ。先日、俺の舎弟が望み通りの相手と祝言を挙げたんでな。差し障りがあるゆえ婿入り先については言えねえが、仲間のみんなには一緒に祝ってもらいてえんだ。この金で酒とそのお薦めとやらを皆に振る舞ってやってくれ」

控次郎が懐から一両を取り出して言った。

町人相手の飲み屋では、一日分の稼ぎを優に超える。

容易に受け取りかね、躊躇《ためら》う女将に代わって、板場から顔を覗かせた親爺が答えた。

「わかりやした。御舎弟様の御目出度《おめでた》とあっちゃあ、その一両きっちりつかわせていただきやすよ」

親爺の言葉に、常連達は立ち上がって喜んだ。

「先生、おめでとうございやす」

陽気な大工が音頭を取り、盃代わりの湯呑を高々と持ち上げると、常連客達は次々と控次郎の周りに集まり祝ってくれた。


「そうですかい。御舎弟様はそんなに良い御縁の祝言を挙げられなすったんですかい。御目にかかったことはございやせんが、先生がこれほどお喜びになられるってことは、きっと御舎弟様という方も先生に負けず劣らず、良いご気性の方なんでござんしょうねえ」

常連客がいなくなった後、控次郎の正面に座りこんだ親爺が、同じく横に座った女将の顔を見ながら言った。

先ほどから、親爺はずっと気になっていたのだ。

今まで控次郎が満月の晩に、店にやってくることはなかった。客からは、柳原《やなぎわら》土手で一人月を眺めている控次郎を見かけたとも聞かされていた。

それくらい、満月の晩は一人でいたいはずなのだ。

弟の祝言があったのは昨日今日のことではないという。それがわざわざ満月の晩を選んでやってきたことが、親爺を不安にさせていた。

――亡くなった奥様と祝言を挙げてねえことが、そんなにもお辛いのかねえ
そこで、おめえも何か感じたかと女将に視線を送ったのだが、女将は控次郎の盃が空くことばかり気にしている。

――そうじゃねえだろう。もっと大事なことに気を配れって言うんだよ
融通の利かない女房を腹の中で毒づきながら、それでも親爺は顔には出さず、控次郎に弟の名を尋ねることで話を繫《つな》いだ。

「ああ、名を七五三之介と言うんだ。俺と違って、文句の一つも言ったことがねえ。当人は間違って出来ちまった三男坊だと思っていやがるが、どうしてどうして、あんな出来の良い《い》奴はいねえよ。俺みてえなやくざな兄貴だって、あいつは大事にしてくれているのさ。そのあいつが、弁天《べんてん》様も裸足で逃げ出すほどの別嬪を貰ったんだ。こんな嬉しいことはねえやな」

気持ち視線を上に這《は》わせた控次郎が多分に情感を匂わせた。

だが、親爺は気づいた。話を聞く限りでは喜んでいるとしか思えない控次郎

が、言い終えた後は必ずと言っていいほど不可解な間を空けた。女将もその微妙な間に気づいたらしく、控次郎の盃に酒を満たすと、その後で場の空気を変えるべく口を開いた。

「何をおっしゃっているんです。先生がこういうご気性だから、御舎弟様も先生に尽くしてくださるんじゃないですか。うちの客達もみんな心の底から喜んでいましたよ。それもみんな先生が大好きだからじゃないですか」

そう言うと、女将は俄《にわ》かに立ち上がり、板場から湯呑を持って戻ってきた。

手酌で自らの湯呑に酒を注ぐと、まず一杯。

もう一度酒を注ぎ、それも呷《あお》った上で三杯目を注いだ。

「おめえ、どこまで飲むつもりだ」

親爺が呆れたように制するが、女将は聞かない。

「今日はお祝いだよ。あたしだって先生が喜んでいるのを見れば、嬉しくてしかたないってもんさ。なにもあんたに注いでくれって言っているわけじゃないんだから、好きにさせておくれな」

まるで水でも飲むかのように、女将は湯呑に入った酒を空けた。

自分では何とか控次郎の気持ちが晴れるよう、精一杯頑張ったつもりだ。なのに、少しの成果も見られなかったことが、女将のやけ酒となった。

「とっつぁん、女将、世話をかけたな」

そう言って店を出る控次郎の後姿は、おかめ夫婦には寂しげに感じられた。

暖簾から顔を覗かせ、控次郎を見送った女将が、感じたままを口にした。

「お前さん。いくら御舎弟様の祝言とはいえ、やっぱり祝言て言葉を聞くと、先生も亡くなった奥様のことを思い出すんじゃないのかねえ」

親爺は黙ったまま返事もしない。女房も自分と同様に感じていたことが、親爺の気持ちをより暗いものにしていた。

七

翌日。

もしやこの日も控次郎が店に来るのではないかと、店仕舞いを躊躇っていた親爺と女将だが、五つ（午後八時）を過ぎても現れないことから、最後の客が帰ると、娘達に暖簾を片付けるよう指示した。

下の娘お光が暖簾を吊るした竹竿に、まさに手をかけようとしたときだったか

ら、転がり込むようにして飛び込んできた芸者とぶつかりそうになり、お光は
「きゃっ」と声を上げた。

思わず声を発してしまったお光だが、芸者の顔を見て、さらに驚いた。

「乙松姐《おとまつねえ》さん」

柳橋《やなぎばし》では一、二を争う評判の芸者だ。

立ち姿が粋で、女の目から見ても色っぽい。その艶《あで》やかさは素人《しろうと》娘のお光でさえ、憧《あこが》れる存在であった。

その乙松が倒れ込むようにして店に入ってきたのだから、お光が驚くのも無理はなかった。

「もう店仕舞いかい」

すでにかなりの量を飲んでいるらしく、芸者は酒臭い息をまき散らしていた。

咄嗟《とっさ》のことで、お光は返事もできない。代わりに女将が応対に出た。

「乙松姐さんじゃないかい。随分酔っているようだけど、大丈夫かい」

出迎えた女将も心配するほど、乙松の足下は覚束《おぼつか》無い。

「済まないねえ。一杯だけでいいから飲ませておくれな」

乙松はよろけながら、それでもなんとか一番奥の卓まで辿《たど》り着いた。

いつも控次郎が座っている卓だ。それも三つしかない樽が一つだけ置かれている方、つまり控次郎の隣の席だ。

暖簾を下ろしたままではあったが、女将は板場へと入って行った。

この客では断るわけにはいかない。

――しょうがないよね

といった表情で親爺に酒の準備を促すと、自分は盆の上に女客用の小さな盃を置いた。

ところが、冷やでは明日に堪《こた》えると、敢《あ》えてぬる燗《かん》にした親爺は女将が用意した盆に酒を載せると、そのついでに小さな盃を大きめの盃に取り換えてしまった。

「お前さん。これは先生の盃じゃないか」

女将が驚いたように言うと、

「いいからこれで飲ませてやりな。姐さんが店に来《こ》るのはよっぽどのことだ。大方厭《いや》な客にでも当たって、どこかで飲んできたんだろうが、憂さを晴らすにゃあ、先生の盃がもってこいだ」

親爺は訳知り顔で応えた。

女将が運んできた銚子を頼りない手つきで取り上げた乙松だが、注ごうとしたところで、この盃に気づいた。

もう四年になる。

一人娘の沙世を神田相生町《あいおい》にある薬種問屋万年堂《まんねんどう》に引き取られ、控次郎が寂しさを紛《まぎ》らすためおかめに通いだした頃、その理由を知らぬ乙松は、控次郎の手から無理矢理この盃を取り上げて詰《なじ》った。

なんでお沙世ちゃんを手放した。あたし達があれほど協力したというのに、どうしてお沙世ちゃんを万年堂に渡してしまったんだと、乙松は泣いて悔しがった。だが、やがてその理由を妹分の芸者から知らされた時、乙松は打ちのめされ控次郎の前から姿を消した。

乳飲み子を抱えた控次郎が乳貰いに駆けずり回る姿が偲《しの》びなく、乙松は沙世を抱き、控次郎に代わって乳母探しに走った。自分がお座敷に出るときには、仲間の芸者衆を頼んだものだ。まさかそれが、万年堂の主《あるじ》から咎《とが》められることになるとは思いもしなかった。

控次郎の舅《しゅうと》に当たる万年堂の主人長作《ちょうさく》はこう言い放ったという。

「お袖《そで》が死んでいくらも経たぬというのに、お前さんは芸者衆を家に引き込んでいるそうじゃないか。私はねえ、一人娘を喪《うしな》ったんだ。この上、孫娘まで淫《みだ》らな連中によって穢《けが》されたくはないんだよ。控次郎さん、あんたも人の子の親なら、私のすることに否やは言えないはずだ。お沙世は家で育てます。本来なら、あんたの顔も見たくない所だけれど、亡くなったお袖に免じて月に一度だけお沙世に会わせて差し上げますよ。いいですね」

それが理由だ。だが、そんなこととは知らぬ乙松がいくら問い詰めても、控次郎は答えなかった。

乙松は朱塗りの盃に見入ったまま、酒を注ごうともしない。

嚙《か》みしめた唇をわずかに震わせながら、懸命に涙と闘っていた。

「姐さんのことだ。よほど厭な客にでもあたらなきゃあ、店《ここ》には来ねえ。お節介な爺《じじい》と思うかもしれねえが、今宵の姐さんにはこの盃が特効薬だ。さあ、一つ行こうじゃねえか」

板場から見ているだけでは埒《らち》が明かないと、女将を差しおいて卓に座った親爺が銚子を取り上げ、盃を満たした。

小さく頷いた乙松が両手で押しいただくように盃を口元にあてる。その白い喉《のど》がごくりと鳴るのを待って、親爺は話題を変えた。

「そうそう、実は先生の御舎弟様が祝言を挙げられたんだ。先生は本当に嬉しそうだったぜ」

少しでも気分を盛り上げようとしたらしいのだが、普段無愛想な男が気の利いた真似をすれば、出る目は裏ばかりだ。

「七五三之介さんが……」

呟《つぶや》いた乙松の頰から涙が伝い落ちた。

——いけねえ
予想外の事態に、親爺は注ぎかけた銚子を慌てて引っ込めたが、すでに後の祭りだ。女将と娘達の冷たい視線を浴びながら、親爺は乙松の気持ちが静まるのを待つしかなかった。

それほど乙松には、七五三之介も懐かしい。沙世の面倒を見る為、塾をさぼってまで長屋にやってきたくせに、いつも何かしら用事を作り、そのついでだからと言った七五三之介の不器用な言い訳が忘れられなかった。

「とっつぁん。この酒は妙に沁みわたるじゃないか」

鼻をすすりあげ、乙松が精一杯の負けん気をみせると、

「俺でよけりゃあ、厭な話とやらをぶつけてみても構わねえんだぜ」

親爺は懲りずに、年甲斐《がい》もない意気がりをみせた。

偏屈親爺の柄にも無い気遣いに、隣にいる女将が呆れ顔で乙松を見た。

眼が、ごめんなさいねと詫びていた。

乙松はころころと笑い、やっと元気になった。

「嬉しいねえ。とっつあんの言葉を聞けただけでも、ここに来た甲斐があったってもんさ。でも、厭な客のことは聞かなかったことにしておくれよ。稼業の愚痴《ぐち》をこぼすなんてとんだ恥さらしさ。それから、あたしがここに来たことも先生には内緒だよ。女将さんもありがとうね」

「姐さん、たまには店に顔を出してやってよ。先生も会いたがるはずだよ」

「それも無し。女が一度諦めたんだ。ほいほいと心を変える女は、女将さんだっていけすかない奴と思うはずさ」

そう言うと、乙松はまだ酔いの残る足取りで店を後にした。

残り香がかすかに漂う中、親爺は座ったまま空になった湯呑を見詰めた。乙松を見送った女将は、けだるそうに手近な縁台に座り込んだ。やりきれなさが残るのはどちらも同じだ。

女将が大きく溜息をついた。だんまりを決め込んでいる親爺に、何とか言ったらどうなんだい、とでも言いたげな溜息だ。

親爺は何も言ってくれなかった。代わりに、

「可哀相」

店の奥から声が聞こえた。二人が振り向くと、二階に上がったと思っていたお夕が、今にも泣き出しそうな表情で立っていた。お夕の眼が次第に潤みだし、やがて幾筋もの涙となった。

「何で今夜なの。どうして夕べじゃないの」

意味をなさない言葉でも、親にはわかる。親爺は下を向いただけだが、女将は幾度も頷いた。控次郎は満月の前後は店に来ない。それを知っているからこそ、乙松は今日、店にやって来たのだ。昨日を選んでいれば、という思いがお夕を泣かせた。喘《あえ》ぎながら、それでも懸命に喋り続けようとするお夕を、女将は励ますように、先ほどよりも大きく頷いた。

「あたし、知っているんだよ。お光ちゃんのことで先生にお礼が言いたくて、先生のいる長屋に行ったんだよ。でも、入ろうとしたら、近所の人に止められた。明日までは、先生が亡くなった奥様と会っているんだから、邪魔をしちゃあいけ

ないって。あたし、満月の日がいけないなんて知らなかったから。そしたら先生、三日の間は一度も食事を摂《と》らないんだって」

喋り終えたお夕は、込み上げてくる思いに耐えきれず、二階へと駆け上がって行った。

八

七五三之介が婿入りして一月《ひとつき》が過ぎた。

奉行の計らいで、七五三之介は本勤並となった。後は玄七がお役を退くのを待って本勤となる。

奇妙な話だが、徳川幕府の規律も二百年以上続くと箍《たが》が緩み、効力を失った決めごとが、外殻だけ生き続けるようになっていた。実際には守られていないのに、与力は一代限りという建前だけが、形式的に順守されていたのである。

世襲制をとっているくせに、あたかもそうでないように見せかけているわけだが、そういったことがまかり通る辺りに、我が国お役人社会の礎《いしずえ》ともなった与力勤めの慣れ合い振りがあった。

幕府の決まりでは、奉行所は年中無休となっているし、記録として残された与力の日記からは膨大な仕事量ばかりが記され、休みのことなど一言も記されていない。だが、小石川《こいしかわ》養生所の記録では、この頃の与力、同心の勤務態度の悪さが厳しく指摘されていた。

安定した職場で慣れ合いで過ごす人間達が、こなしきれぬ膨大な仕事量を前にして、身を粉にして働くはずもなかった。

与力、同心は五組に分けられ、それぞれが各組同心支配役たる年番方与力、またはそれに準ずる年長与力の下で職務を遂行した。これは横の繋がりを嫌い、あくまでも縦関係にこだわる徳川幕府の基本方針に則《のつと》ったものである。

南北両奉行所に月交代で同じ業務を行わせ、相互監視をさせるのと同様、不正や汚職に対する防衛措置といえたが、与力社会においては必ずしも有効な措置とは言えなかった。

世襲制を取り続ける与力社会では、父子の交代時期を円滑にするため、見習与力となった息子は、七五三之介のような年齢の高い者でない限り父と同じ組に配属されるのが決まりだ。それゆえ、今は同心支配役であっても、息子に職を譲れば息子は末端の地位となってしまうから、たとえ怠け癖のある部下であっても、頭ごなしに叱りつけるわけにはいかなくなる。この繰り返しが与力を一層堕落させることとなった。

与力の中には三味線や謡曲に玄人跣《くろうとはだし》の者がいたというが、現在のように教本や楽譜もなく、しかも夜の活動がしづらい時代であったことを思えば、与力の仕事振りが如何にいい加減であったかが推測できよう。


与力の中には複数の職務を兼任する者もいた。

これは、一つには兼任することで、各人がその職務から離れることを都合よくするものだが、最終的には憧れの年番支配になった時に多額の副収入を得る為の、いわば準備研修をも兼ねていたのである。多数の職務を兼任した年番支配は御三家をはじめ、大名達の借財を別の商人に肩代わりさせるほか、大名が地元の特産品を江戸で売りさばく際には、商人達による談合を禁止させるなど、多大な役割を担った。

借金の周旋に当たっては双方の商人から手数料を受け、大名達からは盆暮れごとに相応の謝礼を受け取った。

そんな雑用を多くこなす与力だけに、当直日に奉行所へ出仕する日以外の仕事振りとなると、甚《はなは》だ胡乱《うろん》なものがある。

「片岡、お主は奉行所に勤めてから一度も休みを取っておるまい。たまには休め」

ある日、七五三之介は同心支配の堀池《ほりいけ》から、明日は休むようにと言い渡された。

年齢的に後れを取っている七五三之介は、少しでも早く仕事を覚えるべく当然のように毎日出仕していたのだが、言われてみれば先輩与力の中には、一日中姿を見せない者もいた。

「ただし、出かける際には目立たぬようにすることだ。万が一、与力とわかった時は、御用向きのことゆえ、同心支配に尋ねよとわしの名を出せば良い」

堀池は恩着せがましくそう言った。

翌日。

六つ半（午前七時）過ぎになって朝餉を摂った玄七が訝《いぶか》しげに訊いた。

「はて、今朝のご飯は少し冷めているようだが」

普通、武士ならば「飯《めし》」と言う。玄七が「ご飯」という言い方をするのは、それだけ女系家族に慣らされていたということになる。

　妻の文絵はこういった場合、思いっきり笑顔を見せた。この笑顔が玄七に反論する機会を与えないのである。

「今日は七五三之介殿がお休みだそうで、それで佐奈絵が朝早くからご飯を炊いたのでございます。何ですか雑司ケ谷《ぞうしがや》の方までお弁当を持って、野草を採りに行くと言っていました。佐奈絵は随分と嬉しそうでございましたよ」

　只でさえ佐奈絵に甘い玄七である。文絵の笑顔も手伝って、

「そうか、そうか」

　と、嬉しそうに頷いた。


「旦那様、これは何ですか」

　楽しそうに、どんな草でも引っこ抜く佐奈絵が、時折掘り出し物を見つけた。

「それは珍しい。薄葉細辛《うすばさいしん》と言って、喘息《ぜんそく》に効きます。頭痛にも効くので、根を傷《いた》めないように掘り起こしてください」

　七五三之介の博識を佐奈絵は笑顔で讃えたが、すでに根は傷めている。

　佐奈絵がまた見つけた。

「こんな黄色い花は駄目ですよね」

何でも訊いてみたいらしい。

見ると弟切草《おとぎりそう》である。

「これは切り傷、虫さされに効きます。でも、まだ早いので、次に来る時まで残しておきましょう」

七五三之介は一々丁寧に答えてくれる。それが佐奈絵には何よりも嬉しい。野草採りなど初めての経験であったが、七五三之介がこれからも自分に新しい喜びを与えてくれるだろうという思いで、佐奈絵の心は満たされていた。

すでに背負い籠《かご》の中は、たくさんの野草で溢《あふ》れかえっていた。

佐奈絵が肩から縛りつけた風呂敷包みをほどき、握り飯と竹筒に入った水を手渡そうとした。

それを笑顔で制すると、七五三之介は山筋からちょろちょろと流れ出す小川に誘った。大きめのふきの葉を器用に折りたたみ、器の代わりにすると、それで水を汲み佐奈絵に手渡した。

「おいしい」

思わず声に出すほどおいしかった。江戸市中の不味《まず》い水とは比べようがない。

佐奈絵は竹筒の水を、すべて小川の水と汲み替えてしまった。

七五三之介が野草の詰まった籠を背負い始めた。

そろそろ帰る時間になったようだ。

名残《なごり》惜しそうに山道を下り始めた佐奈絵であったが、慣れぬ山道はさすがにきつくなってきた。

下り坂は何とか耐えたが、緩やかな登り坂を迎えたときには、とうとう音をあげてしまった。すまなそうな声で、

「旦那様、疲れました」

と言うと、切り株に腰をかけ、苦しそうに何度も肩で息をした。

せっかく連れて来て貰ったというのに、この程度で疲れてしまう自分がどうにも情けないのであろう。下を向き、自分を責めるかのようにしゅんとしてしまった。

なのに、七五三之介は背負い籠をおろすと、佐奈絵にそれを背負えと命じたのである。逆らう元気もなく、言われるがまま籠を背負った佐奈絵が、ゆっくりと立ち上がろうとした。

「えっ」

目の前に背中を向けてしゃがみ込む七五三之介の姿があった。

佐奈絵の顔が思い切り弾けた。

「はい」

勢いよくその背中に飛び乗ると、佐奈絵は七五三之介の首にしがみついた。


今月は北町の月番となっているため、数寄屋橋《すきやばし》御門内にある南町奉行所は非番で、門を閉めたままだ。とはいえ、非番と言っても仕事をしないわけではない。月番であった時に受理した訴訟、請願といったものの処理をし、表立った活動をしないだけのことだ。

年番支配の片岡玄七が本日の申し送り事項をした後、出仕した者達で未決裁の訴訟や請願書に目を通すのだ。

年番支配の玄七は、息子となった七五三之介の仕事振りが気になるのか、年番方詰所には戻らず、暫くうろついていたが、気を利かせた見習与力が茶を運んでくると、その場に居座り茶を啜《すす》り始めてしまった。

本来は奉行所内で茶を飲むことなど許されてはいないのだが、太平の世が続いた昨今ともなると、茶などは当たり前のことになっていた。

仕事を始めようとする者など一人としていない。

実にのどかな朝の風景だ。

与力達はのんびりと茶を喫していた。

いくら頑張ったところで、今日こなす書類以上に、訴訟の書類は増えてゆくのだ。やれることだけやればよい。それが彼らの仕事振りであった。

突然、内与力が二人、詰所の中に入ってきた。

この連中とはあまり良好な関係とは言えない。

内与力は奉行からの伝達役が多く、何かと余分な仕事を持ちこんでくる。しかも、その仕事を請け負わせる為に奉行の威《い》を借りる。与力達から敬遠されてしまうのも当然といえば当然のことであった。

「方々」

若い方の中田《なかた》という内与力が声を張り上げて言った。

内与力の中でも特に横柄であり、与力達に評判が悪い男であった。

その中田が今日は軽い。おまけに笑顔まで付け足している。こう言ったときは厄介《やっかい》な用件が多いのだ。敏感に感じとった与力達は関わりになることを恐れ、気持ち背中を丸めるようにして仕事を始め出した。

如何《いか》にも忙しいといった態度で書類に目を通しだす。

そんな与力達を眼の端に捉えながら、中田は忌々《いまいま》しさを腹にしまいこむと、表面上はあくまでも笑顔を装った。

「方々、今日はお奉行直々のたってのお願いにござる」

自分を無視するかのような与力達に、中田は身体を乗り出しながら、猫なで声で呼びかけた。

いつにない中田の長続きする柔和《にゆうわ》な態度に、なにかあると訝《いぶか》しく思う与力もいたが、時間の経過とともに、与力達は表情が緩やかになってきた。

一人、二人と中田の方へ向き直る者が増え始めた。

「実は、お奉行から皆様方のお知恵を拝借してまいれ、と仰せつかったのでござる」

ここぞとばかり、中田は謙《へりくだ》った。

慣れぬ笑顔も自然なものと思えるようになってきた。

本心はどうあれ、ここまで謙られては、与力達も協力的にならざるを得ないというものだ。奉行からのお願いという言葉も助勢した。

「頼みとは如何なることでござるか」

「なんなりと」

漸《ようや》く与力達にもやる気が見え始めた。

中田は、内心ではほくそえみながらも、表面上はあくまでも困りぬいているかのように、奉行からの願い事を口にし始めた。

首をひねり、さも自分には手に負えないといった印象を与えつつ言った。

「それが、何やら判じ物のような」

「判じ物とはどのようなことでござるか」

与力達の方からも積極的に問いかけるようになった。

かなり興味をそそられてきたらしく、眼も輝き始めている。

中田の演技が一段と熱を帯びてきた。だが、調子に乗り、うっかり放った一言はまずかった。

「何やら算法のようでもあり」

と、口にした瞬間、中田に注がれていた視線は一瞬にして行方《ゆくえ》をくらましてしまった。

算法と聞いただけで与力達は怖気《おじけ》づいてしまったのだ。

中田は慌てた。

「方々、早まってはいかん。拙者が勝手にそう思っただけのことでござる。拙者には毛頭わからぬゆえ、うっかりそう言ってしまったが、算法とは関係ないかも知れんのだ」

両手を前に出し、幾度となくなだめるような所作をした後、これ以上の失言を避けるべく、一気にその内容を伝えた。

「実はこの問題はお奉行のお孫殿が通われている塾で課題として出されたものでござる。今から申し上げるのでよくお聞きくだされ」

「ふうっ」と一息つくと、中田は一段と声を張り上げた。

「三尺（約九十センチ）の棒を用いて、山の高さを測る方法を考えよ、というのでござる」

聞いた途端に、与力達はざわめき始めた。

わずかに数字と言えるのは三尺だけだ。これではとても算法とは思えない。

「確かに判じ物のようでござるな」

誰彼となく、顔を見合わせては、首をひねり始めた。

中には身近にあった筆を三尺の棒に、柱を山に見立て、山の高さを求めようとする者まで出る始末だ。

わいわいと騒ぎたてるだけで、一向に思案がつく様子もない。

中田はそんな与力達の顔を、期待薄な面持ちで一人一人確かめ始めた。

誰も皆、問題を解きかねているように思える。

——やはり駄目か
中田は諦め掛けた。

ところが、首をひねり、一応は考えているかのように見える者、それすらも諦め同僚達と談笑し始めた与力衆の中にあって、一人だけ首を傾げず、下を向いている与力がいた。

その者は他の与力達とは明らかに様子が違った。強いて言うなら、口にするのを躊躇《ためら》っているように見受けられる。

「七五三之介殿。何やら心当たりがござるか」

駄目もとで訊いてみたというのが本当のところであろう。中田自身、このような判じ物など、解きうるはずがないと思っていたからだ。

室内がざわめきだし、異様な雰囲気となった。

誰もが七五三之介の方を向き、口々に囁き合っている。

これまでは、薹《とう》が立った見習与力くらいにしか見ていなかった者が、急に得体のしれない男に思えてきたらしい。

そんな視線を七五三之介は肌で感じていた。

——弱った
心当たりはあるが、新米の自分が先輩達を押しのけて口に出すのは気が引けるし、第一に目立つことは苦手なのだ。

七五三之介は玄七の方を見て、その顔色を窺《うかが》った。

一方の玄七も、まさかといった表情で七五三之介の顔を見ていたが、その当惑し切った顔つきからそれと気づいたようで、七五三之介に答えがわかるのかと言わぬばかりに眼で問いただした。

小さく七五三之介が頷いた途端、玄七の動きが俄《にわ》かに活発になった。

——何をしている。言え、早く言わんか
声には出さぬが、玄七は幾度となく顎《あご》をしゃくり、ついには身体中で催促するようになった。

——言え、何をしておる
眼付きまで険しくなった。

仕方がない。七五三之介は腹を括《くく》ると、顔を上げ、中田の方へ向き直った。

「おそらくは海島算経《かいとうさんけい》を用いるかと」

幾分遠慮がちに、七五三之介は答えた。

どよめきとも、溜息ともつかぬ歓声が上がった。

誰一人として、耳にしたことなどない。

やや間を置いて、

「七五三之介殿、海島算経とはどのようなものでござるか」

唾を飲み込んだ中田が訝しげな様子で尋ねた。


七五三之介は容易に口にしない。

心ならずも、全員の注目を集めてしまったこと、そして、これから説明せねばならない海島算経が、与力達にどのような気持ちで受け入れられるか、見当もつかなかったからだ。

だが、こうなった以上、このまま黙り続けるわけにはいかない。七五三之介は覚悟を決めると、中田の目だけを見るようにして説明し始めた。

そもそも海島算経とは、奈良時代の官吏試験に出題された問題なのである。

ただし、奈良時代と聞いて侮《あなど》ることなかれ。

海島算経とは二組の相似な三角形を作り出し、そこから連立方程式を導きだして解くというもので、難易度としては現在の高校入試程度にあたる。

解法としては、まず山に向かってなだらかな平地を選び、三尺の棒を垂直に立てる。

次に地面に顔をつけ、棒の先端と山の頂上が一直線に見える視点を選ぶ。

こうすることで、視点と棒の長さを含む小さな三角形と、視点と山の高さを含む大きな相似の三角形が出来上がる。

さらに、そこから一町（約百メートル）ほど離れた場所に、同様に棒を垂直に立て、別の相似形を作り出すのである。

x、yの代わりに、「高」、「長」で表すことで、連立方程式は完成する。

ちなみに、算法では連立方程式を「消去算」と称する。


七五三之介の説明をまたず、中途で奉行の所へ向かったもう一人の内与力が、七つ（午後四時）を過ぎた頃、再び七五三之介を迎えに現れた。

「七五三之介殿、只今お孫殿が見えられたようです。直接ご説明していただけませぬか」

いつもとは打って変わった丁寧な口調で、内与力はそう言った。

役屋敷の中では、池田筑後守が孫と共に待っていた。

内与力に案内され、七五三之介が部屋に入って行くと、すでに硯《すずり》と筆が用意されていた。

「七五三之介、何やら心当たりがあるらしいが、そもそもこれは算術なのか」

奉行は半信半疑の様子で尋ねてきた。切れ者といった印象はない。どこか人の良さそうな爺さんといった感じだ。

孫の方はというと、こちらはすがるような眼を向けてはいるが、眉目《びもく》が涼しげで、かなり賢そうである。

七五三之介が筆をとり、山の絵を描いた後、山の頂上から垂線を下ろし、やがて相似な三角形を書き記すと、孫はその図を食い入るように見つめだした。

利口な若者であった。

七五三之介が説明するまでもなく、孫は大きく頷くと、感嘆の声を上げた。

「凄《すご》い。千年も前にこんな算法があったのですか」

そう言うと、憧憬《しょうけい》にも似た目で七五三之介を見た。

奉行の孫に海島算経なるものを教えていたため、七五三之介は自分の仕事をこなしきれずに残務となってしまったが、

「佐奈絵、七五三之介が大手柄じゃ」

一足先に家に帰った玄七は、嬉しそうに妻の文絵と娘達に今日の出来事を話し始めた。

「えっ、父上。真にございますか」

佐奈絵の喜び様たるや並大抵のものではない。飛びあがらんばかりに喜ぶと、その海島算経なる算法が知りたくて玄七に尋ね出した。

素《もと》より玄七の知るところではないが、それでも、佐奈絵の喜びは一向に収まらない。

「左様にございますか。奉行所の方々が誰一人解けなかった難問を、旦那様がお解きになったのですね」

勝手に難問と決め付けると、幾度となくその場の状況を玄七に尋ねる佐奈絵であったが、あまりにも度を越えすぎていた。

喜びも、ほどほどに留めておかぬとやっかみを招く。

いち早く食事を済ませた雪絵と百合絵は、自分達の部屋に戻って行ったが、部屋に入るや、早速雪絵が息巻いた。

「なんじゃ、佐奈絵のあの舞い上がり方は。同じことを何度聞けば気がすむのじゃ。いくらご亭主殿が褒《ほ》められたからと言って、あそこまではしゃぐこともあるまいに。のう、百合絵、そうは思わぬか」

問われた百合絵も同様に感じていたようである。

「その通りでございます。算法など、与力本来の仕事ではございませぬ。大体、お父上や佐奈絵があれほどまでに喜ぶのも、元をただせば七五三之介殿が与力としての務めを十分果たされていないせいではございませぬか」

辛辣《しんらつ》なこと、この上ない。

二人はぴしゃりと襖《ふすま》を閉めると、それっきり部屋から出て来なくなってしまった。

だが、有頂天の佐奈絵には、そんなことは全く気にならない。

七五三之介が帰ってきて、食事を終えるや否や早速根掘り葉掘り尋ね出した。

「旦那様、その海島算経とやらを、佐奈絵にも教えてくださりませ」

七五三之介のすることなら何でも知っておきたいらしい。すでに佐奈絵は部屋に紙と筆を用意していた。

七五三之介は丁寧に説明する。

図を描きながら、同じ形で大きさの異なる三角形を二組書き並べ、何とか理解させようと試みた。

しかし、如何せん佐奈絵には算法の素養がない。必死で理解しようとするものの、逆立ちしても方程式など解けるはずがなかった。

佐奈絵の表情が悲しげなものに変わった。

恨めしげに七五三之介を見つめる眼が次第に潤《うる》み始める。

「佐奈絵。私は大兄上から幾度となく手ほどきを受けたのだ。それゆえ、何とか理解できた。いくら頭の良いお前でも、初めてではわからなくてもしかたがないではないか」

七五三之介は佐奈絵の頬を両手で挟むと、あやすように言った。

「でも、佐奈絵は旦那様が知っておられることなら、何でも知りとうございます」

半べそを掻きながら、悔しそうな表情で、どうにも諦めきれぬ佐奈絵であった。

女だらけの片岡家では、甘いものは欠かせない。

そこへ持ってきて玄七も甘党というのだから、片岡家の菓子屋に対する依存度は当然のことながら高かった。

この日、佐奈絵が菓子を買い求めに行くと、店先に控次郎がいた。

菓子を買おうかどうか、迷っているようにも見える。

俄かに佐奈絵の顔がほころんだ。

「義兄《あに》上様ではございませぬか」

振り返った控次郎が相手を見定める暇《いとま》も与えず、佐奈絵はつかつかと近寄ると、控次郎の着物の袖を摑み、目的の素甘《すあま》を素早く注文した。

「義兄上様の分も買い求めましたので、どうぞ家にお寄りくださいませ」

店の主が経木《きょうぎ》に包む間も、佐奈絵は控次郎の袖を摑んだままだ。

「いや、俺はちょっと用事が……」

と抵抗する控次郎の顔を悲しそうな眼でまじまじと見つめると、控次郎が当惑を隠せずにいる隙を狙って、半ば強引に家まで連れてきてしまった。

迂闊《うかつ》にも家に上げられてしまった控次郎だが、そのすっきりとした身のこなしは、役者を思わせるほど見栄えが良い。そのうえ、洒脱《しゃだつ》で爽《さわ》やかな人となりは、瞬く間に片岡家の女衆を虜《とりこ》にしてしまった。

佐奈絵が一目惚れした相手だなどとは知らない母親の文絵や長女の雪絵は、久しぶりに見る男前に年甲斐もなくはしゃいでいる。

一人、事情を知る百合絵だけが不安そうに佐奈絵の様子を窺っていた。

だが、そんな百合絵の態度は、控次郎には無愛想としか映らない。

仮にも亭主の兄貴だ。いくらお高くとまる性癖があろうとも、ちいっとぐらいは親愛の情を見せても罰が当たるまい、と捉えていた。

そこへ七五三之介が帰ってきた。

入り婿らしく、出迎えに出た文絵や女達に向かって行儀よく一礼してから、部屋に入ってきた。

「よっ」

嬉しそうに声を掛けた控次郎だが、七五三之介と入れ違うように百合絵が母と一緒に立ち去って行くのを見ると、怪訝《けげん》そうな顔になった。

「兄上、どうなされました」

「どうって、おめえ。一体、どうなってんだ」

控次郎はまだ気づかない。

年回りからいっても、おかめの常連達に喋ってしまった手前からも、七五三之介の相手は百合絵でなきゃあならないと決め付けていたから、この部屋に佐奈絵が一人だけ残った状況を異様に感じていた。

「旦那様、お着替えをなされてはいかがですか」

七五三之介の背後に回った佐奈絵が言った。

「えっ」

流石《さすが》にこれは気がつく。

頭を掻き掻き、下を向いた控次郎は、上目遣いに七五三之介が着替える様子をちらっと見ながら、己の早とちりを悔いた。

さらに、先ほどまでの自分の態度も省みた。

知らず知らず不用意な言葉を発していなかったか、佐奈絵を傷つけるような仕草をしてはいないだろうか、とあれこれ考えてみた。

思い当たらない。目の前にいる佐奈絵の様子からしても、それらしきことはなさそうに思えた。

ほっとした控次郎はよっこらしょと胡坐《あぐら》に居直った。両腿に手を置き、何気に視線を上げた。そこで佐奈絵と目があった。嬉しそうに目を細めている。

ばつが悪いことこの上ない。

控次郎は苦し紛れに、自分でも呆れかえるような言葉を口にしてしまった。

「佐奈絵さん。あんたは七五三《しめ》によく似合うぜ。こいつは不器用な奴だが、これからも尽くしてやってくれ」


その夜。

枕元に置かれた行燈《あんどん》の火を吹き消した佐奈絵が、布団の中に身体を滑り込ませた後、まだ寝付いていないとみたのか七五三之介に向かって囁いた。

「良い方ですね」

大方控次郎のことだろうが、主語が抜けている。

「うん?」

「義兄上様のことです。気取ったところがなく、周囲を明るくしてくださいます。そして、何よりも旦那様のことを大切に思ってくださっています。旦那様、私は旦那様を大切に思ってくださる控次郎義兄上様が大好きです」

「そうか。佐奈絵も兄上を気に入ってくれたか。嬉しいことだ。私にとって、大切な人同士が互いにわかり合うことほど喜ばしいことはない」

「義兄上様は、私が旦那様に似合うと仰せになられました。佐奈絵はそれが何より嬉しゅうございました」

控次郎のとってつけたような言葉を真に受けた佐奈絵は、感極まったか、涙声になった。

七五三之介は頷いた。

佐奈絵で良かった。期待していた縁とすれ違ったことを嘆《なげ》いた日もあったが、今はこれがこの上なき良縁であったと、七五三之介は心からそう思った。

人は連れ添ってみなければわからない。触れ合って、触れ合い続けているうちに互いの良さがわかり合えるものだ。自分達はきっと良い夫婦になれる、と七五三之介は信じた。同時に、自分には向いていない与力という職も、慣れてしまえば存外悪くないかもしれぬ、とも思うようになった。

だが、人生はとかく予期せぬ方へと動く。

# 九

月番の町奉行は四つ（午前十時）時に登城し、八つ（午後二時）時に戻ってきてから公事訴訟を聴くことになっているが、奉行はその場に居合わせるだけで、主導は常に吟味方与力が行った。何しろ年間何万件にも及ぶ訴訟だ。いくら抜粋したところで、飾り物である奉行の手に負えるものではなかった。

この日、

「本日は頭痛がする」

池田筑後守は頭痛を理由に、公事訴訟をすべて吟味方与力に任せてしまった。

こういった場合、内与力は速やかに対応する。

「御奉行、日頃の激務でお疲れが溜まっておられるのでございましょう。しばらくは安静になされませ」

大抵は仮病だとわかっているが、いかにも大事そうにうろたえるのが家来たる内与力の務めだ。早速、御奉行は疲労が溜まっておられるゆえ、誰ともお会いできませぬと面会謝絶にした。

だが、この日は勝手が違った。面会謝絶にしたというのに、奉行は頭を抱えたまま脇息にもたれていた。三名の内与力は訝しげに顔を見合わせた。

もしや例の未解決事件のことかと、目で問いかけたりもしたが、すぐに別の与力から、いやいや、あの事件なら御奉行はとっくに諦めているはずだと、目で打ち消された。

内与力達が他の理由であったことに気づいたのは、自分一人の胸にしまい続けることができなくなった奉行が重い口を開いた時であった。

「どうして与力どもはかくも職務怠慢なのであろうか。川開きの事件も何の解決も見ておらぬのに」

川開きの事件とは、大川開きの終わる直前に起きた殺人事件のことだが、そんなことより気うつの理由は他にあった。

溜息交じりに、自分のことを棚に上げた奉行は与力を詰った。

老中からお叱りを受けたのだ。

しかも、その内容たるやみっともないことこの上なく、奉行は終始老中に向かって頭を下げ続けたという。その叱責理由というのがこれであった。

先月初めに、与力同心の仕事振りが極めて怠慢である、と小石川養生所肝煎《きもいり》から苦情が出ていたのだが、あろうことか、今月になって目付から養生所見廻り与力の松永《まつなが》某《なにがし》が、勤務時間内に出会い茶屋で女と密会していたと指摘を受けてしまったのだ。

　肝煎とは養生所設置を建議した小川《おがわ》笙船《しょうせん》の子孫が代々世襲する役職で、現在は五代目又衛門《またえもん》が務めている。

「何も、明るいうちからしけ込むこともあるまいに」

　奉行のぼやきに、情報通の中田が訳知り顔で応えた。

「御奉行、松永には妻子がおりまして、しかも女房殿は大層肉感的な美人と聞いております。おそらくは養生所見廻りを仰せつかったことで、女房殿の傍に寄れなくなったのでしょう。それゆえ欲求不満となった松永が、たまらず他の女で間に合わせようとしたのではないかと推察いたします」

「成程。肉感的な女房殿とあらば、尚のこと悩ましい限りじゃからのう」

「ですが女房殿の気持ちもわからなくありません。旦那は一日中不浄の場所にいたのですから。養生所見廻りになった者は、帰宅後真冬といえども、井戸端で身体を洗わされるのが組屋敷内での決まりごととなっておるようです」

「真か。なにやら寒々として参ったのう」

「はっ。そんなわけですから、松永に同情的な見方をする者も少なくないようです。しかし御奉行、ここは厳しく処罰せねばなりませんぞ。お役目を疎《おろそ》かにしたことは紛《まぎ》れもない事実であり、さらに女と密会するとなると、少なからずその調達にかなりの労力と時間を費やしたということになります。奴らは碌《ろく》な仕事もしないくせに、そう言ったことにはやたらまめになる習性があります」

最後に中田が放った一言が、内与力らと与力達との確執を窺わせた。

「その通りです。あ奴らはやたら金と女に鼻が利きます。この上は年番支配に言って、直ちにその者の処分と代わりの人選を急がせましょう」

憤懣《ふんまん》やるかたないといった様子の内与力達が一斉にいきり始めた。

無理もない。内与力の俸禄は与力達の半分くらいしかなく、余禄などたとえあったとしても、すべて奉行に吸い取られてしまうからだ。

「まあ、それくらいでよかろう」

奉行は内与力達を制した。

安い給金で使っているだけに、この手の話題は好ましくないようだ。

「代わりの者を探すと言っても、さて人選となるとのう……」

こめかみのあたりを揉みながら、未だ頭痛から解放されないといった様子の奉行が一旦言葉を区切り、ゆっくりと若い中田の方を見た。

「中田、お前は与力達の陣容を把握しておろう。若い与力の中で吟味方助役や例《れい》繰《くり》方を除くと如何ほどが残る」

「はっ。せいぜい四、五人かと……」

中田がそう答えることも奉行は予期していたらしい。

「御老中からの叱責があった以上、重ねての失態は許されぬ。それゆえ此度《こたび》の養生所見廻りのお役には、実直さと勤勉さを持ち合わせた者を据えねばならぬのだが、お前は誰が適任と考える」

奉行は中田に問いかけた。

「えっ、私がですか」

中田は驚き、恨めしそうな眼で奉行を見た。

適任者の名を挙げるということは、常日頃の奉行の手口からして、自分が断を下したとされる公算が高いからだ。

いくら憎まれ慣れているとはいえ、自分に敵意を抱いていない人間にまで恨まれる必要はない。それゆえ、中田は言い渋っていたのだが、奉行は涼しい顔で返答を待っている。

——仕方がない

暫しの間をおき、中田はその名を告げた。

「片岡七五三之介ならば、万事そつなくやれるかと思われます。ですが生憎《あいにく》彼の者も嫁を貰ったばかりでございまして……」

言葉の後半にささやかな抵抗を試みた。だが、

「片岡七五三之介とな、あの者は年番方支配の婿養子であろうが」

必要な部分だけ聞きとると、奉行は尋ね返した。

「はっ、なれど此度のお役目、実直な人柄から言っても、医学に通じていることからも、たとえ年番方支配の婿養子とはいえ、七五三之介の他に遣り遂げる者は無いのではと」

「お前がそう申すなら、ここは一つ検討してみることとしよう。しかし七五三之介を養生所見廻りにすると言っても、玄七めが素直に従うとは思えん。何分にも片岡の家は三代続いた吟味方じゃ」

与力職も以前とは違い、昨今では吟味方を専門職として見る傾向が強まっていただけに奉行もその辺りを気にした。

ただでさえ片岡の家は三代続いた吟味筋であり、その中でも玄七は年番方支配

にまで上り詰めた男だ。その男の家をいきなり養生所見廻りに落としたとしたら、玄七は烈火の如く怒るに違いないからだ。

すると、意外にも中田が味な答えを見つけた。

成り行きとはいえ名前を挙げてしまった以上、中田も覚悟せざるを得なかったらしく、言葉にも熱が籠《こも》った。

「御奉行。将棋で言うところのと金を使ってみてはいかがでしょう。七五三之介を一旦は歩に落としますが、この一手は御奉行を救う敵陣に放った歩であるゆえ、折りを見て金にすると言い含めればよいのです。七五三之介は能力的に申し分のない男でございますが、何分にも経験年数が足りませぬ。そして、その辺りは年番方支配の片岡様も重々承知のはずでございましょう。そこで御奉行は七五三之介を吟味方に推したいが、それには手柄を立てる必要があるからと言えばよろしいのです。手柄などは御奉行が決めることですから、どうとでもなりましょう」

「とはいっても、手柄を立てるどころか失態を犯す場合もあるじゃろう」

「七五三之介が養生所見廻りとなった時には、すでに片岡様は職を辞しているではございませぬか」

「おや、何と巧妙な。しかし、少々人が悪すぎはせぬか。玄七はわしの大切な将棋相手でもあるのだぞ」

悩みがかき消えた奉行は、若干のけちをつけながらも安堵の表情を浮かべると、中田に今すぐ玄七を呼んでくるよう命じた。

間尺に合わぬ、といった表情で出て行った中田のことなど、気に掛ける様子もなかった。

それから半月ほどして、玄七が病気を理由にお役目を返上した。

七五三之介が本勤となるためには、玄七は職を辞するしかないのだが、一代限りを建前としている与力は死亡、またはそれに準ずる病気以外は辞めることができない。後継となる息子がすでに見習として待機しているにもかかわらず、そういった非合理な慣習が改善されないところに、お役人仕事たる与力の特性があった。暗黙のうちに了承されるものなら、批判対象となり得る無理な改善はしない方が良い、というところか。

玄七の病名は痔疾。健康な与力が役職を辞する上で、常々用いられていた。

与力は大名、旗本との繋がりが大きい。屋敷内での不祥事揉み消しや、借金返済の肩代わりに奔走するという内職を抱えている。それゆえ息子が実績を積むまでの間は繋ぎ役として働かなくてはならないからだ。そんな時、痔疾ならば少々血色が良かろうとも、見せろと言われない限りは押し通すことができる。

「七五三之介、後は任せたぞ」

寂しさを抑え、しみじみとした口調で七五三之介に後を託した玄七に、妻の文絵は勿論のこと、三人の娘達も涙ながらに謝意を表した。

「貴方、永い間ご苦労様でございました」

「父上様。わがままばかり申しました私達をお許しくださりませ」

玄七も思わず眼を潤ませ、久しく忘れていた父親としての威厳《いげん》を取り戻したかに見えたのだが……。

数日後、七五三之介が小石川養生所見廻りを仰せつかるに至って、ほんの束の間上昇した玄七の株は急落する。

涙に濡れていたはずの眼をやにわに尖らせると、文絵は雪絵と共に息巻いた。

「我が家は代々吟味方を務める家柄。いくら七五三之介殿の経験が足りないからと言って、年番方支配まで務めた当家を外役に回すとは何と理不尽な」

「それもよりによって、養生所見廻りとは」

「到底納得できることではありません。福田《ふくだ》殿は当家に恨みでもあるとしか思えません。あのような不浄な場所へ追いやるとは」

二人の怒りは暫し後任である年番方支配福田孫兵衛《まごべえ》に向けられていたのだが、

「母上、父上はお辞めになる際、何故福田様に根回しをお願いしなかったのでしょうか」

と、百合絵が疑問を抱いた途端、三人の怒りは一点に向けられてしまった。

「根回しなどしなくても、部下を掌握してさえいればこのようなことは起こらぬはず。お父上は下位の者に侮られているとしか思えませぬ」

息を潜めるようにして居間に閉じ籠り続ける玄七に向かって、女達は襖越しに睨みつけた。

十

八代将軍吉宗《よしむね》が窮民対策として開設した小石川養生所は、その崇高なる理念にもかかわらず数々の誹謗《ひぼう》中傷を受け続け、当初期待された施薬院としての機能を一向に果たせずにいた。

理由は、第一に医者にかかれない窮民を対象とした奉行所の通達にあった。

この窮民という文言が、病気や病人に対する偏見を生んでしまった。

金も身寄りもない人間を見つけては、ああいった輩《やから》こそが養生所へ入るに相応《ふさわ》しいと決め付けるようになった。

結果として、貧しい人々を救うために作られた養生所は、その運営に当たる奉行所の不適切な通達により、開設当初から汚《けが》らわしい印象を人々に与えることとなった。さらに悪いことは続き、養生所は小石川御薬園で採れた薬草を人体実験する場所だ、というまことしやかな噂《うわさ》まで立ち始めるようになった。

養生所へ入所する患者は定数に満たず、その人気の無さがまた悪しき噂を生むこととなり、人々は養生所と聞くだけで、病気がうつると忌み嫌うようになった。その後、町名主達の働きかけでようやく定員に達するようになったものの、半世紀を過ぎた寛政《かんせい》五年（一七九三）の今日に至っても、養生所に対する庶民の認識はさほど変わらぬままでいた。

そんなわけであるから、七五三之介が養生所見廻りを仰せつかったと聞いて、片岡家の女達がうろたえるのも無理はなかった。

「百合絵、お前はだらしない性格ゆえ少々の汚れなど気にはすまいが、私は嫌じや。一日中あのような不浄の場所におった者が、家中に病気を撒《ま》き散らさぬわけがない」

おぞましさに身を震わせて嘆く雪絵に、百合絵も口を尖らせる。

「なんと失礼な。姉上などは一度嫁に行き存分に穢《けが》れた身体。病気の方が避けて通るというものではございませぬか」

果ては姉妹喧嘩まで引き起こす有様となった。


ほどなく霜降《そうこう》（新暦の十月二十三日頃）を迎えようとする江戸の夕暮れは、提灯の灯りにさえ温もりが感じられるほど肌寒い。

夕暮れ時を飲み時と捉えている職人達が日暮れと同時に顔を出すため、近頃のおかめは店仕舞いが早くなった。

六つ半（午後七時）を少し回ったばかりだというのに、店には数人の客しか残っていなかった。

「先生。生の蛸《たこ》を召しあがったことはございやすか」

板場から顔を覗かせ、親爺が控次郎に訊いた。

「生かい、ねえなあ。大体ぬめぬめとしていて、気色悪いじゃねえか」

その言葉を待っていたようだ。

親爺は皿の上に、蛸とは思えぬ真っ白な切り身を載せてやってくると、控次郎の隣に座りこんだ。

「先ほど、馴染みの漁師が活かして持ってきてくれやしてね。これぱっかりは生きているうちでねえと食べられねえ。足が一本無くなっちまいやしたが、まだ生きていやすよ」

「大丈夫なのかい」

「勿論でさあ。あっしも試しに食ってみましたが、結構乙《おつ》な味です。漁師は鮑《あわび》に似ているというんですが、確かにそんな気もいたしやす。それで、是非先生にも食べていただきてえと思いやしてね」

親爺は旨《うま》さを強調した。

控次郎が一口つまんでみると、こりこりしていて蛸とは思えぬ口当たりの良さだ。

「とっつあん、こりゃあ旨いぜ」

「でしょう」

得意げに親爺が頷いた。

そこへ、暖簾《のれん》を掻《か》き分け、播州《ばんしゅう》屋の半纏《はんてん》をまとった男が店に飛び込んできた。辰蔵《たつぞう》と言い、版元の手代をしている男だ。稼業柄、戯作者《げさくしゃ》や絵師などとの付き合いが多く、それを取り巻く親分衆とも懇意にしているせいか、かなり危ない連中にも顔が利く。その辰蔵が控次郎の横にいる親爺に気づき、恐る恐る前の席に座った。

「今晩は、とっつあん。今日もお元気なようで」

「うるせえ」

親爺は口を利くのも煩《わずら》わしいらしく、さっさと板場に戻ってしまった。

首を竦《すく》めた辰蔵に、控次郎は女将が持ってきた湯呑を受け取らせ、酒をついでやる。

「辰《たつ》、この前おめえがお夕にちょっかいを出したもんだから、とっつあんの機嫌が治まらなくなったんじゃねえのか」

「ちょっかいなんて出しちゃあいませんよ。わちきはただお話をしただけでござんすえ」

「おめえは尻を触らねえとお話ってのができねえのか」

「違いますよ、尻をつねったんでござんす」

辰蔵が言うように、この時代は尻をつねるのと、尻を触るのとではかなりの違いがある。尻をつねるのは愛情表現であり、尻を触るのは立派な助平だ。

「そうかい。どっちにしろ、とっつあんが気に入るとは思えねえが、それにしても、随分忙《せわ》しなさそうに入って来やがったな。なんかあったのかい」

控次郎が尋ねると、用向きを思い出した辰蔵は真顔になった。

「先生。近頃、御舎弟様にお会いになられやしたか」

「七五三《しめ》にか。そうよな、一月《ひとつき》ほど前に会ったきりだな」

「一月でござんすか。たったそれだけの間だというのに、人間の運命ってのは変わっちまうんですねえ」

「随分と思わせぶりな言い方をするじゃねえか。辰、一体七五三《しめ》に何が起きたって言うんだ」

「へい。では申しやすが、驚いちゃあいけやせんぜ」

「いいから、早く言え」

「わかりやした。実は、御舎弟様は数日前から小石川養生所見廻りとなっておりやす」

「何だと」

さすがに控次郎も驚いた。それほど、養生所とは世間から忌み嫌われている場所であったからだ。控次郎の顔が険しくなった。辰蔵は暫くの間控次郎の様子を見守っていたが、それでもまだ告げることがあるらしく、頃合いを見計らうと、言いづらそうに話しだした。

「養生所と聞けば、誰でも白い目で見やす。ですが、それでも世間は全くわかっちゃあいねえ。養生所ってのは芯から腐りきっておりやす。医者はてめえの懐を肥やすだけ。看病中間《ちゅうげん》は患者から小銭を巻き上げるだけでなく、毎晩賭場を開いている有様だ。そんな所へ御舎弟様が行かれたらあのご気性だ、きっと、正そうとなさるはずです。ですから、わちきの見るところ、御舎弟様は極めて危険な状況に置かれていると言えるんでござんす」

辰蔵の話を聞き終えると、控次郎はそれっきり黙り込んでしまった。

辰蔵は乙松の弟だ。七五三之介とも何度か顔を合わせている。

そして、辰蔵がもたらすこの手の情報に誤りがないことを、控次郎は百も承知していた。

# 十一

海島算経以来、自分を認めてくれるようになった与力達も、養生所見廻りとなった途端、腫物にでも触るようによそよそしくなってしまった。同情を寄せる向きも中にはあったが、やはり不浄の場所に出入りする者に近寄りたくないようであった。

——八丁堀の組屋敷には医者に部屋を貸す者が多いというのに

七五三之介には彼らの感覚が理解できなかった。

午後になって、同心支配の許可を取ると、七五三之介はすでに職を辞した元養生所見廻り与力の所へ出向いた。どうしても確かめねばならぬ理由があり、歴代養生所見廻りの中でも比較的真面目であったという人物に話を聞くことにしたのだ。

それは入退所記録における不可解な記述にあった。

開設当初は四十人に満たなかった養生所の患者数も次第に増え続け、やがて百人を超えるようになった。だが、その頃から頻繁に見られるようになった欠落《かけおち》と自殺の文字を目にした時、七五三之介は由々しき事態と捉えた。

ちなみに欠落とは脱走を意味する。

だが、医師に尋ねても、

「患者というのは心の病が大きい。入所期間が過ぎても一向に完治しない者や、職がないなど悩みを抱える者は時として悪しき思いにかられるものだ」

と暗に自殺を仄《ほの》めかす返事しか返ってこなかった。

医師達のやる気の無さは重々承知していた。

だが、これだけの患者が自殺や欠落を繰り返しているというのに、些《いささ》かの疑問も抱かぬ彼らをとても正常と見ることはできなかった。

七五三之介が養生所見廻りであることを告げると、元養生所見廻りの老人は大層気の毒そうな顔をした。

「お前さんはえらく真面目そうだが、養生所っていうところは奉行所の記録にも『不浄の場所』と書かれているように、穢れ切ったところさ。一つの膿《うみ》を出そうとすりゃあ、別の膿が顔を出す。その証拠に、真っ先に治療を諦めるのが医者さ」

前歯を失った聞き取りにくい声で老人は言った。

滅多に訪れる者もいないのか、茶を入れる老妻の手際も殊のほか悪い。七五三之介の前に差し出した湯呑茶碗がひっくり返りそうになるのを、手を濡らしながら立て直す始末だ。

老妻を怒鳴りつけた後で、老人は七五三之介の問いに答えてくれた。

「自殺の理由だったな。表向きはあくまでも病気を苦にしたことになっておるがな」

そこで一旦言葉を区切ると、老人はおそらく誰にも話したことがないと思われる養生所内の恥部を初めて七五三之介に漏らした。

「縊死《いし》じゃよ。前日までぴんぴんしていた者が、そう簡単に死ぬものかい。ありゃあ、看病中間の悪どもに殺されたのさ」

その上で、老人は七五三之介にこう忠告した。

余計なことは考えないことだ。養生所見廻りに手柄は無縁だと。

夜、七五三之介が日録を書き認《したた》めていると、襖越しに文絵が声をかけてきた。たまには一緒に酒を飲まぬか、という玄七の言葉を伝えにきたのだ。

七五三之介は日録の墨跡が乾くのを待って、玄七のいる居間へと向かった。

部屋の外で声をかけた七五三之介が居間に入ると、玄七は眼で向かいの座布団が敷かれた席に座るよう指示した。

目の前に膳部が置かれていた。

そこには銚子が一本と、玄七同様冷奴と漬物だけの肴《さかな》が載っていた。

体面を気にする文絵がこのようなしみったれた肴を出すとは思えない。七五三之介は、急に何かを思いついた玄七が強権を発し、文絵に用意させたのだなと受けとめた。

「一度、お前の存念を聞いておきたいと思ってな」

玄七は七五三之介の盃に酒を満たすと、しかつめ顔で言った。

今宵の玄七にはどこか威厳が感じられる。

玄七に促され、盃を取った七五三之介が遠慮がちに口に運んだ。

玄七は七五三之介が飲み干すのを待って、こう訊いてきた。

「お前はいつまで養生所見廻りをする気でおる」

七五三之介は、自分が養生所見廻りの仕事に専念するあまり、吟味方を目指そうという気がなくなった、そう玄七には思えるのだろうと感じた。それゆえ尋ねられたというよりは、咎められたと受け止めた。

「申し訳ありません。私が至らぬせいで、代々吟味方を仰せつかった当家に重大な瑕疵《かし》をつけてしまいました」

七五三之介は詫びた。すると、

「そう感じているのなら良い。お前は訳あって養生所見廻りを仰せつかったのだ。それゆえ、今の仕事を立派に果たしてもらわねばならぬが、同時に吟味方へ進んだ時のことも考えておかねばならぬ」

玄七はおかしなことを言った。

まるで七五三之介が吟味方に進むことを前提に置いたような話し振りだ。

気持ち首を傾げ、返答を躊躇《ためら》う七五三之介に向かって、玄七はあたかもそれを認めるかのように話を続けた。

「何時吟味方へお役替えになってもいいように、お前も奉行所が抱えている事件について知っておいた方が良い」

玄七は、すでに七五三之介もやがては吟味方へ進むことを承知していると思っていた。

万事に調子が良い奉行と、意外なほど七五三之介に好意を見せる内与力達が、養生所見廻りを申し渡した際、その理由を知らせておかぬはずがないと決め付けていたからだ。

今を遡《さかのぼ》る二月《ふたつき》ほど前のことだ、と前置きをした上で、玄七は自分が年番方支配であった頃に起きた事件を七五三之介に告げたが、それはまさしく奇妙な事件と言えた。

毎年五月二十八日からの三か月間開かれる川開き。

江戸っ子達を夢中にさせる風物詩の一つだが、その奇妙な殺人事件は、まさに川開きが終了する直前に起きた。

大小様々な納涼船が大川を埋め尽くす中、一艘の屋根船が他船の船頭に怒鳴られながら流れ下っていたのだが、艫《とも》を川下に向けたままの状態であったため、漕ぎ手が川に落ちたのではと危ぶんだ同じ船宿の船頭が船を引きよせ、中を確認したところで騒ぎとなった。

死んでいたのは小笠原兼時《おがさわらかねとき》という八百石取りの直参旗本で、当初は心の臓の発作と見られていた。

ところが、翌日になって、川に落ちたと見られていた船頭二人が船宿に戻って来て、自分達は小笠原様の船を漕いではいない。いきなり襲いかかってきた男に頭を殴られて気を失い、今朝になって気がついたと証言したことで他殺の線が出てきた。その後、新たに他殺と裏付ける証拠が出てしまった為、探索は町奉行所に委ねられることとなった。その証拠というのは、薬種問屋十唐《とから》屋の主人宗吉《そうきち》が別の屋根船の中で遺体となって発見され、その懐から小笠原兼時に宛てた恨みごとめいた遺書が見つかったこと、さらには兼時が殺害された時に盗まれたと見られる脇差が宗吉が乗っていた船に残されていたことであった。

町奉行所は薬種問屋十唐屋と小笠原兼時の関係について調べたが、特別二人が関わりを持っていたという事実は見つからなかった。そこで唯一の手がかりである遺書の筆跡を調べたところ、宗吉の記したものではないことが判明した。町奉行所は急遽二つの連続事件とみて探索を開始することとなった。

「つまり、この事件は、小笠原様と宗吉に恨みのある者が二人を殺し、その罪を宗吉になすりつけようとしたのだ。ともに心の臓の発作とはいえ、それが毒物によるものであることは、身体に浮き出た斑点が証明していたからだ。検死に当たった医師もその後斑点を診《み》るに至り他殺を認めた」

「…………」

「だがな、殺されたにしても、一人で川開きを楽しむとは思えぬのだ。特に小笠原様は旗本だ。供の一人も連れていないはずは無い。そこで奉行所は女と密会していたと見て、女に絞って聞き込みを始めた。そして、ようやく別船の船頭から目撃証言を得ることができた。流れ下る船に別の屋根船がぶつかった直後、女がその別の屋根船に飛び移るのを見たという証言をな」

「そこまでわかっていながら、未だに事件が解決していないということは、女の足取りが摑めなかったということなのでしょうか」

「そうだ。奉行所も、その日船に乗っていた女という女を徹底的に調べ上げた。だが、どの船にもそのような女は乗っていなかった。なにしろ証言した船頭が、息を吞むほど妖艶な美女だと言いおったものでな」

「確かに奇妙ですね。そんな美女が乗り移ったのならば、居合わせた者達が気づかない方が不思議です。もしかして、使っていない船でもあるのでしょうか」

「無論、それも調べた。だが、どこの船宿も川開きが終わろうとするこの時期、使わない屋根船など一艘も無いと言った。その後、調べは北町に引き継がれたが、進展は得られなかった」

　話し終えた玄七は当時を思い起こすように視線を遠くに這わせた。

　その表情は事件を解決できぬまま、職を辞した自分を悔やんでいるようにも見えた。だが、それでも玄七は、最後まで七五三之介を叱咤し続けることを忘れなかった。

「七五三之介、この事件は終わっておらぬ。必ずや第三の事件が起きるはずだ。そして、その時こそお前が力を発揮する時だ。今は養生所見廻りを仰せつかっているが、お前はいずれ吟味方へと進むのだ。心せい」

## 十二

毎月三日は控次郎が月に一度だけ沙世に会うことを許される日だ。

その日を明日に控え、満月時とは比べようもないほど溌溂《はつらつ》とした控次郎が「おかめ」にやってきた。

「先生、今日は鯵《あじ》の塩焼きができますよ」

理由を知る女将が嬉しそうに今宵のお薦めを告げた。

火事を恐れる江戸の町では、魚を焼くのにも気を使う。

それも脂《あぶら》の乗った魚となると、もうもうと煙が出、店の中で焼くと客が嫌がった。畢竟《ひっきょう》外で焼かねばならないのだが、風が強い日ともなるとそうもいかない。しかも今は湿気が少ない時期だ。それゆえ、店としては焼魚を仕入れること自体、勇気が要った。

女将の笑顔は、そんな無理をしてまで用意した焼魚を、控次郎に出せる喜びから来ていた。

「そいつはいいな。貰おうじゃねえか」

控次郎が答えると、会話を耳にした常連達も一斉に注文し、瞬《また》く間に鰺の塩焼きは売り切れとなった。

髷《まげ》を小銀杏《こいちょう》に結った同心が店に入ってきたのは、こんがりと焼き上がった鰺の脂に少量の醬油が絡み付き、馨《かぐわ》しい香りを辺り一帯に漂わせた時であった。

控次郎を見つけた同心は、隣の席に陣取ると、

「女将、俺もこいつをくれ」

と、猫を思わせる目つきで注文した。だが、無いものは無い。

高木双八《たかぎそうはち》という南町の定廻り同心は、がっかりとした表情を見せたが、

「双八、一緒に突《つっ》けばいいさ」

控次郎が皿ごと同心の前に差し出すと、俄《にわ》かに嬉々《きき》とした表情になった。

「控次郎先生、いただきます。私は身だけで結構ですから、骨と勘定はそちらに

お任せいたします」

厚かましくもそう言ってのけると、高木は鯵の塩焼きに食らいついた。

「随分な喰いっぷりだな。飯も食えぬほど忙しいわけじゃあるまい」

控次郎が軽口を叩くと、高木はちょいちょいと手招きをした上で、自分の方から顔を近づけていった。

「それが本当なんですよ。厄介な事件が起きてしまって、俺達同心は此処《ここ》二月ばかり働き詰めなんです」

「そりゃあ大変だな。一年のうち、仕事をするのは正味二月なんだからな」

「ああっ、それが可愛い弟子に向かって言う言葉ですか。いいでしょう。役儀に関わることではありますが、事件の詳細をお話しいたしましょう」

「それには及ばねえよ」

「いいえ、聞いていただきます。事は私の名誉に関わることですから」

そう息巻いた高木であったが、話す段になると、俄《にわ》かに相好《そうごう》を崩し始めた。

それもそのはず、高木の話は川開きで殺された旗本と商人のことはそっちのけで、大半が事件に絡んでいたとみられる妖艶な美女にあてられていたからだ。

「暗がりで見りゃあ、六十の婆さんだって妖艶に見えるかもしれねえぜ」

「また、すぐにそうやって夢の無いことを言う」

「おめえは夢を見過ぎるんだよ。いい加減なところで手を打ちゃあいいものを、選《え》り好みばかりしているから未だに独り身なんだ。大体、事件の陰に潜んでいる女なんてのは性悪に決まってらあ。そんなことに駆けずり回っていやがったくせに、忙しいもへったくれも……。おいおい、猫じゃねえんだから、何も骨までしゃぶることはねえだろう」

すでに鯵をあきらめた控次郎が情けなさそうに言うと、高木は嬉しそうな顔で、「御馳走さま」と言い残し足早に立ち去ってしまった。

「もう、高木の旦那ったら、先生の鯵なのに」

高木が出ていった方を睨みつけお夕が口を尖らせて言った。

「いいってことよ。おいらはこうして酒を飲んでいられるが、双八の奴は、おちおち飯を食うことさえできねえんだ」

すると、控次郎のこういうところが好きだという女将が話に割り込んできた。

「本当なんですよ、先生。ここんとこ立て続けに土左衛門が上がっているんです。一昨日《おととい》なんかは若い女ですよ。それも高木の旦那が言うには、身につけていた襦袢《じゅばん》や手足が荒れていないことから、大方腰元じゃないかって」

女将は鰺を失った控次郎の為に、満面の笑みを浮かべて酌をした。

長屋のどぶ板を鳴らしながら、小さな足音が近づいてきた。

待ちきれずに外へ飛び出した控次郎の顔を見るなり、

「父様《ととさま》」

と叫んだ沙世は、つき従ってきた女中に向かってぴょこんと頭を下げた。

「お沙世、うちで働いている人達は皆お店の為に働いてくれているんです。そんな人達がわざわざお前に付いて行ってくれるのですから、ありがたいことだと思わなくてはいけませんよ」

祖父である長作の教育が効いていた。

そんなこととは知らぬ女中は、却《かえ》って恐縮したらしく、沙世と控次郎に向かって、何度もお辞儀をしながら戻って行った。

「沙世、今日はな、八丁堀の菓子屋に連れて行くぜえ」

月に一度しか会えない沙世を喜ばせようと、控次郎は餡子《あんこ》が苦手だというのに、ここ数日彼方此方の菓子屋を駆けずり回っていた。ようやく佐奈絵のお蔭もあり、餡子の入らぬ菓子を探し当てたばかりだ。

だが、家に上がるなり、小さな手を仏壇に向かって合わせ続ける沙世は、控次郎の苦労も顧みず、菓子屋には行きたくないと言った。

「今日は母様《かかさま》のお傍にいたいのです。十五日は、母様の祥月命日なんでしょう。沙世は、その日母様に会いには来られません。ですから、今日はずっとこの家の中にいたいのです」

そういうと、沙世は再び仏壇に手を合わせた。

仏壇といっても、九尺二間の狭い部屋に置かれた仏具であるから、妙に小ざっぱりとしている。お袖が嫁入り道具として持参した箪笥《たんす》の上に載っていた。

母の傍にいたいと言っただけに、この日の沙世は家の中をいろいろ見て回った。竈《かまど》や流し台、はては天井にまで目を這わせた。

そして、いつもは見落としていた棚の上にある行李《こうり》を見つけた。

お袖が死んでから、一度として開けたことのない行李だ。

控次郎にもなにが入っているかわからない。それを沙世は開けた。

中には数枚の布、さらにその間には、大事そうにくるまれた一通の封書が入っていた。

布はさして大きなものではなかった。沙世の成長に合わせ、お袖が縫おうと楽しみにしていたもののようだ。その大きさから沙世は自分の物だと気づいた。

それでも、すぐに封書の方へと手を伸ばしたのは、控次郎に対する沙世なりの配慮だ。小さな布を見つけた時、沙世もはっとしたが、隣にいた控次郎まで驚いていたことに沙世は気づいていた。

封書の中には手紙のようなものが書き認《したた》められていた。

六歳の沙世にはまだ漢字は読めないが、それでもどこか母の匂いがした。

食い入るように手紙の文字を見つめ、母の面影を探した。

だが、生まれてすぐに母を失った沙世には、母の顔を思い浮かべることすらできない。

——一度くらい、母様の顔を見させてくれてもいいじゃない
沙世の中で、幾度となく呟かれた言葉が、今日は殊のほか悲しく感じられた。

涙が溢れそうで、沙世は黙って手紙を控次郎に手渡した。

その控次郎も手紙の書きだしに目をやっただけで、先へは進めない。

「旦那様へ」——という見出しで書かれた手紙は、産後の肥立ちが悪く、いつも床に伏せっていたはずのお袖が、控次郎も気づかぬうちに書き遺したものに違いなかったからだ。

「父様、なんて書いてあるんですか」

書面に見入ったまま、動きを止めてしまった控次郎を気遣い、沙世は尋ねた。

問われた控次郎も、数行しか書かれていない手紙に目を通したばかりだ。

だが、言えるものではなかった。

お袖が認めた手紙には、控次郎と添い遂げることができただけで自分は幸せだと書かれていた。その上で控次郎の将来を案じ、お袖は沙世を長作夫婦に託すことを進言していた。

控次郎は肩を震わせるばかりで、声を発することもできない。

沙世はそれを自分のせいだと受けとめた。

黒目がちの大きな眼に、今度こそ溢れんばかりの涙を湛《たた》えると、

「ごめんなさい。父様、もう読んでくださいなんて言いません」

沙世は控次郎の膝の上に突っ伏した。

控次郎が沙世を万年堂に送り届けると、後から姑のおもとが追いかけてきた。

「控次郎さん、こんなことは頼み辛いんだけれど」

義母のおもとはそう前置きした後で、凶悪そうな男が店を訪ねてきたと控次郎

に救いを求めてきた。

「うちの人は頑として取り合わなかったんですけどね。でも、その人の眼があたしには大層薄気味悪く感じられて、未《いま》だに頭から離れないんですよ。うちの人は心配ないと言っていますが、それにしては物音がするたびに腰を浮かす始末で、お沙世に何かあったらと思うと、あたしは心配で心配で……」

おもとは心底怯《おび》えていた。

話は十日ほど前のことだそうだ。店仕舞の直前に入ってきた商人風の男が、取引のことで相談を持ちかけてきたのだと、おもとは言った。

主の長作が応対に出ると、お人払いをと断った後で、男はある薬を買いたがっている客が大勢いる。それで、万年堂に売り捌《さば》いてくれないかと持ちかけてきたというのである。

「その薬というのは、どんなものですか。もしや、危ない代物《しろもの》では」

「ええ。阿片《あへん》だと、うちの人は言っていました。何でも、以前は十唐屋さんが扱っていたらしいんですが、十唐屋さんがあんなことになってしまって……」

聞いた途端、控次郎に不吉な予感が走った。

高木が話していた大部分が妖艶な美女話の中、束の間ではあったが、十唐屋という名を聞いた気がしたからだ。

「それで、そいつは断られた後で何と言っていたんです」

「それが恐ろしいのです。話を聞いてしまった以上、断ったりすればどんなことになるかわかりませんぜと。その上で、こちらには小さなお子さんもいるようじゃないですかと言ったんです。控次郎さん、うちの人には内緒で、見張っていただくわけにはいきませんか。うちは男手が少ないことですし」

そうおもとは言った。

「お引き受けいたします」

控次郎は即答した。沙世のことが気がかりなのはもちろんだが、おもとが言った最後の一言、うちには男手が少ない、という言葉が効いていた。

他の商家が男ばかりであるように、もともと万年堂も男手が多い店だったのだ。それも若い働き手が大勢いた。

ところが、娘の袖が控次郎の所へ押しかけ、所帯を持ったと聞かされた途端、お袖目当ての若い手代達は次々と店をやめ、国へ帰ってしまったのだ。

「早速、今夜から警護にあたることにいたします」

控次郎が言うと、おもとは初めて安堵の表情をみせた。

角地にある万年堂を見張るため、通りの対角にある太物屋《ふともの》の雨戸が閉まるのを待って、その軒先に身を潜めた控次郎であったが、未だ寒さに慣れていないこの時期、さすがに夜風は堪えた。

身体を擦り、何とか寒さをしのぐことで初日の見張りを終えた。

夜が白む頃、布団に潜り込んだ時には生き返ったような気さえした。

翌晩はさすがに襦袢《じゅばん》を一枚重ね着してやってきた控次郎であったが、出がけに蕎麦《そば》を一杯掻き込んだだけとあって、五つ（午後八時）の鐘を聞いたときには早くも腹の虫が鳴き始めた。

寒さに加え、空腹とも闘わねばならない羽目になったが、ありがたいことに辰蔵がおかめの女将が握ってくれたという握り飯と、徳利に入れた温かいお茶を持って現れた。

「すまねえなあ。だが、どうして俺が此処にいるとわかったんだ」

控次郎が尋ねると、

「簡単でござんすよ。先生の人相風体を言ったら、腰の曲がった婆さんまで見覚えておりやしたよ」

辰蔵は笑いながら言った。

さらに控次郎が食べ終えるのを待って、辰蔵はこう進言した。

「先生、万年堂は角地でござんすから、少々離れたところからでも見張ることができやす。こんな風が吹き抜ける場所ではなく、向こうにある天水桶の陰に身を隠したらいかがなもんでござんしょう」

辰蔵は、その後もずっと控次郎に付き合ってくれた。だが、怪しい奴らは姿を見せなかった。


そして三日が過ぎた。

辰蔵はこの夜も見張りに付き合っていた。

自分でもそのつもりでいたらしいのだが、おかめの親爺までもがまるで辰蔵を見張るかのように、途中まで握り飯を運んで来るのだ。辰蔵に選択肢は残されていなかった。しかも褒めてくれたことなどなく、

「てめえ、居眠りなどこいたらただじゃあおかねえぞ」

と、脅しをかけてくる始末だ。

「わちきはよっぽど前世で悪いことをしたんでしょうかねえ」

握り飯を頬張りながら、辰蔵は間尺に合わない状況を嘆《なげ》いた。

昼間寝ることができる控次郎はともかく、辰蔵は播州屋の仕事もしなくてはならない。無意識のうちに出てくる欠伸《あくび》を手で隠すと、ともすればふさがりがちになる目を必死に見開いた。

四つ（午後十時）を少し回った頃だ。

控次郎が肘で辰蔵を小突いた。

「来やがったぜ」

その言葉通り、商家の軒沿いを数人の男達が物陰に身を隠しながら、近づいてくるのが見えた。

「四人ですかねえ」

「いや、五人だ。反対側の通りにもう一人いる。どうやらこっちの方が親玉みてえだな」

「じゃあ、どうしやす。こっちの方から片付けやすか」

「そうもいくめえ。前の奴らは刀を帯びていやがる。辰、あいつらは俺がやっつけるから、おめえは奴らが逃げた後を追いかけてくれ。くれぐれも悟られねえようにしろよ。金輪際万年堂に手出しをできねえよう、奴らの巣を叩き潰してやるんだ」

　そう言い残すと、控次郎は曲者達に向かって、すたすたと歩み寄って行った。

「おい、溝鼠《どぶねずみ》ども。こんな夜更けにどこを襲おうってんだ」

　辺りに響き渡るほど、無遠慮な声だ。

　驚いた曲者達は一斉に刀を抜いた。

「見たところ浪人のようだな。当節浪人者が食って行くのは大変だとは思うが、罪もねえ人間を傷つけちゃあいけねえぜ」

　控次郎が万年堂を背にして立ちはだかった。

　すでに刀を返し、鯉口を切っている。

　それにも増して、落ち着き払った態度が浪人達を威圧した。

「ええい、構わぬ。こ奴を斬れ」

　浪人者の一人が、仲間に檄《げき》を飛ばした。

　だが、誰も前に出ようとはしない。

　刀を抜いた控次郎が、剣先で檄を飛ばした男を呼び寄せた。

「言い出しっぺのおめえがかかってこないでどうするんだい」

　完全に相手を呑んでいた。

言われるがまま、素直に打ちかかってきた浪人者の肩口を刀の峰で叩くと、今度は刃先を下に向け、残りの三人に向かって言い放った。

「そんな腕で、人を襲おうってのか。俺もだんだん腹が立ってきたぜ。叩っ斬ってやるからかかってこい」

何分にも寝静まった夜更けのことだ。控次郎の怒鳴り声を聞きつけた商家から、何事かと顔を出す者まで現れるようになった。

顔を見られたくない浪人者はばたばたと逃げて行った。

それを見届けた控次郎が、通りの反対側にいる親玉らしき男に向かって走り寄った。突然のことに、男は逃げることもできなかった。

「おい、命が惜しけりゃあ、その被り物を取るんだな」

刀をちらつかせて言った。すると、

「人違いです。あたしは別にあいつらの仲間じゃございません。被り物をしていたのは寒さしのぎの為でございます」

意外にも商人風の男は、被り物を取った後で気弱そうに言った。だが、こちらを盗み見る時の目付きには、鋭さが感じられた。

その顎を右手で捉え、しっかりと面体を確かめると、控次郎は男を解き放った。

「てめえの面は見覚えたぜ。疑われたくねえのなら二度と夜更けに出歩くような真似はしねえことだな」

ぺこぺことお辞儀をしながら去って行く男を追いたてると、控次郎はすでに辰蔵が後を追ったものと思い、その場を後にした。


翌日、控次郎は万年堂の辺りを当分の間見回ってくれるよう高木に頼むと、久しぶりにおかめで辰蔵からの報告を待った。

昨日の今日だ。あれだけ近所を騒がした上、同心がうろつくようになっては、連中だって当分はおとなしくしているだろうし、なによりも控次郎自身に敵の襲撃を待っているつもりはなかった。先んじて敵の塒《ねぐら》を襲い、一網打尽にしてやろうと考えていたからだ。

だが、肩を落とし、店に入ってきた辰蔵は意味不明なことを言った。

「とんでもねえことが起こりやした。不忍池《しのばずのいけ》の辺りまで尾けて行ったところ、突然山伏みてえな格好をした奴が三人現れ、そいつらが三人がかりで浪人達を斬ってしまったんです」

「辰、おめえ寝ぼけているのか、もう一度言ってみろ」

「ですから、山伏が三人がかりで次々と」

「浪人者も三人なんだろう。だったら、三人がかりはおかしいだろう」

「そうですねえ。そういわれりゃあ、確かにそうだ。ですが、わちきには、浪人者が三人がかりで斬られたとしか見えなかったもんで」

辰蔵はその時の状況を思い浮かべ、尚且つ不審そうに言った。

「まあ、いいや。肩をへし折ってやった男の口から、依頼人の名前を聞きだしたからな。振《ふ》り駒《こま》の弐蔵《にぞう》って言う、やくざらしいぜ」

黒幕の正体を聞きだした以上、連中もこれ以上万年堂を強請《ゆす》るような真似はすまい、控次郎はそう捉えていた。

# 風花堂《ふうかどう》

一

師走《しわす》に入った江戸の町は、椋鳥《むくどり》と呼ばれる季節労働者や、観光を目的とした旅人で溢《あふ》れかえる。どちらも例年決まって江戸へやってくる連中であるが、暮れの忙《せわ》しない時期、このようなわけのわからぬ余所《よそ》者にうろつかれることは、江戸っ子達にとって甚《はなは》だ不快なものであった。

だいたいにおいて、農閑期に現金収入を得ることを目的とする季節労働者達が、粋といなせを売り物とした江戸っ子の目に、好意的に映るはずはなかった。

いくら家族の為とはいえ、金になりさえすればどんな仕事でも引き受ける彼らの姿は、「宵越《よいご》しの銭は持たねえ」と粋がる江戸っ子達の気風とは真逆であったからだ。

それゆえ、集団でこの時期に訪れる彼らを、江戸っ子達は侮蔑《ぶべつ》をこめ、「椋鳥」と呼んだのだが、同じように毎年のこのことやってくる金持ちの観光客に対しては、忌々《いまいま》しさを感じながらも、どこか卑屈となった。

「兄さん。田原町《たわらまち》にはどう行けばいいんだい」

「けっ、田舎者が。人に物を頼む前に、売り物の団子の一つでも買ってみる気にゃならねえのかよ」

「そりゃあ気がつかんことをした。全部貰おうじゃないか」

「えっ、全部。いいんですかい。さすがにこの時期江戸見物に来なさる方は肝が太《ふて》えや。田原町なら、この道をこう行って……」

お伊勢《いせ》参りに代表されるように、この時代の人々は総じて旅好きであるが、それでも、ほとんどの者がせっせと金を貯めて、旅費を切り詰めながら旅をしていたものだ。ところが、この時期、江戸へやってくる客達ときたら、江戸っ子達に喧嘩をふっ掛けるかのように金を遣いまくった。

江戸は遊ぶ場所も多く、物価も高い。その上、余所者を小馬鹿にするところだけに、それを黙らせるだけの財力を見せつけなくてはならない。それゆえ、毎年江戸にやってくる客には、財力と見栄を相応に兼ね備えた者が多かった。

彼らは、回数を重ねるごとに、その趣《おもむき》を変えた。

初めて江戸詣に来た時には、浅草寺《せんそうじ》、愛宕山《あたごやま》、深川八幡《ふかがわはちまん》といった名所を回っていたものが、慣れるに従い、あらかじめ仕入れた江戸の情報冊子をもとに、その年の流行を追い求めるようになった。

芝居小屋や吉原《よしわら》などは、そういった面でも金の落とし場所として申し分なく、その上、流行の先端を行く場所であったため、例年客達が好んで足を運ぶ場所でもあった。

ところが、今年の客達は芝居小屋や吉原にはさほど興味を示さなかった。

情報通の彼らは今年、江戸で一番に話題を集めた場所を知っていたのだ。

彼らが真っ先に向かったのは、「風花堂《ふうかどう》」という一風変わった名の祈禱《きとう》所であった。今年開所されたばかりだというのに、今では江戸近郷はおろか、はるか上方《かみがた》まで噂は広まっていた。

よく当たるという評判もさることながら、人々の注目は行者と呼ばれる占い師に集まっていた。

行者は、女子のごとく華奢《きやしや》な身体つきをしてはいるが、幾度か足を運んだ者達によると、眉目秀麗《びもくしゅうれい》の若衆に間違いないという。だが、名前の秋元楓《あきもとかえで》が示すように女であると言い張る者達もいて、その性別すら未だに不明のままであった。風花堂側も、謎に包まれたままの方が評判になるとみているらしく、それを売りにしているようなところがあった。

大尽の中には金に物を言わせ、この行者の性別を確かめようとする者も少なくなかったが、これまで誰一人として行者に近づけた者はいないと言われていた。

それほどまでに警護が厳しい。

行者の祈禱場所は御簾《みす》で覆われ、左右には仁王《におう》像よろしく六尺（約百八十センチ）豊かな大男が二人、爛々《らんらん》とした目を向けていて、淫靡《いんび》な目を向ける輩《やから》はすぐさま摘《つま》み出されたからだ。

というわけで、江戸へ出てきた客達のほとんどが、自らの手で秋元楓なるものの性別を見抜いてやろうと大挙してこの場に押し掛けた。江戸っ子が解きえなかった謎を、この手で解明してやろうと勇み立ってやってきた。

生来のおめでたさに加え、有り余る財が、これ以上は無いあっぱれな馬鹿を作り上げた、などとは考えもしない。彼らは、ただ江戸っ子の鼻をあかしてやりたい一心で、風花堂を目指した。

すでに、さまざまな方面から情報を集めているらしく、客達はまだ見ぬ祈禱所の中の様子まで熟知していた。

三本の燭台が照らし出す幻想的な空間の中、伏し目がちに卦《け》を立てる行者の妖艶な姿に人々が魅入り、行者の口から吐き出される声音に魂を抜かれることも知っていた。

悩ましげに前髪を垂らし、緋《ひ》の装束に身を包んだ行者が紅の唇をせつなげに震わせ、さらに神占を得るため前屈みとなると、男達は思わず生唾《なまつば》を飲むそうだ。襟元から覗く白磁のごとき肌理《きめ》細やかな肌が、着衣の下に隠された隆起への期待を膨らませ、それを肯定するかのごとく、黒々とした長い睫毛《まつげ》が男達の欲望を掻きたてる。だが、次にその唇から発せられる凜然《りんぜん》とした声音から煩悩《ぼんのう》を咎《とが》める神仏を感じ、人々は雷にうたれたかのごとく行者の前にひれ伏すという。客達は、そんな法悦を味わうべく、煩悩の赴くまま風花堂へとやって来た。

祈禱が行われるのは、毎月二と五、そして八の日に限られていたが、すでに江戸の情報に熟知している客達は、黒山の人だかりとなって風花堂の前に集まっていた。

行者から祈禱を受けることができるのは、一日八名までと決まっていた。我先にと風花堂に集まったものの、籤《くじ》に外れた客達は、収まりがつかず、その為辺りは騒然とし始めた。

元々が金に物を言わせ好き放題のことをしてきた客達だけに、思うようにならないとみるや、常套《じょうとう》手段である金の力に訴え始めたのだ。

「わざわざ上州《じょうしゅう》からやってきたんだ。このまま帰れるかい。いくら出せばいいって言うんだい」

「わては上方や。金ならいくらでも払いまっせ。後生やから、一目、行者さんに会わせておくんなはれ」

果ては、行者を出せとまで叫ぶ始末となり、祈禱所を守る巫女《みこ》達目がけ押し寄せた。十重二十重の人の群れに、ひ弱な巫女達が悲鳴を上げる。

突然、押し寄せる人波が動きを止めた。

祈禱所の中から、六尺豊かな大男が二人、ぬっと姿を現したのだ。

誰もがたじろぐほどの大きさに加え、鍾馗《しょうき》もかくやと思わせる鋭い眼光だ。睨まれた客達は金縛りにあったように動きを止めた。

それほどまでにでかい。いかな相撲《すもう》好きの客達といえど、これには度肝を抜かれた。しかも、一人の男は目の縁に入れ墨を施し、吊りあがって見える眼は今にも嚙《か》みつきそうに思えた。

大男二人は客達を睥睨《へいげい》し、その萎縮《いしゅく》振りを確認すると、やがて祈禱所から歩み出てくる行者を迎えた。

「ほうっ」

溜息とも歓声ともつかぬ声が、一斉に上がった。

巫女に手をひかれ、紫の薄絹を身にまとった緋袴姿の行者が姿を現した。

大男二人に挟まれた行者は五尺六寸（約百七十センチ）、この時代にしては長身だが、大男二人に挟まれるとかなり華奢に見える。だが、身体全体からほとばしる霊気が行者を包み、その存在をより大きなものとしていた。

行者は身体の前で手を合わせると、静かに面を上げた。

「わが祈禱を望まれ、お越しいただきましたなれど、法力には限りがあり、八名が限度。ですが、こうしてお集まりいただいた以上、無下《むげ》にはお帰しできませぬ。遠来の方々に申し上げまする。これより二日の間、根津権現《ねづごんげん》の方角にはくれぐれも近寄らぬよう警告いたします。暗気が立ち込めておりますゆえ、決して近づいてはなりませぬ」

言い終えると、行者はしずしずと祈禱所の中へ戻って行った。

二日後、江戸の町は騒然となった。

素より、好奇心の強い客達だ。根津権現に近づくなと言われれば、却《かえ》ってそちらに足が向いてしまう。おかげで、根津権現近くの旅籠《はたご》は軒並み観光客で占められ、その付近一帯の旅籠まで恩恵を被ることとなった。

そんなめでたい客達であったが、幸いなことに被害を受けた者はいなかった。

「振り駒の弐蔵」というやくざの一家が何者かに襲われ、下っ端を残し、主だった者は全員殺されてしまったのだ。

事件の起きた時間が、明け方七つ（午前四時）頃であったこと、さらには現場が根津権現から若干離れた駒込《こまごめ》であったため、客達は旅籠から出ることもなく、巻き込まれずに済んだ。

朝になって事件を知った彼らは、一様に風花堂に向かって手を合わせ、事件に巻き込まれなかったことと、一時でも風花堂を疑った非礼を詫《わ》びたという。

「くわばら、くわばら。ほんに、霊験あらたかな行者様だ。まさか、目と鼻の先であのように恐ろしいことが起きるなんて」

駒込の旅籠に泊まり込んだ客達は胸を撫《な》でおろした。

根津権現近くの旅籠が一杯で、仕方なく駒込に宿をとったのだが、まさか自分達が泊まった旅籠の近くで事件が起きようとは、夢にも思わなかった。

その凄惨な現場を目撃した客達は、あまりのおぞましさに震えあがったばかりか、当初の目的もどこへやら、早々に江戸を後にしてしまったという。

二

大横川《おおよこかわ》から南割下水《みなみわりげすい》に沿って、御竹蔵に至るまでの中ほどに本多元治の屋敷はあった。この辺り一帯は出世に縁のない下級旗本が多く住むところでもある。

ほとんどの屋敷が二百坪から四百坪という狭い敷地しか持たなかったが、それでも幕府から拝領したものであるから、建物の修繕費用などは旗本が負担しなければならなかった。その為、役職にも就けず、先祖代々同じ場所で暮らし続けるこの辺りの旗本屋敷は、表側だけは小奇麗にしていても、人目につかぬ場所は破損した状態で捨て置かれたままになっていた。

いつか役職に就ける日を夢見て、その際にかかる贈答資金を捻出するために、下級旗本達は切り詰めた生活を送っていたのだが、徳川初期に下された俸禄も四代家綱の時に年貢比率が引き下げられ、その後の物価高と相まって、彼らの暮らしぶりは次第に逼迫《ひっぱく》して行った。先祖代々の鎧《よろい》や武具はとうの昔に処分され、馬は勿論のこと、厩《うまや》まで内職の為に取り壊されるようになってしまった。

厩があった場所には縁台が階段状に設けられ、菊の鉢が所狭しと置かれていた。菊は観賞用としても、食用としても価値があった為、たとえわずかな収入でも、役にも立たない馬に餌を喰わせる無駄を考えれば、はるかに有効な手段と言えたからだ。

そんな旗本達に比べれば、元治の屋敷は大したものであった。

未だに屋敷内には厩があり、飼い葉桶もある。肝心の馬はおらず、代わりに干し大根がぶら下がっていたとしても、それなりの体面は保ち続けていたからだ。

台所の隣にある用人部屋で、老用人の長沼与兵衛《ながぬまよへえ》が擦り切れた羽織の変色した部分を、薄墨で幾度となく塗りたくっていた。それを呼びに来た元治の一人娘あまるに見られた。

「与兵衛、何をしているのですか」

「あっ、いいえ。お嬢様、なんでもございません」

しどろもどろになって与兵衛が答えるのを、首を傾げるようにして聞いていたあまるだが、事態を把握するや、すぐに表情を曇《くも》らせた。

「ごめんなさい。与兵衛の羽織はそんなにも擦り切れていたのですね」

「とんでもございません。今朝方ちょっと植木に引っ掛けてしまい、擦り切れたように見えるだけでございます。直しましたから、まだまだ十分着られます」

慌てて羽織に袖を通す与兵衛であったが、迂闊《うかつ》にも墨を塗ったところに手を置いてしまい、指先が墨で汚れた。

「お金がないのですね。こんなに一生懸命働いてくれているというのに、当家は用人のお前に羽織の一つも買ってあげることができないのですね」

大粒の涙を浮かべて詫びるあまるに、与兵衛は両手を振り振り否定する。

「お金は奥方様から戴いております。ですから羽織など買おうと思えば、すぐにでも買うことができるのですが、与兵衛にはこれで十分なのでございます。お嬢様、このことは奥方様やお殿様には黙っていてくださりませ」

必死になって頼み込む与兵衛に、一旦は頷くしかなかったあまるだが、急に何かに気がついたらしく、不安そうな声を上げた。

「与兵衛。もしやお前は、香取《かとり》に帰るためのお金を貯めているのですか」

あまるは与兵衛が元香取の神官であったことを聞かされていた。それゆえ、与兵衛が無駄な金を遣わないのだと思ったようだ。

「そんなことはございません。与兵衛にはこのお屋敷の他に行くところなどございません。お嬢様がお嫁に行かれた後も、大恩あるお殿様にお仕えいたします」

忠義者の与兵衛は、元治のことに触れるたび、たとえそこに元治がいなくても必ず一礼した。

その生真面目な態度に安心したのか、あまるは「すん」と鼻をすすると、ようやく笑顔を取り戻した。

「父上がお呼びです。なにやらお前にお話があるようですよ」

「はっ、ただいま」

吃驚《びっくり》して立ち上がった与兵衛は、修繕に使った硯箱をそのままにして元治の居室へと向かって行った。

硯箱の中には摺《す》られたばかりの薄墨と、わずかに先を濡らした小筆が置かれていた。あまるの中で、遠い日の記憶が、懐かしさとともに蘇《よみがえ》った。

――そういえば兄しゃまもずっと同じ羽織を着ていらしたし、硯箱だけが文机に乗っていたことがあった胸の疼《うず》きを覚え、あまるは改めて七五三之介の人となりを思い知らされた気がした。与兵衛がしていることを、七五三之介がしていないわけがなかった。

小走りに廊下を走り抜けると、庭に飛び出し、申《さる》（西南西）の方角を探した。

――きっとあの辺りが八丁堀だ。兄しゃまは、そこでもこのように我慢をされているのではないだろうか

今は会うことも叶わぬ七五三之介の面影を偲び、あまるは八丁堀の空に思いを馳せた。

三

大川と東本願寺《ひがしほんがんじ》に挟まれた田原町。その一角にある風花堂は、元々売りに出されていた剣術道場を改築して建てられたものだ。

かつては、門弟達を道場へと誘った門も、今では籤引場に姿を変え、籤に当たった者だけが祈禱所の中へ入れるようになっていた。それでも、籤引場から見える竹矢来で締め切られた通路の先には、連子窓《れんじまど》が剣術道場としての名残をとどめていた。

昼間は祈禱日以外の日でもたくさんの人間が押し寄せる風花堂も、暮れ六つ（午後六時）を過ぎた頃には、人の数もまばらになった。静まり返った道場は人の気配が感じられず、夜の風花堂は、昼間とは違う不気味な一面を見せていた。

「丑之助《うしのすけ》、楓は相模屋《さがみ》に戻ったのか」

女子のように白い顔の行者が、身の丈六尺はあろうかという大男に向かって言った。

「はい。祈禱所が閉まると同時にお戻りになられました」

微かな蠟燭《ろうそく》の灯が、丑之助と呼ばれた男の奇相を照らし出した。明らかに異国の血が混じった顔立ちをしていた。

道場の板敷きに座ったまま、その丑之助がふっと溜息をついた。

どことなくやりきれなさを感じさせるのは、鬱積《うっせき》した行者の悩みを丑之助が理解していたためであろう。未だに心が通い合うことなく、ぎくしゃくとしたままの兄妹を丑之助は憂《うれ》えていた。

「楓は責任を感じているのだ。卯之吉の居場所を吐かせる前に小笠原兼時を死なせてしまったことをな」

行者は妹の楓を庇《かば》った。

丑之助にも妹を庇いたい行者の気持ちはわかった。だが、性急に事を運ぼうとする楓のやり口が、行者にとって好ましくないこともわかっていた。

「蛍丸《ほたるまる》様、私にも楓様のお気持ちはわかります。ですが、近頃の楓様は大旦那様の仇を討ちたいという気持ちばかりが先走っているように思えて仕方ありません。これでは卯之吉の居場所を探る前に、卯之吉の術中に嵌まり、命を落とすことにもなりかねません」

丑之助の言葉を、蛍丸と呼ばれた行者は黙ったまま聞いていた。行者にもそのことは否定しかねるようだ。

「屋根船の中で、小笠原兼時は楓様に無理矢理酒を飲ませようとしました。それを船頭に化けた鮫蔵《さめぞう》に気づかれ、逆に徳利一本の酒を飲まされた結果、兼時は引きつけを起こし、そのまま息を引き取ってしまったそうです。大方意識をなくさせる強い薬でも入っていたのでしょうが、何もその場でかっとなって酒を飲ませる必要はありませんでした。兼時は捕えたも同然だったのですから、ゆっくり口を割らせ、卯之吉の居場所を吐かせるべきでした」

丑之助の舌峰《ぜっぽう》が次第に楓に対する非難とも取れるようになった。

「鮫蔵にとって楓はそれほどの存在なのだ。子供の頃から守り続けてきた楓が狼《ろう》藉《ぜき》を受けたとあっては、鮫蔵が逆上するのも無理はなかろう」

これ以上丑之助に非難めいた言葉を言わせたくない蛍丸は、鮫蔵をも擁護しつつ、話を切り上げようとした。だが、丑之助は執拗《しつよう》に食い下がった。

「私には承服しかねます。鮫蔵は何をおいても蛍丸様の指示に従わなくてはならないのです。異人の子と蔑《さげす》まれていた私や、異人相手に情を交わした母親の子、と村八分にされていた鮫蔵が人並みに生きてこられたのも、すべては大旦那様のお蔭なのです。私達は子供の頃より遠州屋の庇護《ひご》を受けて生きてまいりました。蛍丸様がお生まれになった時には、これで遠州屋も安泰だと喜んだものです。私達は遠州屋蛍助の跡を継ぐ者は蛍丸様しかいないと思っております。ですから、大旦那様が亡くなる半年ほど前に遠州屋に引き取られてきた楓様を、たとえご兄妹とはいえ、蛍丸様と同列に置くことはできないのです」

「丑之助、それを言ってはならぬ。私達は実の兄妹なのだ。そして、この私が実の妹に惨《むご》い仕打ちをした兄であることもお前は知っているはずだ」

「蛍丸様、あのことはもうお忘れになってもよろしいのではございませんか。あの時の蛍丸様に、常軌を逸してしまわれた奥様をお止めすることなどできるはずはございませんでした」

「それはただの言い訳にすぎぬ。私の頭の中には、母にいじめられていた楓の泣き顔と許しを請う叫び声がいつまでも残っているのだ。その楓を母に命じられたとはいえ、私は打擲《ちょうちゃく》した。何の罪もない楓を私はこの手で……」

蛍丸は、忌まわしげに自らの手を見詰めて言った。

「仕方がなかったのでございます。あのとき、もし蛍丸様が庇い立てなどしようものなら、奥様は一層楓様にひどい仕打ちをなさったに違いないのです。奥様にとって楓様の母御は所詮《しょせん》女中でしかありません。一度は追い出した女中に大旦那様がお情けをかけたと知って、奥様は鬼になられてしまったのです」

「鬼か、確かにそうだったな。あの時の母は鬼で、私は鬼の子だった。だがその母ももうおらぬ。楓の恨みは、全て私に向けられるしかないのだ」

「鬼の子などと、何故左様なことを申されますか。蛍丸様はご自分を悔いておられるではありませんか。楓様だって、今は蛍丸様が持っておられる本来の優しさに気づいているはずでございます」

「あの日、熊野《くまの》での修行を終え、遠州に戻った私は真っ先に楓に許しを請うた。だが、私に向けられた楓の眼に兄妹の感情は残っていなかった。それどころか、私は楓がずっと憎しみを抱いていたことを思い知らされた。以来、私は楓に詫びることを止めた。許されるはずの無い罪を犯した以上、責められ続けるしかないと私は決めたのだ」

蛍丸は言った。ぎゅっと唇を噛みしめたまま一点を見続ける横顔が、自分の犯した罪の大きさを物語っていた。

丑之助が先ほどよりも深い溜息をついた。息は蠟燭の炎を揺らし、蛍丸の白磁のごとき頬を橙《だいだい》色に染めた。

丑之助は熊野で荒行に耐え、神仙となった蛍丸が見せた童子のごとき弱々しい一面に、病弱であった頃の気弱な遠州屋市太郎《いちたろう》を重ね合わせていた。

こんなことではいけない。丑之助は自分に課せられた本来の役割を思い出すと、敢えて蛍丸の感情を害する言葉を口にした。

「ならば、敵討は諦めなさいませ。楓様は卯之吉の手掛かりをつかむ前に阿片の売り子であるやくざ組織を壊滅させ、卯之吉に警戒の念を抱かせてしまったのです。このような盲動を黙認されると言うのなら、未来永劫卯之吉の首をあげることなどできませせぬ」

一番の年長者を自任する丑之助の言葉は厳しくもあるが、蓋《けだ》し妥当といえた。蛍丸の表情に苦悶の色が浮かんだ。

「楓は駒込のやくざから、義兄弟の盃《さかずき》を交わしたお釈迦《しゃか》の権平《ごんべい》が介在していることを聞き出している。それゆえ、毎夜出張っておるのだ」

筋の通らぬ言い訳とわかっていたが、蛍丸はそう言った。

丑之助の顔に、ほんの少しだけ失望の色が浮かんだ。それでも、

「わかりました。私がいくら申し上げたところで、蛍丸様が楓様を庇われてしまう以上、詮無きことでございます。七節《ななふし》と揚羽《あげは》に言って、楓様の身辺を警護させることにいたしましょう」

これ以上、主を苦しめたくはないという思いが、丑之助を引き下がらせてしまった。

四

八丁堀組屋敷から小石川養生所まではおよそ一里半（約六キロ）の道程だ。

いくらこの時代の歩行法が速くても片道半刻はかかった。

それゆえ、規則どおりに仕事をするならば、朝は五つ半（午前九時）前に屋敷を出、帰宅は六つ（午後六時）過ぎになるはずであったが、歴代の養生所見廻り

は往復にかかる時間も就業時間に組み入れた為、朝は遅刻、午後は早退という形をとることになった。おまけに病棟に入ると病気がうつると信じていたから、与力としての仕事は放棄したも同然で、その為養生所の中は一切看病中間任せとなった。

元々が世間から不浄の場所といわれている養生所だ。それに準じた待遇の悪さもあり、看病中間達の非道ぶりは言語に絶した。

少ない手当を補うため、彼らは患者からの搾取《さくしゅ》を繰り返した。

塩、野菜、炭の着服は当たり前のことで、普段の飯もかために炊き、食べられないと訴える者には、粥《かゆ》にしてやるからと手間賃を取った。冬場などは換気を理由に障子を開け放ち、寒がる者には徳利に湯を入れ、湯たんぽ代わりにして貸し出した。しかも湯の量はすぐに冷めるよう、少なめにしておく悪どさだ。

外にも仮出所の患者に土産《みやげ》を強要するなど看病中間達の非道ぶりはとどまることを知らなかったが、その中でも最たるものが賭場の開帳であった。

患者達は所場代を取られた挙句、勝てば勝ったでご祝儀を請求された。

そんな分の悪い博打とわかっていても加わるのは、看病中間の補助役ともいうべき役掛りにつける可能性があったからだ。

運よく役掛りになることができれば、看病中間からの暴力を受けなくて済む。その上、患者達からは使いを頼まれ、わずかながらの手間賃も入る。暴力を受ける側の人間が、それから逃れようとしているうちに、いつしか暴力を振るう側に与《くみ》してしまう。そして、そのことが一層看病中間の悪事を表沙汰にしづらくしていた。

養生所見廻りは、一日置きに養生所へ出向くことになっているが、出仕した日、七五三之介は、必ず病棟を見て回った。

北部屋、九尺部屋、中部屋、新部屋のほか、女部屋まで逐一見回った。

それゆえ、看病中間達がいくら人の良さそうな顔をしようとも、患者達が彼らを恐れていることに気づいていた。だが、患者達は証人になろうとはしない。痣《あざ》ができているのを見つけても、自分でやったと言われれば、それ以上の詮議立てはできなかった。

手を拱《こまね》いているばかりで、何一つ改善することができない腹立たしさを抱えながら、この日も七五三之介は養生所を後にした。

挟箱を担いだ茂助を従え、悶々《もんもん》とした思いで神田《かんだ》川沿いの道を帰ってきた。

昌平橋に差し掛かった時、いつもならこの橋を渡り、組屋敷へ戻るはずの場所で七五三之介は立ち止まった。不審そうに見上げる茂助に、先に帰るよう言い渡すと、七五三之介は神田明神下にある長屋へと向かった。

無性に控次郎の顔が見たくなった。

自分に向けられる屈託のない笑顔が、今は堪らなく懐かしかった。

「兄上」

棟割長屋の前に立った七五三之介が声を掛けると、すぐに腰高障子が開けられ、控次郎が顔を出した。

「入んな」

控次郎は予想通りの笑顔を見せた。

家の中は、男やもめとは思えぬほど整然としていた。

仏壇に手を合わせた七五三之介が向き直るのを待って、控次郎はさりげない様子で言った。

「聞いたぜ。養生所見廻りを言いつかったんだってな」

竈《かまど》の火を落としたのか、それとも使っていないのか、控次郎は右手にお茶代わりの徳利を提げて畳の上に上がった。左手には二つの湯呑を重ね合わせるように持っていた。控次郎はその湯呑に、冷酒をなみなみと注いだ。

「すまねえな。こんなもんしか出せねえでよ」

「そんなことはありません。私の方こそ勝手に押しかけてしまって」

「いいってことよ。それより、なんかあったのかい。顔に書いてあるぜ。昔っからおめえは、悩みがすぐに顔に出ちまうからなあ」

いきなり七五三之介が訪ねてくるにはそれなりの理由がある。そして、それを言いづらい七五三之介の性格を控次郎は熟知していた。

「それほどのことではないのですが、急に兄上の顔が見たくなり、立ち寄ってしまいました」

「そうかい。だが、それほどのことくらいはあるってことだな。言ってみな、俺でよけりゃあ相談に乗るぜ」

「はい。ですが、その前に兄上は私が養生所見廻りになったことをどなたからお聞きになったのでしょうか」

「どなたって言われるほどの奴じゃねえが、一応仲間だ。そいつは知らなくてもいいことまで報せてくれるのさ」

控次郎の言葉を聞いた七五三之介は一瞬はっとし、その後で表情を曇らせた。言いづらい時に見せる顔だ。

「おめえ、もしや手足となって働いてくれる人間を探しているんじゃねえのか」

「………」

「そうならそうと言っちまいな。さっきも言ったが、相談に乗るって言ったはずだ。おめえの遠慮する姿は見たくねえぜ」

乱暴な言い方だが、控次郎の言葉には七五三之介への気遣いが溢れていた。

七五三之介は理由を話した。

看病中間の悪事が掴めないこと。そして配下の同心に、手札を渡した目明しがいないことを。

控次郎は黙ったまま七五三之介の話を聞いていた。

やがて、頃合いを見定めると、小さく頷き、七五三之介の目を見て言った。

「今日が養生所の帰りだってことは、明日は奉行所勤務だな。七五三《しめ》、だったら明日の晩出てこられるかい。湯島横町にある『おかめ』っていう飲み屋だ。皆、俺に似て馬鹿ばっかりだが、気のいい連中さ」

さらに、控次郎はこう付け加えた。

「だが、いきなりその身形《みなり》で現れちゃあ、客が吃驚《びっくり》する。来るときは無紋の羽織にした方がいい。持っているかい」

五

「おかめ」は湯島横町の角にあった。

控次郎に言われたとおり、七五三之介は本草学の塾に通っていた頃着ていた無紋の黒羽織で現れた。

塾では旗本の子弟など一人としておらず、却って町人の方が多かったくらいだから、身分を隠すために着ていた物だ。懐かしい羽織だが、久しぶりに袖を通すとかなりくたびれていた。誰が見ても貧乏浪人の余所《よそ》行きだ。

案の定、入ってきた七五三之介を認めた「おかめ」の娘もそのように受け取ったらしく、縁台が置かれた卓に案内しようとした。

「お光坊、そいつは俺に用があって来たんだ」

奥の卓にいた控次郎が苦笑しながら言った。

役人と気付かれぬよう無紋にしろとは言ったが、まさか、与力のところへ婿入りした者が、くたびれた羽織を後生大事に持ち続けていたとは思わなかったからだ。

控次郎の中でほろ苦い記憶が蘇った。

この羽織は元治が着ていたものだ。というより、本多家伝来の古羽織だ。かつては塾へ通い始めた嗣正に回された代物《しろもの》だが、仲間から馬鹿にされると言って、嗣正は拒んだ。その後、嗣正にもう少し上等な古着があてがわれると、今度は控次郎に回ってきた。

こんな羽織を着るくらいなら、いっそ着流しのままでいい、と控次郎は袖を通すことさえ嫌ったものだ。それを七五三之介が着ている。

——そんなにこの羽織が大事かい

決して着ようとはしなかったあの日の自分と、それを嬉しそうに受け取った七五三之介の顔が思い出され、控次郎はふっと溜息をついた。

ひどい羽織だが、旗本の三男として生まれた七五三之介が、唯一当主元治から受け継いだものだ。控次郎には理解しがたいことだが、七五三之介が両親に抱く思いは、まるで子犬が飼い主を慕うような一途さがある。

——敵《かな》わねえ、こいつには

自分とは異なる価値観だが、曲がりなりにも親に忠孝をと教わり続けた控次郎には些《いささ》か堪えた。それでも気を取り直すと、控次郎は今宵の用向きを優先した。

「遅かったじゃねえか」

ことさらさりげない口調を用いた。

周りの者に、なるべく七五三之介の存在を意識させないためであったが、考えてみれば、この身形はどこから見ても裕福な与力に似つかわしくはなかった。

「控次郎先生、こちらの御仁はどなたでござるか」

控次郎の向かい側に座っていた高木も、そのように捉えた。

にこやかな笑いかけが、人の良さを感じさせる。

控次郎は前屈みになると、

「こいつは俺の弟で七五三之介っていうんだ。訳あって身分は明かせねえが、いずれおめえには話す。七五三《しめ》、こちらは南町奉行所定廻り同心高木双八殿だ」

小声で引き合わせた。

そこへ申し合わせたように辰蔵が飛び込んできた。

辰蔵は七五三之介が高木と同席していることに一瞬躊躇《ためら》いを見せたが、何食わぬ顔で高木の隣に腰掛けると、女将に酒を注文した。

「できればわちきの胸のように、熱いのが望みでござんす」

おどけた口調でいいながら、眼は素早く控次郎に向かって事情を窺う。

控次郎がさりげなく視線をそらした。

どうやら与力であることは内緒らしい。辰蔵はそう捉えると、得意の与太話で座を盛り上げた。身ぶり手ぶりを加えた話し方もさることながら、店の半纏《はんてん》を巧みに使って科《しな》を作る辺りは、太鼓持ち顔負けの芸達者だ。

「七五三《しめ》、この男は版元の手代で辰蔵という危ねえ男だ。稼業柄、裏の世界との付き合いも多いから、悪党の情報が知りたけりゃ、こいつに訊けばいい」

「御舎弟様。先生の話を鵜呑《うの》みにしないでおくんなさい。これじゃあ、まるでわちきが悪党みてえじゃござんせんか。こんな冷たいお人の為に、身を粉にして働こうっていうんだから、あんまり賢くはござんせんが、見た通り遣い減りのしねえ男でござんす。好きなように使ってやっておくんなさい」

辰蔵は七五三之介と幾度も顔を合わせている。だが、高木の手前、初対面の振りをして言った。

久しぶりに楽しい一時を味わった七五三之介であったが、入り婿としてはそう長居もできない。

「もう帰るのかい」

と引き留める控次郎に謝りながらおかめを後にしたのだが、向かい風に押し戻された息がひどく酒臭い。

——弱ったな。酒の臭いを撒き散らして帰るわけにもいかないしな
そう考えた七五三之介は、橋を渡らず、神田川沿いの道を大川へと向かった。

少しでも遠回りをすれば酔い覚ましになると思ってのことだが、実のところは大川に架かる両国橋《りょうごくばし》が懐かしかったのだ。

この橋を渡れば、本多の家はすぐ傍だ。

元治とみね、そしてあまるの顔が次々と浮かんできた。

——みんなどうしているだろう
欄干《らんかん》にもたれ、川面に浮かぶ月を眺めながら、一人だけ家族と離れてしまった寂しさを味わっていた。

その一風変わった娘は、両国橋から少し下った川岸に佇《たたず》んでいた。

大川の流れを見ているというより、流れの先に想いを馳せているようにも見えた。それにしてもこんな遅くに、女一人というのは不用心すぎる。もしや身投げ

でもするのではあるまいか、と案じた七五三之介は女の方へと近寄って行った。

「大丈夫ですか」

他に言葉が見つからなかったせいもあるが、それにしても些か間が抜けた問いかけであることは、自分でもわかった。

案の定、振り返った女が警戒の目を向けたのは一瞬のことで、七五三之介の生真面目な態度と、全く邪心を感じさせない問いかけに、すぐさま安堵の表情を浮かべるようになった。

「お武家様は、女ならいつもこうして声をお掛けになるのですか」

暗がりでも、こちらを舐め切っている様子が見て取れた。

七五三之介は頭を掻きながら、己の馬鹿さ加減を悔いた。

「余計なことをしてしまったようですね。初めは貴女が遥《はる》か川下を見ておられたので、生まれ故郷を思い出しているのではと思ったのですが、こんな夜更けに女一人と思い、つまらぬ気を回してしまいました」

「ふっ、あたしが身を投げるとでも思ったんですか」

女が薄笑いともとれる笑みを浮かべた。

「すみません。いらぬお節介を焼いてしまいました」

七五三之介が素直に頭を下げると、女は予想外の反応に驚いたようで、それまでの応対が嘘のように、急に砕けた物言いとなった。

「旦那は、あたしが生まれ故郷を思い出しているのでは、と言いましたね。その通りですよ。あたしは確かに故郷を思い出していました。でも、そんなことがわかるってことは、旦那も寂しいんじゃないんですか」

そう言うと、女は七五三之介に向かってゆっくりと顔を上げた。

突然、眼の前が、きらびやかな光で覆われた。

それほど、月明かりに曝《さら》された女の顔は秀逸であった。

細く長い曲線によって描かれた眉《まゆ》が、黒目がちにもかかわらず存分に憂いを湛《たた》えた切れ長の眸《ひとみ》を際立たせ、つんとしゃくれあがった鼻梁《びりょう》の下には、すべてのものを吸い寄せる花びらのごとき唇が待ち受けていた。

娘の物言いが顔立ち同様、近寄りがたいものであったなら、七五三之介は初めて百合絵を見た時と同じ衝撃を受け、緊張したことであったろう。

ところがこの女は百合絵とは違い、距離を置くことをさせなかった。

無遠慮なほど馴れ馴れしい口調で、七五三之介も寂しいのではないかとまで言った。

「大丈夫のようですね。声をかけた私の方が逆に心配されているくらいですから。でも、こんな夜更けに、女の人が一人というのは物騒です。どなたか迎えの方は来られないのですか」

七五三之介が再度問いかけると、女は初めて笑顔を見せた。

「迎えが来るまで一緒にいてくれるって言う気ですか。でも、他の男なら信用できないけど、旦那はそんな男達とは違う気がする。何か、温かい」

「それは褒められているとみていいんですね」

「ええ」

「では、迎えの方が見えるまで、ここにいさせてください」

「ふふふ。面白い。旦那は変わっていますねえ」

「私には、お互い様としか思えませんが」

「それって、褒めているのかしら」

「どうでしょう」

自分でも初めて会った女に、これほど饒舌《じょうぜつ》になれるとは思ってもみなかった。

可愛い女だな、と感じた途端、

「あっ」

女が小さく叫んだ。そして、

「連れが戻ってきたみたいだから、あたしはもう行くわ」

一度だけ振り返ったが、女は意外なほどあっけなく橋の方へと走り去って行った。

六

吉原へ向かう客のほとんどが柳橋から猪牙舟《ちょきぶね》で山谷堀《さんやぼり》へと向かう。通人ともなれば、一つ先の真崎《まつさき》稲荷で降りるのだが、切見世目当ての客ともなると、山谷堀で降りるのが当たり前になっていた。

女が目的の客だけに、降りてしまえば船宿など眼中にない。商いを止めた相模屋が未だに残っていることなど、気づく方が不思議なくらいであった。

そんな船宿でも、かつては吉原通いの客を運ぶ猪牙舟や、大川をゆっくり下って行く屋根船の商売で多くの人に利用されていたものだ。だが、三年ほど前、主が卒中で倒れたのを機に、相模屋は商売を止めてしまった。

当初は止めるつもりはなかったようだ。その証拠に、子供のいない相模屋は、はるばる遠州から漁師をしていた甥《おい》っ子を呼び寄せ、船宿の跡を継がせようとした。だが、この甥っ子は想像以上に遠州訛《なまり》がひどく、客に対する受け答えも満足にできない有様であった。

もともと人並み外れた体格をしている上に、碇《いかり》の上げ下げで鍛えられた腕っ節は半端なく強い。そこへ持ってきて、酒が入ると人格が変わるというのだから始末が悪かった。

同業者との会合の席で遠州訛をからかわれたらしいが、何も相手を二階から放り投げることはなかった。それればかりか、止めに入った者達まで大怪我を負わせてしまったというのだから、同業者から締め出されるのも無理からぬ話であった。

本来ならば、怪我を負わせた人間や同業者の所を回り、平謝りに徹するところだろうが、相模屋の女房というのがなかなかのもので、ここまでやってしまったら詫びたところで無駄なことと見切りをつけたらしく、さっさと生まれ故郷の遠州へと帰ってしまった。

以来、店の入り口は雨戸が閉《た》てられたまま、船ももやい綱が解かれることはなかった。ただし、月に一、二度は問題の甥っ子が掃除にやって来るのと、未だに売りに出される様子が無いことから、同業者のなかにはまだ店を開けるつもりがあるのかと不安視する者もいたが、相手が相手だけに敢えて確かめようとする者はいなかった。

相模屋は、今では船宿であったことも客達から忘れられていた。

夜の帳《とばり》が下りた頃、その誰もいないはずの相模屋の二階で、男女の潜めるような話声がした。

「鮫蔵、お釈迦一家の奴らは、まだ客引きをしようとはしていないのかい」

「へえ。俺も山伏達も盛り場を見張っているんですが、奴ら、遊ぶだけ遊んで、客を引くような真似は一切していねえんです」

「おかしいねえ。十唐屋の宗吉は振り駒一家が桃源郷に案内していると言っていたじゃないか。その弐蔵にしたって、あんたが首をへし折る前に、今はお釈迦の権平っていう兄弟分に任せたって言っていた。いくら宗吉が信用できないとはいえ、殺されるかもしれない人間が嘘などつくかしら」

「俺も一応嘘かもしれないと考えたんで、ひとまず殺すのは止めようと思ったんです。でも、あの小笠原兼時の持っていた薬があれほどやばいものだとはねえ。てっきり意識をなくすだけかと思って宗吉に飲ませたら、あっけなく成仏してしまいましたから」

「そうだねえ。まだあの悶《もだ》え苦しむ姿が目に焼き付いているよ。あんな薬を兼時はあたしに飲ませようとしたんだ。あんたが助けてくれなかったらと思うと、未だにぞっとするよ」

「楓様に危害を加えるような奴は、絶対に許さねえです」

鮫蔵は急に怒りが込み上げて来たのか、両拳を握り締めて悔しがった。

一途に楓を守ろうとする気持ちがそうさせるのだろうが、守られる側としては少々気が重い。

「あんたは手加減てものを知らないんだから、そんな風にかっとなっちゃいけないよ。自分の馬鹿力をいい加減わきまえておくんだね」

楓は冗談交じりに、昂《たかぶ》る鮫蔵をたしなめた。

鮫蔵の扱いに慣れているせいか、この辺りの物言いは絶妙だ。

すぐに鮫蔵の気持ちを和らげてしまった。

「楓様、俺はかっとなったことなんて一度としてありませんです」

冗談には冗談で返すゆとりまでもたらした。

「ふうん、そうなのかい。昼間見かけた弁天《べんてん》屋の親爺、足を引きずって随分と歩くのが辛そうだよ。何でも誰かに二階から放り投げられたって噂だけど」

「二階から転げ落ちただけです。その証拠に、まだ元気ですよ」

「ああいうのを元気っていうのかい。三年の間にすっかりとれたあんたの訛に比べりゃあ、あの親爺の怪我はかなり治りが遅いように見えるけどね」

「そりゃあ、歳のせいもありますからね」

「そうかい。じゃあ、そういうことにしておこうよ。鮫蔵、あたしは田原町に戻るから、駕籠《かご》を呼んでおくれ」

そう鮫蔵に命じると、楓はけだるそうに懐から御高祖頭巾《おこそずきん》を取り出した。

風花堂に帰ることが、よほど気が進まない様子であった。

楓の乗った駕籠が大川沿いを南下して行く。

「えっほ、えっほ」と、白い息を吐きながら歩調を合わせる駕籠かきの横を、鮫蔵は遅れることなくついて行った。

吾妻橋を過ぎ、間もなく田原町という辺りで、楓が駕籠かきに声をかけた。

「もう一つ向こうの両国橋まで行っておくれ」

一瞬驚いた格好の鮫蔵も、きっと、蛍丸と顔を合わせるのが嫌で、少しでも遠回りをしたいのだと思い直したらしい。

両国橋の東詰で駕籠を止めると、

「御苦労だね。残りは酒代にしておくれ」

駕籠かきに一朱を手渡し、楓は川筋に沿って、ぶらぶらと歩き始めた。

何となく誰かを捜しているようにも見える。

後から付いて行く鮫蔵が不審そうに首を傾げた。

両国橋を越えても、楓は幾度か橋の方を振り返っていたからだ。

## 七

一日の祈禱を終えた蛍丸は、いつもなら道場にとどまり、後片付けをする山伏や巫女達に労《ねぎら》いの言葉をかけてから奥の部屋へと向かうのだが、この日は足早に道場を後にした。滅多に感情を表に出すことがない蛍丸が、きっと口を結んだまま部屋に戻るのを見て、丑之助は慌てて後を追った。

奥の部屋では、だらしなく膝を崩した緋袴姿の楓が寛《くつろ》いでいた。

「楓、何故女の客ばかり選ぶのだ。先日もそうだったが、お前はこのところ私に祈禱を任せてばかりだ。卯之吉の行方を摑みたいというお前の気持ちもわからぬではないが、父の仇を討ちたいと願うのは私も同じなのだ」

「すみませんねえ。ここのところ疲れているんですよ」

楓は投げやりな態度をみせた。行者は性別不明を売りにしていた。そのため女の客には蛍丸、男客には楓が行者となるのだが、近頃の楓は男客の淫らな視線が煩《わずら》わしくなっていたのだ。

兄に対する畏敬の念など欠片《かけら》も感じられない。見かねた丑之助が横から口を出した。

「楓様、仇の卯之吉と十三郎を討つには、お二人が力を合わせなくてはなりません。蛍丸様の霊力と楓様の観察眼、この二つがあったればこそ、人々は風花堂の祈禱を信じ、畏怖《いふ》の念を抱いたのです。楓様、お願いでございます。仇を討つまではなにとぞ蛍丸様の指示に従ってくださいませ」

丑之助は必死の思いで説得した。だが、楓のねじれた心を変えるまでには至らなかった。

「丑之助、あんたがあたし達にしてくれたことは感謝しているよ。店も船も取り上げられたあたし達が、こうして江戸に出てこられたのも、あんたが隠しておいたお金があったればこそだからね。あんたの言う通り、次からはあたしも行者役を務めるよ。でも、あたしは兄さんには従わない。あたしは自分の力で、卯之吉を殺してやるんだ」

兄の顔を見ようともせず、廊下を駆け抜けた楓は、突っかけるようにして下駄を履くと、抜け道である庭の涸《か》れ井戸へと向かった。

「ことん」

床板を外す音が聞こえた後、薄暗い長屋の隅に積まれた布団がゆっくりと横にずらされた。九尺二間の長屋に押し入れなどはない。枕屛風《びょうぶ》が目隠し代わりに置かれているだけだ。

長屋は風花堂の真裏にあり、万が一敵に襲撃された場合に備え抜け道として山伏達が掘り進めたものだが、風花堂が予想外の人気を博したため、今では外へ出るための手段としても使われるようになっていた。

闇にまぎれた楓と鮫蔵は、いつものように長屋を抜けると、風花堂の東側にある道を北上し、東仲町《ひがしなか》の大通りを横切った。

このまま浅草寺脇を抜ければ山谷堀まではほぼ一直線だ。

その浅草寺脇の道をあと少しで抜けるという地点で、鮫蔵の足が止まった。

どうやら長屋を出た時点で異変を感じていたらしく、鮫蔵は楓を庇うようにして前に出た。

懐から匕首を取り出し、前方に見える通りの角を睨みつけた。

「鮫蔵、どうしたんだい。怪しい奴でもいるのかい」

訝《いぶか》しんだ楓が鮫蔵に訊いた時であった。

「怪しいのは、何もこっちばかりとは限らねえぜ」

暗がりから顔を覗かせ、控次郎が答えた。

「おめえら今さっき風花堂から出てきたな。ちいっとばかり話を聞かしてもらいてえんだが、急いでいるかい」

まるで知り合いにでも話しかけるような控次郎の口調だ。

鮫蔵が答える代わりに殺気を発した。

「よしなよ。こちとら、これでも武士だぜ。いくらでかい図体をしているからって、匕首なんぞで立ち向かえやしねえよ」

その言葉通り、控次郎は怖れる風もなく鮫蔵に近づいて行く。

「振り駒一家を襲った理由を話してもらえねえかな」

今度は鮫蔵の陰にいる楓に向かって頼み込んだ。

返事は無い。

代わりに鮫蔵が控次郎目がけて突きかかってきた。それを軽やかな身のこなしで躱《かわ》すと、控次郎は楓の身体を摑み鮫蔵の方へと向けた。

驚いた鮫蔵が堪らず後ずさる。

「へえ、そうなのかい。おめえにとってこの女はよっぽど大事なんだな。だったら怪我をさせねえうちに話しちまいな」

控次郎が鮫蔵に向かって、そう言った途端、夜空を覆う四つの影が、塀を乗り越え飛び降りてきた。

いずれも身が軽く、着地した際の音も聞こえない。

弾けるように三方に散った影が控次郎を包んだ。そして、残りの一人が楓と控次郎の間に割って入った。

「鮫蔵、楓を連れて逃げるのだ。この男の相手は我々がする」

両手をだらりと落としたまま、宗十郎《そうじゆうろう》頭巾の男は言った。目の辺りには歌舞伎役者のごとく紅の縁取りが施されていた。

「何だい。随分とおかしな野郎が出てきたじゃねえか、夜に化粧かい。大変だなあ」

からかうような口振りで控次郎は言ったが、眼は背後で蠢《うごめ》く山伏達に注がれている。

その山伏達の手に白刃が握られているのを見て、控次郎も刀を抜いた。

山伏達は、低い体勢を取りながら控次郎の周りを取り囲むように動き始めた。

背後に回られては不利と見た控次郎が塀際まで後ずさる。

山伏の身体がさらに屈《かが》んだ。

刹那《せつな》、大きく跳躍した正面の山伏が打ちかかってきた。それに向かって身構えた控次郎が、わずかな差で打ち込んでくる右手の山伏に気づいた。さらに左手からは、もう一本の剣。

瞬時に辰蔵が見た三位一体の剣、と察知した控次郎は、刀を合わせることなく左へと転がった。

三位一体の剣を受けようとすれば、三本の刀を一身に受ける。だが、左右に逃げれば、ひと先ずどちらかの刀は届かない。控次郎は左へ飛んだ。

それも足元を目がけて転がったため、正面の敵は左の山伏が邪魔になり、追うことができない。控次郎は転がりながら、左にいた山伏にだけ備えていた。

起き上がった控次郎が峰を返すと、山伏達は再び三方に分かれた。

それを冷ややかに見つめ、控次郎は昂然と言い放った。

「やめときな。最初の攻撃を躱されたんだ。おめえ達に勝ち目はねえよ」

物言いは穏やかだが、危うく命を落としかけた後だけに、眼にはまだ怒りが籠っていた。

侮られたと感じた山伏達が一斉に殺気を漲《みなぎ》らせる中、宗十郎頭巾の男は山伏達を制した。

「刀を引け。この男の言うことに間違いは無い。お前達がもう一度挑んだところで、動きを読まれているのだ。無駄に命を落とすことはない。素浪人、どうやら役人ではないらしいな。振り駒一家を襲った理由を話せば良いのか」

その声音には濁りがなく、敵意さえも感じられなかった。

「ほう、教えてくれるのかい」

意外そうな顔で聞き返す控次郎に、宗十郎頭巾の男は頷いた。

「仲間を斬らなかった礼だ。話してやろう。あのやくざは阿片を売り捌いていた。そして、我々が狙っているのはその後ろにいる黒幕だ」

阿片と聞かされた控次郎も驚いたが、それ以上に山伏達は驚いた。

何故、このような男に話すのだ、といった顔で宗十郎頭巾の男を見たが、

「大丈夫だ。私にはこの男が我らの敵になるとは思えぬ。それにむざむざお前達を殺させるわけにはいかぬではないか」

男の言葉を聞いた山伏達は、素直に引き下がってしまった。

先ほど控次郎に向かって放った殺気さえ、いつのまにか消えていた。

まるで忠犬のごとき山伏と、一度は殺そうとしながら、敵ではないと判断するや即座に態度を変えた男の、怪し気な化粧をした顔を、控次郎は不思議そうな目で見ていた。

すでに女と大男の姿はない。

控次郎は刀を納めると、こちらを見ている男達の視線を背中で感じながら、東仲町通りへと戻って行った。

山伏達が見せた三位一体の戦法は、辰蔵が見たという万年堂を襲おうとした浪人達を斬り捨てた戦法に違いない。

さらに宗十郎頭巾の男は、振り駒一味を襲ったことを認め、自分達が狙っているのは阿片の黒幕だとも言った。

三位一体の剣を使う山伏と、正体不明の宗十郎頭巾の男。そして控次郎が風花堂を見張っている最中、裏手にある長屋から抜け出してきた男女、これらはいずれも風花堂の手の者だと、控次郎は見た。

風花堂が商いをするのは一月の間に九日しかない。しかもこれだけ人気があるというのに客は一日八人に限られている。

控次郎は、風花堂が単なる祈禱目的に建てられたものではないと感じていた。そして山伏達を意のままに操る化粧で顔を隠したこの男こそ、行者ではないかと思い始めていた。

八

直心影流田宮道場においても、控次郎の人気は変わらない。

気さくな人柄もさることながら、型にはまらない門弟各人に見合った指導法が門弟達からの支持を得ていた。

打ち込む際の予備動作、籠手を狙う時に見られる微かな竹刀の揺れ、そんな門弟達の欠点を控次郎は自ら再現し、わかりやすく教えたからだ。

稽古を終え、佐久間《さくま》町にある道場の井戸端で、諸肌脱ぎとなって身体を洗っていた控次郎が、垣根越しに手招きする辰蔵を認めた。

「辰、急ぎの用事かい。それともおかめに入れてもらえなくなったのかい」

諸肌脱ぎの控次郎がからかいながら近づくと、

「どうして先生は、わちきの顔を見るたび厭味を口にするんですかねえ。わちきがわざわざこんなところへ顔を出すからには、御舎弟様のことじゃねえかと気付きそうなもんでござんすが」

用件が七五三之介のことだと知らされると、控次郎は手早く着替えてきた。

「何かあったのか」

「何かあったじゃなく、何もできねえから御舎弟様は苦しんでいるんじゃありやせんか。いいですか、養生所には必ず宿直《とのい》同心っていうのが残るはずなんです。ところが御舎弟様が帰ってしまうと、いくらもたたねえうちに同心は遁《とん》ずらしちまいやす。看病中間が口裏を合わせてくれるうえに、月に一朱の小遣いをもらえるんですからね」

「そうなのか。とんでもねえ腐れ役人だ。抜け出したところを押さえて、張り倒してやろうか」

「駄目ですよ。連中は口裏合わせの達人ですよ。下手にそんな真似をすりゃあ、却って御舎弟様の立場が悪くなるばかりでござんすよ」

「ちっ、全く腹の立つ連中だぜ。で、七五三《しめ》はどうしているんだ。まさかあいつがいつまでも手を拱《こまね》いているとは思えねえ」

「もうなさっていますよ。この頃は養生所からの帰り、必ず遠廻りをしながら聞き込みをされておりやす。でもねえ、それがどうやら自殺した患者のことを調べているようなんですが、人を選ばずに、誰彼と無く聞き回っているんです。とてもじゃねえが、危なっかしくて見ちゃあいられやせん。あれじゃあ、看病中間の耳に入っちまうのもそう遠くはござんせん。それに、先生にゃあ申し訳ねえんですが、やはり念の入った調べとなると、わちきでは無理でござんす」

辰蔵はすまなそうに言った。


常連客が心配そうな顔で、次々と店を出ていった。

いつもは陽気な控次郎が、ずっと塞《ふさ》いだまま酒を飲んでいたからだ。

話しかけても、空返事が返ってくるだけで相手になろうとはしない。

一言声をかけてから帰るべきかと、迷った客の中には目で女将に問いかけたりする者もいたが、女将の「今日は黙って帰っておくれ」という目付きに、仕方なく頷くほかはなかった。

女将にも理由がわからない。

控次郎がいつも看板まで飲み続けるのは、誰もいない長屋に帰りたくないからだが、最後の客になるまでは陽気に振舞う控次郎が、これほど常連と口を利かないのは珍しかった。

何かあったな、とは感じたが、女将は自分で理由を尋ねようとはせず、いつも通り、親爺に任せることにした。

とうとう控次郎一人だけが残ってしまった。

「先生、どうなさいやした」

板場から出てきた親爺が、徳利と湯呑を提げて控次郎の隣に座った。

親爺は気づいていた。黙ったまま酒を飲んでいる控次郎だが、その割に酒の量はたいして多くないことを。

親爺は控次郎の盃に酒を注ぎ、その後で自分の湯呑に酒を満たすと、それを一気に呷《あお》ってから言った。

「水臭いじゃござんせんか」

控次郎が思わず「えっ」と聞き返す。

「今宵の先生はさほど酒をお飲みになっちゃおりやせん。ですが、こうして帰らずにいらっしゃる。初めはてっきり辰の野郎に用があるのかと思っていやしたが、それにしては入口の方を気にする様子もねえ。ならばあっしだと感じたんでやすよ」

親爺はそう言うと、ちらっと店の奥を見た。

女将と娘達が心配そうにこちらを見ていた。察した女将が娘達を連れて二階へ上がって行くと、控次郎は観念したように口を割った。

「とっつぁんには敵《かな》わねえ。何でもお見通しだ。だがな、いくらそう言ってくれてもおいそれと頼み込むわけにはいかねえんだよ」

「それが水臭くなくって何だというんですかい。先生はあっしら家族にとっちゃあ、大恩人だ。そのお人に頼みごとを躊躇《ためら》われること自体、酷な話ってもんじゃねえですかい」

「すまねえ、だがとっつぁんはとっくに十手《じって》を返上しているじゃねえか。女将やお夕、お光までもが今の暮らしを気に入っているんだ。躊躇いもするぜえ」

控次郎は情けなさそうな顔で言った。すると、

「先生に頼まれりゃあ、家の者達は皆大喜びでさあ。遠慮なく言っておくんなさい。あっしは何をすりゃあいいんですかい」

親爺はいかにも嬉しそうに目を輝かした。

「いいのかい。ありがてえ、恩にきるぜ。とっつあん」

控次郎は礼を言うと、その上で親爺に七五三之介の身分を明かし、七五三之介が目明しを必要としている理由を話した。

聞き終えた親爺は二階に向かって手を叩いた。

待っていたように女将が下りてくる。

「お加代《かよ》、暫く板場はお夕にやらせな。やっと先生に恩返しができるかもしれねえ」

政五郎の言葉に女将は目を輝かせた。

「お前さん、しっかりやるんだよ。店のことならお前さんがいない方が繁盛するんだからね。これっぽちの心配もいらないよ」

養生所へ向かう七五三之介を家族総出で見送るのは、片岡家の朝の習わしになっていた。

「行ってらっしゃいませ」

佐奈絵の送り出す声に頷いた七五三之介が、玄関を出たところで足を止めた。

門前で、こちらに向かって深々とお辞儀をしている者がいた。見たことがある気もするが、どこで会ったか思い出せない。

すると、背後にいた玄七が男に気づいた。

玄七は、七五三之介を見送ったまま、いつまでも立ち尽くしている佐奈絵の様子を訝しく思い、佐奈絵の背中越しに様子を窺っていたのだ。

「政五郎《まさごろう》ではないか」

玄七のただならぬ叫びに、一旦は奥へ引っ込んだ女達までもが顔を揃えた。

政五郎が近づいてくるなり、

「どうしたのだ。何故、お前が此処にいるのだ」

驚きを隠せぬといった感じで玄七は尋ねた。

「片岡様、ご無沙汰いたしておりやす。お変わりねえことを願っておりやしたが、ご壮健な様子で安心いたしやした。今更お役にたてるかどうかわかりやせんが、御舎弟様の為、あっしにできることがあればとまかり越しやした」

政五郎の口上も、玄七にはいま一つ合点がいかないようであったが、佐奈絵には「御舎弟様」という言葉が耳に残った。御舎弟様と言うからには、兄の存在を知らずして言える言葉ではない。

佐奈絵だけがこの男は控次郎に命じられてきた者だと気づいていた。

好奇心旺盛な片岡家の女達は、玄七が居間に座るや否や早速尋ねだした。

「貴方、あの者はどのような」

「父上があれほど驚かれるからには、並大抵なことではないはず」

問われた玄七にも未だ事態が飲み込めない。

玄七は暫く思案していたが、自分を見つめる八つの目が焦れてきたことに気がつくと、慌てて男の正体を告げた。

「政五郎という目明しだ。それも、ただの目明しではない。とびっきりの目明しだ。だが、今頃になって、何故現れたものか」

そう言うと、腕組みをしながら再び思案をし始める玄七であったが、女達はそんな暇さえ与えない。政五郎という目明しが気になり、矢継ぎ早に尋ねだした。

「今頃になってということは、あの者は目明しを辞めてしまったということですか」

「とびっきりとは、如何ほど飛び跳ねた状態を言うのですか」

何とも騒がしい。

玄七は両手で妻や娘達を制すると、自分が知っている範囲ではあるが、と断ってから話を始めた。

「以前、長谷川《はせがわ》が使っていた目明しでな。鋭い洞察力と労を惜しまぬ地道な調べで捕えた下手人は数知れぬ。だが、極めつけはその捕縛術だ。相手が侍であろうが、あっという間に引っ括ってしまう。その捕縛の速さを称して、目明し仲間は政五郎を『隼《はやぶさ》の政《まさ》』と呼んでいた。しかし、ある時を最後に政五郎は十手を返上してしまったのだ」

「貴方、そのような目明しが何故十手を返上してしまったのでしょう」

「その点はわしにもわからぬ。だが、長谷川の話によると、政五郎というのは曲がったことが大嫌いな男らしく、仲間の目明しを叩きのめしたという。大方お上の威光を笠に、狼藉を働く目明しが許せなかったのだろう」

目明しの中には、贅沢禁止令が出ているのをいいことに、着物の裏地を確かめると称し、白昼婦女子を丸裸にする者がいた。

与力の妻と娘だけに、その手の噂は耳にしたことがあるらしく、女達は一様に眉をひそめた。

# 九

小石川養生所の手前にある坂、通称「病人坂」にかかる手前で、政五郎は足を止めた。

町奉行所同心の中には自分の顔を覚えている者がいるかもしれないから、と断ると、政五郎は少し離れたところで七五三之介を待つことにした。

七五三之介が手始めに政五郎に託した仕事は、自殺した患者達の身辺調査であったからだ。

ほどなくして、患者達の記録を写し終えて戻ってきた七五三之介が、その書付を手渡すと、

「お預かりいたしやす」

政五郎はそれを懐にしまった。

「政五郎親分、この者達はほとんどが身寄りのない者ばかりです。しかも、その中には三年以上も前に死んだ者もいます。調べるのは容易なことではないと思いますが、私は一人でも退所後に望みを抱いていた者がいなかったか、それが知り

たいのです」

七五三之介が言うと、政五郎は癖なのか、気持ち首をかしげるようにして聞いていた。

「わかりやした、とりあえず当たってみやすが、あまり期待はしないでおくんなさい」

やがて、聞き終えると、ゆっくりとした足取りで立ち去って行った。

その後ろ姿からは、意気込みといったようなものが全く感じられなかった。

目明しというのは、打てば響くように立ち廻るものと思っていた七五三之介には、甚だ拍子抜けする政五郎の態度であった。

それでも自分の為に控次郎が送り込んでくれた人間だからと、初めの印象で決めつけてはいけないと思い返したが……。

数日後、七五三之介の政五郎に対する評価は一変する。

「半年ほど前《めえ》に自殺した為六《ためろく》という男は、身寄りもなく、その上身体が丈夫でなかったそうで、以前から店賃《たなちん》を滞納し、大家に肩代わりをさせていやした。ですが、大家の話では、為六は大層義理堅い男で、借金も少しずつではあるが返していたそうです。それが養生所へ入ることになり、八か月も店賃を払えねえのでは死んだ方がましだと嘆いていた為、見かねた大家が養生所を訪ね、早桶屋の仕事を世話したらしいんで。為六は涙を流しながら大家に礼を言ったそうです。それが、死ぬ一月《ひとつき》ほど前のことだそうです。まあ、こいつの場合は病がおもわしくないため、はかなんだ末の自殺とみることもできやすが、もう一人、古傘買いの小《こ》吉《きち》の方はちいっとばかりおかしいようです」

「どういうことですか」

「へい。小吉も独《ひと》り暮らしには違《ちげ》えねえんですが、こちらは身寄りがござんした。博打が因《もと》で、十年前に女房に家を追い出されたそうです。小吉にも意地があるから追い出されたとは誰にも言えねえ。それで、長屋の者も身寄りがねえと思い込んでいたんですが、小吉が時折飲みに行っていた居酒屋の話では、ある時を境に店に顔を出さなくなったということなんです。居酒屋の主が気になって様子を見に行ったところ、小吉は大層嬉しそうな顔で、娘が嫁に行くから、酒代も惜しんで金を貯めていると言ったそうです。その後、できた金を女房に手渡したのはいいが、無理が祟《たた》ったのか、小吉は養生所へ入ることになっちまいやした。何しろ評判の悪い養生所です。退所してからも、すぐに会いに行ったら娘に嫌がられる。そこで小吉は二年をめどに、孫に会えることを楽しみに養生所へ入ったんです。御舎弟様、そんな男が自殺などするとは、あっしには到底思えねえ」

養生所の入所期間は通常八か月だ。それが二年もの間、孫に会えないと聞かされ、七五三之介は改めて養生所に対する世間の目が、偏見に満ちたものであることを思い知らされた。同時に、誰に訊いても評判の悪い養生所の話を、ここまで聞き込んでくれた政五郎には、頭が下がる思いで一杯になった。

「ご苦労さまでした。私も政五郎親分の言われる通りだと思います。そんな男が、自殺などするわけがありません」

「ありがとうございやす。ですが、御舎弟様。あっしのような目明し風情に、そのようにご丁寧な物言いをなされては、却ってあっしの方が恐縮いたしやす。これからのこともありやすので、言葉遣いはお改めになっておくんなさい」

「わかりました。政五郎親分。これからはなるべくそう心掛けることにいたします」

「それですよ。それがいけねえって申し上げているんで」

「すみません。これが私の性分なので、もう少し長い目で見てやってください」

「へい。なるべく早い時期に直されることを願っておりやす。ところで、御舎弟様。お役に立つかどうかはわかりやせんが、調べついでに不審なお六《ろく》が上がった場所も記しておきやした。検死に当たった医者が別のお六と死に場所を間違えやして……。それで気になって訊いてみたところ、ここ一、二年の間にかなりの変死体が上がっておりやした」

　そう言うと、政五郎は懐から地図のようなものを取り出し、七五三之介に差し出した。ちなみにお六とは死体のことで、「南無阿弥陀仏」が六文字のところから、そう呼ばれている。

　政五郎が手渡した地図には無数の×印が記されていた。

　その地図を懐にしまった七五三之介が仕事を終え、夜になって文机に広げた時だ。

　×印で書かれた死体の発見場所が、やたら川の傍にあることに気づいた七五三之介が何気なくそれを除外して見た時、七五三之介の視線は地図に釘付けとなった。愕然《がくぜん》となり、ついには全身に震えが生じた。

　川から上がった死体は、死んだ場所が特定できない。だが、それを除いた死体の場所は、すべてが養生所を中心とした円周内にあった。しかも、その距離は、いずれも半里内に収まっていたのである。

十

閉め切った部屋の中で、火鉢の中の炭が赤々と燃えていた。

換気の為、時折襖を開け放ちに来る内与力を、必要以上身体を震わせることで咎め立てた奉行が、形勢が悪くなった盤面に見切りをつけるべく話を変えた。

「そう言えば七五三之介のことだがのう、片岡」

「あ奴が何かいたしましたか」

「やった、やった。いや、やってくれおった。実に痛快じゃ」

奉行は嬉しさを隠しきれないといった様子だ。

「はて、わかりませんな。どのようなことでしょう」

奉行の様子から、好ましい状況と察した玄七が顔をほころばせると、

「小石川養生所の肝煎がな、昨日詫《なじ》びを入れてきたのだ。つい先だってまでは、しかつめ顔で奉行所の怠慢ぶりを詰っていたというのにのう」

奉行は再びその時の様子を思い出したらしく、笑いをこらえるのに必死という有様だ。

聞けば、養生所の医師が投薬量を不正に報告していたらしく、その事実に気づいた七五三之介が肝煎に訴えたことが、今回の謝罪に繋がったというのだ。

「前回、養生所が訴えを起こしたからといって、当方が此度の不始末を訴え返すような真似をすれば、互いに反目するばかりとなろう。ところが七五三之介は、肝煎が善処してくれるならば不問に付すと言い、報告書だけを置いていったそうだ。だがな、片岡、痛快なのはその後だ。なんと、その報告書を読んだ肝煎は驚《きよう》天動地《てんどうち》の事態に陥ったというではないか。医者一人一人の投薬記録を克明に調べ上げ、事実と違う投薬報告は実に百二十件に及んだというぞ。ここまで調べ上げられては、肝煎も惚《とぼ》けるわけにはいかなかったらしく、素直に頭を下げてきたというわけだ」

「あ奴、何故、そのような大事なことを私に言わなかったのでしょうか」

「大方、一存で決めてしまったゆえ、その方に言いづらかったのだろう。なかには上への報告義務を怠《おこた》ったとみる向きもあろうが、事を荒立てずに善処する手法は極めてわしの好みに合うものじゃ」

奉行は満足げに頷いた。

煩わしさから解放されたことで、束の間の喜びに浸りたいといった感じだ。

玄七も嬉しくなってきた。

この様子ならば、七五三之介を小石川養生所見廻りなどという忌まわしき役職から、片岡家本来の吟味方与力の役職に回してくれるのではないだろうか、と期待するようになった。

ところが、常日頃、周囲からちやほやされている人間というのは始末が悪い。自覚もないまま誉め称えられることに慣れているせいか、喜びに対する感覚が希薄だ。つまりは、すぐに気分が変わる。

「えっ」

玄七がそれと気づいた時には、すでに奉行はけだるそうな表情を作り上げていた。

「片岡、奉行職とは辛《つら》いものぞ」

奉行はまず愚痴から入った。

傍らに放置されている形勢の悪くなった将棋盤など見ようともしない。

よくもここまで、と思われるほど沈痛な面持ちとなった。

「全く、町奉行を何と心得ておるのだ、のう片岡。旗本屋敷での出来事などは若年寄の職分であろうが。それが、あれこれと理屈をつけおって、こちらに仕事を押しつけてきおる。実はな、旗本や大奥の中臈《ちゅうろう》達の間に、阿片が広まっているらしいのだ。無論、わしもそちらのことは町奉行所の管轄にあらずと断りを入れたのだが、御老中め、阿片を扱うとなると、まずは薬種問屋から調べるのが筋だろうと、こう言いおったのだ」

奉行は玄七に言いつけるような口振りになった。

面と向かって文句を言えない相手でも、気心の知れた玄七だと平気でこき下ろす。

「お偉方というのは、下の者の苦労などわかりませんからな」

玄七が奉行も含めて言った言葉も、自覚の無い奉行には通じないらしい。

「そうなのじゃ。そこで、年番方支配の福田に相談したところ、こういった件は吟味方の森保《もりやす》が適任だろうというのだ。お主はどう見る」

奉行はここでも、玄七に鈍感ぶりを披露した。

「そうですな。やはり森保が適任と言えましょうな。一見調子の良さそうな男にも見えますが、それなりに同心達にも受けが良く、頭も適度に切れます。あの男なら、万が一永尋《ながたず》ね（迷宮入り事件）になった場合でも、必ずや御奉行の面目が保てるだけの言い訳を用意してくれるはずです」

「ほう、そうか。左様に頼れる男か」

自身の面子《メンツ》が保てると聞いた奉行は、途端に相好を崩し始めた。そして旗色の悪い将棋の駒をそそくさと片付け始めた。

十一

昼前まで陽が射していた空が、どんよりとした雲に覆われだした。

今にも降り出しそうな空模様の中、百合絵は御供の茂助を従えて、小間物屋へとやってきた。

百合絵の機嫌はすこぶる悪い。

原因はびらびら簪《かんざし》だ。

寛政年間に爆発的に流行《はや》った簪で、飾りの部分に幾つも鎖が付いていた。頭を動かすたびにちゃりちゃりと音がする。

通常は嫁入り前の娘が挿すことが多かった。それゆえ、嫁入りが決まった雪絵は、私にはもう用がないからと、百合絵に譲った。

それを今日になって雪絵が髪に挿していた。

「姉上、一度くれたものを今になって取り返すとは、あまりにけちくさいではございませんか」

百合絵の言い方もひどかったが、一度くれたものを黙って取り返してしまった雪絵の所業には詰《なじ》られて然るべきものがある。しかも出戻りの分際で、今更びらびら簪を挿そうとすること自体、百合絵には年甲斐もなく色気づいたとしか思えなかった。

そうでなくとも、雪絵の、昨今の入念な化粧塗りには、百合絵をして呆れかえらせていたのだ。百合絵は、その原因を控次郎に押しつけた。すべては控次郎が屋敷に来てから始まった気がするからだ。

――あんなやすっぽい男

思い出すだけでも腹立たしさが込み上げ、百合絵は吐き捨てた。

男のくせに素甘と茶碗を両手に握り締め、女相手にお茶らけ話ばかりしていた軽薄極まりない男だ。そんな男の為に、恥っさらしとも思えるびらびら簪をつける姉の気持ちが、百合絵には理解できなかった。

大体初めの印象からして、控次郎は気に入らないのだ。

少しばかり男前であることを鼻に掛け、敢えてやくざまがいな口調を用いる辺りにも、そこはかとなき厭《いや》らしさが感じられた。

――お生憎《あいにく》様、あんたの思い通りにならない女もいるんだから
必要以上に控次郎を貶《おとし》めることで溜飲を下げた百合絵であったが、雪絵に張り合って簪を買いに来た自分もなにやら馬鹿らしく思えてきた。

「茂助、帰りますよ」

そういうと、小間物屋には入らず、来た道を戻り始めた。

心なしか、通りを歩く人の動きが足早になってきた。

すると、これまでもちこたえていた空が、ぽつりぽつりと雨粒を落とし始め、あれよあれよという間に激しい雨音を立てるようになった。

逃げ惑う人々が往来を駆け抜ける中、茂助はかねて用意の傘を開くと、百合絵に差し出した。

「よう気づいた」

当然のように受け取った百合絵は、ずぶ濡れとなった茂助に構わず歩きだした。そのまま通りの角まで来た時、

「あら」

百合絵の目が商家の軒下で雨宿りをしている控次郎を捉えた。

たった今、考えていた相手だけに百合絵も一瞬は驚いた。それでも、そのまま通り過ぎようとしたのだが、なんとなく訝しさが残り、百合絵は足を止めた。軽薄な男にしては、珍しく真面目な顔をしている。それも誰かを庇っているようだ。

——女の人かしら

百合絵は目を凝らすと、控次郎が庇っているらしき人を見極めようとした。雨宿りをしている人の陰になって、なかなか見ることはできない。だが不意に控次郎が腰を曲げ、再びその相手を庇う仕草をみせた時、百合絵はその相手が女の子であることに気づいた。

控次郎に抱かれていたその子は、初めはじっとしていたが、次第に濡れてきた控次郎の着物に気がつくと、驚いたように顔を上げた。

控次郎に向かって何かを言っているようだが、傘を打つ雨の音で百合絵には何も聞こえない。

ただ一つ気づいたのは、自分の背中が軒《のき》を伝う雨水に濡れそぼっているにもかかわらず、必死でその子を守ろうとする控次郎の眼差しが、いまだかつて経験したことのない温かさを感じさせたことであった。

屋敷に帰ってからも、その光景は百合絵の頭から離れなくなった。

あの時の眼差しを思い出すたび、妙に胸が高鳴るのだ。

だが、それは負けん気が強い百合絵には、甚だ不快なことでもある。

それゆえ七五三之介が帰ってくるや、百合絵は訊かずにはいられなくなった。

控次郎のことを知りたいというよりは、その欠点を見つけたくて百合絵は尋ねた。

「今日、控次郎様にお会いしました。六、七歳の女の子を連れておられましたが、娘御でしょうか」

「はて、六、七歳の娘なら沙世だとは思いますが、今日は三日ではありませんから、断言はできません」

「三日がどうしたというのですか。でも、雨の中大事そうにその子を庇っておられましたから、きっと娘御なんでしょう」

百合絵の言った「大事そうにその子を庇った」という言葉で、七五三之介はやはりその娘は沙世だと確信した。そして今日が三日から幾日も経っていないことから、大方、沙世が風邪でも引いたせいで繰り延べになったのだと受けとめた。

「それにしても傍に奥方様がおられないのはどういうことなのでしょう。まさか、奥方様を働かせているということですか」

世間知らずの百合絵は、疑問を抱くと、構わず口にしてしまう所があった。

「いや、そういうことではなく……」

七五三之介はそこまで話していいものかと迷い、一旦言葉を切った。

だが、百合絵は返事を待ち構えている。催促するかのように、七五三之介の顔を覗き込んだ。

仕方がない。百合絵の白黒をはっきりつけたがる性格を思うと、話さぬわけにもいかず、七五三之介は控次郎の妻が他界したこと、そして沙世とは月に一度しか会えないことを告げた。

百合絵が小さく「あっ」と、驚きの声を上げた。

七五三之介は、百合絵がそこまで喋らせてしまった自分を悔いたのか、もしくは月に一度しか会えない親子の不憫《ふびん》さが、そうさせたと受け止めた。

まさか百合絵が別のことで驚きの声を上げたとは思いもしない。

――傘を貸してあげれば良かったのに
百合絵が気にしたのはそのことであった。

翌日、百合絵は供も連れず控次郎の長屋へ押し掛けてきた。

傘を貸してやらなかったこともあるが、それ以上に不当な評価を下していた後ろめたさが、百合絵を長屋へ来させることとなったのだが、もともと謝ることには不向きな性格だ。

控次郎の顔を見るなり、こう言ってしまった。

「いらぬお節介を焼くと思われるかもしれませんが、今日は貴方に苦言を呈しに参りました」

「苦言?」

「そうです。貴方のことは七五三之介殿から伺いました。奥方を亡くされ、貴方が苦労なさったことも聞いております。ですが、私は昨日、貴方が娘御と一緒にいられるところを見ました。そして、それを見た時に、私は気が付きました。娘御が本当は貴方の傍にいたいのだと」

武家の女は、通常男の顔を正視したまま話したりはしない。あまりに不躾《ぶしつけ》だからだ。だが、百合絵は躊躇うことなく控次郎の目を見ながら話している。

控次郎の視線が、動揺の為かわずかに泳いだ。

「お気づきにならなかったのですか。貴方に抱かれた時、娘御はじっとしたまま、貴方に縋《すが》っていました。沙世ちゃんというのだそうですね。七五三之介殿の話では、貴方は舅殿の言葉に言い返すこともできず、沙世ちゃんを手放したということですが、私には貴方が独りよがりの決断を下したとしか思えません。控次郎様、沙世ちゃんは、本当は貴方と一緒に暮らしたいのですよ」

控次郎の気持ちに、些かの配慮も見せず百合絵は言った。

黙って聞いていた控次郎が、辛そうに背中を向けた。

そのまま力無い足取りで畳の間に上がると、刀架から刀を摑んだ。

「どちらへ行かれるのです」

百合絵は控次郎が逃げるとでも思ったようだ。声が詰問調になっていた。

「すまねえな、百合絵さん。俺はこれから道場へ行かなくちゃあならねえ。せっかく訪ねてきてもらったが、帰っちゃあくれねえか」

「今からですか。でも、まだ朝餉を摂られてはいないのでありませんか」

「大丈夫だよ。稽古が終わる頃にゃあ、屋台が出ている」

「なりません。武士ともあろう者が屋台で食すなど、以《もっ》ての外です。私がご飯を炊《た》いておきますから、今日のところは、塩握りにでもして召しあがってください」

なまじ説教などしてしまったせいか、成り行き上、百合絵はそう言ってしまった。だが、飯など炊いたこともない。子供の頃に母の文絵から教えられた記憶はあるが、全くのうろ覚えでしかなかった。

控次郎がいなくなった途端、百合絵はきょろきょろとあたりを見回した。誰か教えてくれる者はいないかと物色したのだが、井戸端で世間話をしている女達の眼は、どれも皆興味本位でこちらの様子を窺っているばかりだ。

こんな女どもに教えを請うたりすれば、すぐに控次郎の耳に入るだろう。とんだ恥曝《さら》しだ。そう判断した百合絵は、うろ覚えの記憶を頼りに飯炊きを敢行することにした。

水瓶《みずがめ》の水を柄杓《ひしゃく》で汲み取り、一合升で計った釜の米に注ぐ。

その上で、女どもに気づかれるのは厭だから、研いだ水を溝《どぶ》へと伝う流し台ではなく土間に捨てた。

ここまではさほど悪くない。

問題は水の量だ。

手を釜の中に浸けることは思い出したものの、その後の記憶がない。

ええいっ、とばかりに目を瞑《つむ》ると、水の量を運任せにした百合絵は竈に薪をくべた。ちょろちょろと燃えついた火が、次第に勢いを増し、やがて釜の蓋を押し上げるようになった。

——まずい

そう感じた百合絵は、慌てて蓋を外した。

真っ白いご飯の間から、ふつふつと水分が沸き上がっている。見るからに普通のご飯だ。

——なぁんだ。簡単

ほくそ笑んだ百合絵は最後まで蓋を開け放ったまま、表面の艶やかさだけを確認し作業を終えた。

なかなかの出来と満足して帰った百合絵であったが、時間の経過とともに不安が顔を覗かせ始めた。

本当に大丈夫だったろうか、という思いが次第に強くなり、とうとう寝付けなくなった。翌朝、百合絵は、暗いうちから起き出すと竈の前に立った。

昨日と同じ手順で、ご飯を炊いてみた。

六つ（午前六時）頃になって起きてきた文絵が驚きの声を上げる中、百合絵は身のほど知らずにも、こう言った。

「ご飯を炊いておきました」

やがて佐奈絵も顔を出し、台所の中は味噌汁の香ばしい匂いと、糠《ぬか》味噌の臭いが立ち込めるようになった。

「姉上がお炊きになったご飯を頂くのが楽しみです」

にっこりと笑いかけた佐奈絵はそんなことまで言ったのだが……。

炊き上がったご飯を御櫃《おひつ》に入れ替えようとしたところで、いつもとは違う手ごたえが杓文字《しゃもじ》を通じて伝わってきた。

「姉上、水の量は間違っていませんよね」

佐奈絵が手首の辺りを指し示しながら訊いた。百合絵とは若干違う。

「そのくらいよ」

さりげなくすっ呆けた百合絵だが、佐奈絵はともかく文絵にそんなごまかしは通用しない。

「ちゃんと、途中でお釜の蓋を開けて炊きましたか」

という老獪《ろうかい》な罠《わな》に、あっさりと嵌《は》まってしまった。

控次郎の長屋へやってきた百合絵は、先日とは別人のように意気消沈していた。

「あの、控次郎様……」

「百合絵さんじゃねえか。この間はご馳走さま」

「あっ、いえ。それが実は、私はご飯など炊いたことがなくて、本当に申し訳ないことをいたしました」

百合絵にしては神妙に詫びた。だが、

「そうなのかい。俺には旨《うま》かったけどな」

控次郎はそう言った。

そんなはずはない。身の置き所もなく恥入った百合絵が上目遣いに控次郎を見た。控次郎に気にしている様子は全く見られなかった。

百合絵は生まれて初めて、男というものがおおらかな生き物であることを知った。

# 十二

宿直役人もいなくなった養生所内。

真っ暗な病棟から時折患者の乾いた咳が聞こえてくるが、看病中間達の中で様子を見に行こうとする者は誰一人いない。火の気のない病棟で、患者達は身体を丸めながら布団にくるまっていた。

患者達の為に支給される炭は、看病中間達の部屋だけに使われ、余った炭も看病中間達の余禄として売りに出されるからだ。

中間頭の伊佐治《いさじ》が、慣れぬ手つきで算盤《そろばん》を弾いていると、役掛りの升助《しょうすけ》が部屋に入ってきた。役掛りは看病中間の雑用係として患者達の中から選ばれる。

それゆえ普段は中間達の顔色を窺いながら仕事をしているはずだが、今部屋に入ってきた升助は、無遠慮にも火鉢の前にどっかと座り込んだ。

それも上座だ。

「伊佐治、よく似合うじゃねえか。そうやって算盤を弾いていると、おめえも一《いっ》端《ぱし》の商人だな。どうだい今月の上がりは」

役掛りだというのに、升助は中間頭の伊佐治を小馬鹿にしたような口を利いた。

「升助兄貴。からかうのはやめてくださいよ。俺だって、好きでこんなことをしているんじゃねえんですから」

「そんなことを言うもんじゃねえぜ。何だって身につけておけば役に立つ時があるかも知れねえ」

「よく言いますよ。兄貴の言い付けだから、こんなけちな稼ぎを必死で計算しているんじゃゃないですか」

「確かにそうだったぜ。だがな、この地道な稼ぎが賄《まかな》いどもや看病中間達、ひいては役人達をも味方につける財源になるんだ。俺やおめえにとっちゃあ端金《はしたがね》でも、お役人様には有り難え余禄となるんだ。せいぜい励むこったぜ」

そう言うと、升助は伊佐治の傍らに置かれた煙管《きせる》を取り上げ、慣れた手つきで煙草を詰め始めた。

どうやら伊佐治の計算が終わるまで待つつもりであったようだが、肝心の伊佐治は幾度となく算盤を払うばかりで、一度として、同じ答えにはならない。

とうとう痺《しび》れを切らした。

「もう止めておけ。明日にでもゆっくりやりゃあいい」

升助は無理矢理作業を止めさせてしまった。

伊佐治が素直に算盤を置いて向き直ると、升助は辺りを見回した後で、伊佐治に顔を近づけた。

「そんなことより、お釈迦一家から連絡はあったのか。子分達を見張っている奴がいるって言ってたじゃねえか」

「へい。それならわかりやした。お釈迦一家の連中が二手に分かれ、一方は盛り場を回らせ、もう一方には遠巻きに監視させてみたら、うすらでけえ奴が後を尾けていたってことで」

「うすらでかいだと、どれくらいだ」

「子分どもの話では六尺はあるだろうってことですが」

「そうかい。で、そいつには他に特徴らしきものは無かったのか」

「何でも目の縁に入れ墨を入れているそうで」

良い調子で伊佐治が喋った途端、升助の顔色が変わった。心当たりがあるらしく、苦虫を噛み潰したような顔になっている。

「知っている野郎なんですね」

升助の顔色を窺いながら、伊佐治は訊いた。

どうせ自分なんかにゃあ、話しちゃくれねえだろうな、という弱気な態度が見え隠れしていた。

「ああ、知っている。鮫蔵っていう漁師で、滅法《めっぽう》腕っ節の強い野郎だ。伊佐治、お釈迦一家に告げておけ。下手に二人や三人で手出しをすると、痛い目を見るぞとな」

伊佐治の予想を裏切り、升助は答えた。

だが、伊佐治にはわかっていた。いくら話してくれたからといって、自分が重用されているなどと思ったら、とんでもないしっぺ返しが待っていることを。

「あのお、十三郎の旦那はお忙しいんでしょうかねえ」

伊佐治は話を変えた。

「いねえんだよ。あの野郎は甲州《こうしゆう》くんだりまで、女を追っかけて行っちまいやがったからな」

「女をですかい。そりゃまた結構なことで」

「結構だと。自分に愛想を尽かした女をたたっ斬りに行くんだぜ。随分と惨《むご》い真《ま》似《ね》をするとは思わねえのかい」

「えっ、連れ戻すんじゃなくて、わざわざ殺しに行くんですかい」

「そうよ。あいつは女を物としか見ることができねえ。欲しけりゃ奪い取る。逃げれば殺すんだ」

「そ、そうなんですかい」

十三郎という人間の異常性を聞かされた伊佐治は、今更ながら震え上がった。というのも、伊佐治は升助に言いつけられ、幾度となく十三郎の所へ使いに行かされていたからだ。

「伊佐治、間違っても十三郎の女に手を出すんじゃねえぜ」

升助の念押しを、伊佐治は落ち着かぬ思いで聞いていた。ひょっとして、あの女がそうなのだろうか、もし、そうだとしたら、自分は淫らな目であの女を見てはいなかったろうか、と伊佐治は振り返っていた。

「だが、そう心配することもねえやな。あいつの好みはちょいとばかり変わっているし、滅多やたらにいるもんじゃあねえ。なにしろ、誰もが好む柳腰の女には目もくれねえんだ。思いっきり乳がでかくて、身体はがっちりとした骨太、そのうえ色白で餅肌って条件をすべて兼ね備えていなけりゃあならねえんだ。そう簡単に見つかるわきゃあねえだろう」

「確かに兄貴の言う通りですが、でも、先日十三郎の旦那の所へ使いに行った折り、お前もどうだと言われ、お座敷に連れて行かれたんですが、その時に相手をした芸者が、何となく今言った条件にあてはまりそうな……」

「何だと、どこの芸者だ。羽織か」

「いえ、柳橋です」

升助の顔がまたしても苦々しいものに変わった。

甲州まで追いかけて行った女がいなくなったと思いきや、新たなる火種の出現だ。頭を抱えた升助は、いらついた表情を隠さず伊佐治に命じた。

「十三郎は暫く当てにはできねえようだ。こうなったら、お釈迦一家に金を渡し、用心棒を揃えさせるしかねえ。それから客引きもさせるよう言っておくんだ。その際、子分どもの会話の中に俺の名を交えろとな」

「えっ、卯之吉兄貴の名を」

「莫迦野郎。ここでその名を出すんじゃねえ」

「すみません。ですが、他の奴らは女を買いに行って出払っておりますから、聞かれる心配はありません」

「いつも言っているだろう。人間てえ奴は、つい癖が出るもんだ。二度と俺の名を呼びやがったら、おめえといえども容赦はしねえぞ」

鋭い目で睨みつけられ、伊佐治は思わず肩をすぼめた。

卯之吉には頭ごなしに一喝《いっかつ》された伊佐治だが、入谷《いりや》一帯を縄張りとするお釈迦の権平を相手にした時には、それなりの貫禄を見せた。

「伊佐治さんじゃねえですか。何か御用ですかい」

「ああ、ちょいとばかり、お前さんに頼みがあってやってきた」

「頼み？　もしやあれを吸いたがる奴を増やせとでも」

「権平さんよ、それは当然のことだろう。兄弟分の弐蔵があんなことになっちまったんだから、お前さんに頑張ってもらわないと困るんだ。あんまり悠長にしていると、物《ぶつ》は他へ廻すことになるよ」

「そりゃあ、ねえだろう。欲に目が眩《くら》んで、誰彼無く誘いこんじゃあならねえって言ったのはおめえさんの方だ」

「わかってるよ。ちょいとからかっただけのことだから、そう目くじらを立てなさんな。頼みってのは別のことよ。親分の所にいる威勢のいい若い衆を借りたいと思ってね」

「冗談にしてもきつすぎやしねえかい。こちとら真に受けちまったぜ。で、いくら頭数を揃えればいいんだ」

「嬉しいねえ。二つ返事で引き受けてもらえるところが親分のいいところだよ。実はね、相手の出方が皆目わからなくてね。それで、なるべく腕っ節の強い奴を集めてもらえないかと思っているんだよ。腕の立つ用心棒なんてのはいないかい」

「伊佐治さんも運がいいぜ。なあにね、弐蔵の奴があんなことになっちまったもんだから、用心のため、凄腕の浪人者を雇ったばかりだ。その用心棒もお付けしやしょう」

「腕は確かだろうね」

「勿論でさあ。一刀《いっとう》流の免許皆伝だそうです」

「そりゃあ頼もしいや。じゃあ、そのときにゃ私でなく、若い者を寄こすが大丈夫だね」

伊佐治はそういうと、懐から紙に包んだ小判を数枚、お釈迦の権平に手渡した。

餅つきの掛け声が、市中の彼方此方で聞かれるようになった。

すでに煤払《すすはら》いの掃除を終えた商家は、新年に向けての準備で忙しい。

得意先に配る餅を抱えた手代達が急ぎ足で通りを駆け回る中、手拭いで頬被りをした鮫蔵が蕎麦《そば》屋へ駆け込んだ。

「熱いのをくれ。五杯ほど順ぐりでな。葱《ねぎ》は多めに入れてくれよ」

小女に注文すると、鮫蔵は待ち切れない様子で箸《はし》を割った。

一杯目の蕎麦が出てきた。左手で丼を抱えると、鮫蔵は箸で幾度となく蕎麦をつまみ返し、適度な長さになるのを見計らって一気に啜《すす》った。

「つっ」という小気味のいい音が鳴り響く。

瞬く間に丼を空にした鮫蔵の元へ、二杯目の蕎麦が届く。それもまた空にすると、ついには五杯目の蕎麦までたいらげてしまった。

「いくらだ」

鮫蔵の顔に施された入れ墨を見た小女は、一瞬怯えたような顔になったが、

「八十文です」と答えた。

巾着からちゃらちゃらちゃらと銭を取り出した鮫蔵は、蕎麦代を払った後で、小女に小銭を握らせた。

「すまねえが、裏口から出させてもらうよ」

尾行を警戒し、裏口から店を出た鮫蔵は再び頬被りをすると、大きな身体を精一杯丸め、大川沿いの道を吾妻橋に向かって歩き出した。

どこもかしこも餅つきの掛け声が飛び交っている。中でも船着き場の前では、往来に臼《うす》を置き、数人の男女が威勢よく声をかけながら餅をついているのが見えた。

その中に時折黄色い声が交じった。どうやら若い娘もいるようだ。

鮫蔵は羨ましそうな顔で、そちらを振り返った。

――あと三日もすれば俺も三十か。あんな暮らしは一生縁がねえだろうな
この時代は、誰もが正月を迎えたところで一つ歳を取る。

鮫蔵は無意識のうちに、楓の横顔を思い浮かべている自分に気づき、慌ててそれを頭から振り払った。

代わりに、この知らせを聞いた時の楓の顔を思い描いた。

やっと、卯之吉に繫がる手掛かりを摑んだのだ。早く楓の喜ぶ顔が見たい鮫蔵は、それでも時々後ろを振り返りながら、大川沿いの道を足早に走り抜けた。

# 十三

夜烏が山際に消え行く西日を追って飛び立った。

寺社の多いこの辺り一帯を根城にしている烏には、若い男女が二人きりといえども縄張りを荒らしにきたとしか映らない。鳴き声にも怒気が感じられた。

「山伏達が兄さんに伝えているってことはないかい」

伝通院《でんづういん》裏にある光円寺《こうえんじ》の門前に身を潜めた楓が、鮫蔵に訊いた。

「ないとは言い切れませんね。お釈迦一家の奴らが卯之吉の名を口にしたのは一度や二度じゃありませんでしたから」

「そんなにかい。でもおかしいね。用心深い卯之吉なら、自分の名前を出されることを極力嫌うはずじゃないか」

「でも、口さがない三下どものことです。卯之吉がいないところでは意気がって余計に名前を呼び捨てにすることも考えられますから」

鮫蔵の言うことに楓はわずかに首を傾げた。それでもその場を動かないのはせっかく訪れた機会を見逃すわけにはいかないという思いが強いせいであった。

卯之吉は小石川御薬園の毒草栽培人の所に行っている。だから今夜は羽を伸ばせるぜ、という子分どもの話を鵜呑みにできるかはわからないが、楓にはやっとつかんだ卯之吉の手掛かりを無にすることはできなかった。先日の失敗を取り返したい一念が、楓を鮫蔵と二人だけでこの場に来させていた。

寺が密集している所だけに、日が暮れると薄気味が悪いのか、人通りは全くない。

「鮫蔵、本当に卯之吉は来ると思うかい」

楓は無理に話を作った。

いくら気兼ねのいらない鮫蔵とはいえ、人気のない寂しい場所で男と二人きりでいるのだ。楓といえども気づまりを感じて不思議はなかった。

「まだ、一刻しか経っていねえです。もうちっと待ちましょうよ」

鮫蔵がそう答えた時だ。

かすかではあるが、遠くの方から、人の話し声がした。

二人は慌てて生垣の中へと身を潜めた。

「うっ、うん」

鮫蔵が小さく咳払いをした。楓の匂いにむせたらしい。

それでも耳を澄ましていると、次第にこちらへ近づく足音とともに、話の内容が少しずつ聞きとれるようになってきた。

時折、話の中に「卯之吉兄貴」という言葉が混じった。

楓は鮫蔵に目配せを送ると、生垣から顔を覗かせ、男達の顔を確かめようとした。だが、生い茂った木がわずかな月の光を遮り、男達の顔は見えない。

「畜生。どれが卯之吉なんだい」

苛立ちを隠せず、楓は小声で囁いた。

そうこうしているうちに、男達は二人の前を行きすぎて行く。

鮫蔵が止める暇もなかった。


「卯之吉」

いきなり生垣から飛び出した楓が、男達を呼びとめた。

その声に一斉に振り返った男達。しかし、どの顔にも歪《ゆが》んだ笑みが浮かんでいた。

「出やがったぜ」

「しかも女の声だぜ。こんな寺の近くで呼び止めるってことは、回向院《えこういん》の尼女郎でも出張ってきたってことかい」

男達の口振りには余裕が感じられた。楓は気丈に男達を睨みつけて言った。

「卯之吉、顔を見せな」

「へえ、こいつは驚いたぜ。卯之吉兄貴を捜している奴がいるっていうから、罠《わな》を仕掛けてみりゃあ、随分と可愛い顔をしているじゃねえか。おい、野郎ども、なるべくなら女は殺さずに生け捕りにしろ」

頭分と思える男が淫らな目を向けながら言うと、それを合図に、楓と鮫蔵の背後から浪人者に率いられた一団が現れた。

「楓様、どうやら嵌《は》められたようです」

鮫蔵は楓を庇うようにして立ち塞がると、愛用の銛《もり》を取り上げた。

頑丈な樫の木で造られたとてつもなく長い柄の先に、微かな鉄錆を浮かべた重さ十貫（約三十七キロ）はあろうかという鯨捕り用の銛が、鋼のごとき筋肉の鎧をまとい仁王立ちとなった鮫蔵の片手に、軽々と握られていた。

その光景は男達の度肝を抜いた。

刀を抜いたはいいが、誰も前へは進まない。

「てめえら、何をしていやがる。相手は二人。いや、一匹半だ」

頭分の男が叫んだ。女の楓は一人と数えないらしい。

臆病者の誹《そし》りを受けたくない男達は派手な掛け声を上げると、鮫蔵目がけ突っ込んできた。だが、鮫蔵の銛には比類なき力があった。

唸《うな》り音を立てながら素早い旋回を繰り返す銛の前に、男達が次々と着物や肉を削がれた。

「莫迦野郎。そいつは女を庇っているんだ。女を狙え」

業を煮やした頭分の男が叫ぶことで、ようやく数的有利の状況を思い出した男達が慌てて人数を割き、楓の捕獲に回った。

高が女だ。短刀を叩き落としてしまえばたやすく取り押さえられる。そう思って無造作に近寄った男はたちまち手痛い目を見ることとなった。

右手で握った短刀にばかり気を取られ、まさか左の袖に、簪を隠し持っていようとは思いもしない。簪で顔や手を傷つけられ、怯んだところを短刀で突かれた。

「この女《あま》、油断がならねえぞ」

舐めてかかった男達も、血を見たことでようやく本気になった。

牽制し合いながら四方から襲いかかると、攻撃を躱した楓が体勢を立て直すところへ、矢継ぎ早の突きを放った。

その一つが、楓の脇腹に突き刺さった。

「楓様」

鮫蔵の悲痛な叫びが夜空に響き渡った。楓は崩れるように生垣の裏へと倒れ込んだ。

「まずいぜ。女は殺すなって言われていたじゃねえか」

頭に血が上ったとはいえ、迂闊にも楓を刺してしまった男は、慌てて生垣の裏に回った。

腹を刺されたのだからすぐそこに倒れているはず、と思った男は、きょとんとした顔になると仲間に呼びかけた。

「おい、女がいねえぞ。おめえらも捜せや」

男は仲間の方に向きなおった。刹那、背後から幽鬼のような影が男を包み込むように立ち上がった。

忽然と現れた不気味な影に呑まれ、呼びかけられた男達は声も出ない。その男達の目が、影に背中を向けている男の頭上に光る氷のごとき白刃を捉えた。

「ざんっ」

凄まじい切断音とともに男は身体をのけぞらし、生垣の上に覆いかぶさった。さらに軀《むくろ》が、男達の足元に蹴りとばされてくると、その惨たらしさもさることながら、生垣の傍らに立つ惨殺者の異様な扮装《いでたち》に、男達は色をなした。

夜目にも目立つ白装束に身を包み、目には歌舞伎役者を思わせる赤い化粧を施した武士が、黒く染めた唇をへの字に押し曲げ、左手で楓を抱き抱えたまま男達を睨みつけていた。右手に提げた刀身からは、惨殺の名残を伝える血脂が刃先に向かって緩やかに伝い落ちた。

「兄さん、ごめん」

脇腹を刺された楓が支える腕を押しやり、自力で立とうとした。

「いいのだ。元はと言えば、お前に仇を取らせまいとした私が悪いのだ。楓、歩けるか。歩けるのなら、水戸《みと》屋敷から神田川へと向かえ。そこに猪牙舟が用意してある。そこまで何としても辿り着くのだ。こ奴らを始末したなら、私もすぐに後を追う」

そう言うと、蛍丸は刀を握り締めた右手と、もう一方の手を大きく広げた。

男達に追撃を許さぬ防御の体勢とも見て取れたが、それは同時に蛍丸の誘いでもあった。

前を塞がれ躍起《やっき》になった男達が、それでも前に出ようとする所へ、蛍丸は右へ向かうと見せ、一気に左へ三間（約五・四メートル）の距離を飛んだ。

再び血潮が飛び散った。

首筋から噴き出す仲間の血を浴びて腰を抜かした男には構わず、蛍丸は峰を返すと別の一人に痛打を与えた。骨の折れた鈍い音と、意気地のない悲鳴が辺りに木霊《こだま》した。

鮫蔵の怒りも爆発した。蛍丸の出現で輪を乱された男達に、楓を傷つけられた恨みを叩きつける。情け容赦のない銛が男達の身体を串刺しにした。

楓はよろめく足取りで光円寺脇の路地を抜けると、そのまま伝通院と並行に走る路地を壁伝いに歩いて行った。

断続的に襲い来る傷の痛みが歩行を妨げる。

傷口を押さえる手が真っ赤に濡れた。もう駄目か、このまま仇を討てぬまま死んでいくのか。無念さが楓の心を覆い尽くした。

そして、手傷を負ったこと以上に、軽挙により、またしても蛍丸の助けを借りてしまったことが楓の心を苛《さいな》んだ。

こんな時でも兄は怒らなかった。ともすれば意識が遠のきそうになる中、楓は兄への詫びと自分の甘さを呪った。

ようやく広い通りへ出て、塀につかまりながら左に折れた時、

「あっ」

背後から声がかかり、楓は振り向いた。

吃驚《びっくり》したような表情で、自分を見つめる懐かしい顔がそこにあった。

この日、七五三之介は養生所での仕事を終えた後、政五郎と共に窮民の死体があった場所を検分していた。今更手掛かりとなる物などは残っていないが、政五郎が記した道端で発見された死体、というのが気になったからだ。だが、期待した手掛かりは摑めず、落胆した二人は終始無言のまま帰路についていた。

それゆえ、目の前に突然、手傷を負った女が現れた時には、七五三之介もいつぞやの女だとは気づかなかった。だが、懸命に身体を引きずって歩く姿に、女とは思えぬ意地の強さが感じられた。

女の身体がよろめき、その拍子に横顔が見て取れた。

あの時の女だ。七五三之介は駆け寄った。

「大丈夫ですか」

またしても七五三之介は間の抜けた問いかけをしてしまった。血を流している女が、大丈夫なはずがない。

「莫迦《ばか》」

案の定、七五三之介だと気づいた女は弱々しい声で笑った。

そのまま抱きとめられると、女は確かめるように七五三之介の顔を見た。

「あんたなのね」

ほっとしたような表情を浮かべ、女はぐったりと意識を失ってしまった。

「御舎弟様、この女は一体」

政五郎が吃驚した様子で女の素性を訊いた。

「よくは知りません。ですが、かなりの傷ですから医者に診《み》せなくてはなりません。政五郎親分。提灯をお願いいたします」

七五三之介は女を背負うつもりのようだ。慌てた政五郎が、その役を買って出ると、

「私の方が若いですよ。それに、いつ何時この女を襲った奴が現れないとは限りません。油断なく辺りに気を配るのは政五郎親分の方が向いています」

七五三之介はよいしょとばかりに、女を背負った。

「本草学を学んでいた頃、堀江順庵《ほりえじゅんあん》という先生が湯島横町に住んでおられると聞いたことがあります。一度しかお目にかかったことはありませんが、患者を大事にされる方だそうですから、この時間でも診てくれると思います」

提灯を提げた政五郎を先頭に、女を背負った七五三之介、挟箱を担いだ茂助の順で、神田川沿いの道を急ぎ湯島横町へと向かった。

政五郎が近所の者を叩き起こし、順庵の家を尋ねると、この先の二階建ての長屋だと教えてくれた。

順庵は七五三之介の顔を覚えていた。

血塗《ちまみ》れの着物を脱がすからと言って、七五三之介を一旦外に追い出しはしたが、手当てを終えると再び七五三之介を家の中へと招き入れた。

「出血の割に傷は深くない。大方刺される瞬間に身をよじったのではないかな。気を失っているのは血が流れすぎたせいだ。今夜はこのままここに置いて、明日の朝にでも引き取りに来なさい」

順庵はそう言ってくれたのだが……。

翌朝、七五三之介が順庵の家を訪ねた時には、すでに女はいなくなっていた。

順庵は申し訳なさそうに頭を下げた。

「患者の意識が戻ったので、わしもほっとして、気が緩《ゆる》んだのかもしれぬ。気がついた時には、娘が人質に取られていた。だが、思ったほど悪い奴らではないようだ。おそらくはあの女の仲間なのだろうが、図体の割には、あの娘にこっぴどく叱られていたからな。しかも、礼だと言って、三両も置いていきおった。与力殿、この金はどうすればよいかな」

順庵は、患者の素性など気にする様子もなかった。患者が治りさえすればそれでいいとでも思っているのか、頭を下げた割には悪びれたところがなかった。

「治療代ですから、いただいても差し支えないでしょう。それより順庵先生。他に男の特徴はありませんでしたか」

七五三之介が問いかけても、

「よく覚えておらん」

面倒臭いといった顔をするばかりであった。

## 十四

冬場は鰻の食いが悪い。

そうでなくとも近頃は万年堂に近い柳原土手を釣り場にしているのだ。このところ、控次郎は鰻の顔を見ていなかった。

同じ長屋に住む病弱の母を抱えた鰻屋の助けになればと、三日に一度の割合で釣りに来ていたが、常に坊主だ。

「先生、今の時期は鰻の食いも悪い。それに夜は寒いから結構ですよ」

鰻屋、と言っても屋台だが、鰻売りの清吉《せいきち》はいつもすまなそうに言った。

「気にすることじゃねえよ。俺は鰻が食えねえんだ。釣るのが好きだから通っているだけさ。それにな、意気地がねえから、ちょっとでも寒けりゃあ夜釣りにはいかねえよ」

その都度、控次郎はそう答えたが、正直、近頃は鰻を届けたことがない。

――鰻の野郎、どこをほっつき歩いていやがるんだ。ちったあ真面目に餌を食わねえかい

　この夜も寒い中、一向に鳴る気配の無い鈴を控次郎は震えながら睨み続けていた。

　不意に、背後で草を踏みしめる音が聞こえ、控次郎は振り返った。

　そこには着流し姿で宗十郎頭巾を被った武士が立っていた。武士はゆっくりと歩み寄り、控次郎の隣に座った。

「今日は化粧をし忘れたのかい」

　控次郎の軽口を笑顔で受け流した武士は、置き竿の鈴が取り付けられた竿先から、中ほどを木に掛けた竿尻が地面に固定されている様子を興味深げに見た後で、こう切り出した。

「直心影流田宮道場師範代の本多控次郎殿、夜釣りなどをしていて、万年堂の警護はよろしいのですかな」

　それに対する控次郎からの返事は無かった。

　まだ敵か味方かも定かではない相手だ。

　万年堂がちょうど南町の定廻り高木の持ち場であり、昼夜を問わず小者に見張らせているなどと、教える気にはならなかったからだ。

　だが、武士は気にする風もなく、話を続けた。

「ご貴殿とは協力体制を敷けると考えています。ご貴殿は、今は亡き嫁御の実家を守る為、我らは仇を討つ為、共通の敵を抱えているからです」

武士は控次郎の身辺をしっかり調べ上げていた。

「勝手に人の素性を探るような奴とは手を組む気にはならねえな」

案に反して、控次郎は撥《は》ねつけた。

その顔を武士は呆れたように見ていたが、やがて笑いだした。

「どこかのどなたかも、我が祈禱所を見張っておられました。私には、そのお方が事前に探るという断りを入れてきた記憶がありませんが」

親しげな口振りで武士は言った。

控次郎も笑いだした。

「違えねえ。確かにおめえの言う通りだ。それに、妙に洒落《しゃれ》た物言いも気に入ったぜ。また会いそうな気がするゆえ、名前を聞いておこうか」

「今は風花堂の行者蛍丸と名乗っております。仇を討つまではその名を通す所存でございますゆえ、今後とも蛍丸とお呼びください」

驚くほど丁寧な口振りで言い終えると、蛍丸は立ち上がった。

そして、控次郎に向かってこう言い残した。

「世の人々は私の祈禱を受けようと、こぞって風花堂に押しかけます。それほど私の祈禱はよく当たるということです。控次郎殿、今宵は特別に占って差し上げましょう。残念ながら、このまま粘ったところで鰻を釣ることはできませぬ」

十五

役掛りの升助こと卯之吉が出入りの業者へ使いに行くという口実で、「布袋屋《ほてい》」なる口入屋を訪れたのは、年が明け一月も半ばを過ぎた頃のことであった。

せっかく罠に嵌めたというのに、みすみす相手を取り逃がしてしまった伊佐治とお釈迦一家の体たらくには呆れて物も言えなかったが、そのお釈迦一家の若い衆と用心棒が、たった二人を相手に、完膚なきまでに叩き潰されたとあっては、さすがに卯之吉も他人任せにすることは出来なくなった。

それゆえ、万年堂の用心棒に顔を見られて以来、極力、外へは出なかった卯之吉も、今はやむなしと、布袋屋にやってきた。

伊佐治の話では、鮫蔵は女を連れていたという。その女がおそらく遠州屋の娘であることは卯之吉にもわかった。だが、最後に現れた白装束の腕利きとなると見当もつかなかった。

奴らは用心棒を雇ったのかもしれない。そう考えた卯之吉は、ならばこちらもと考えたのだ。

番頭から、

「身形《みなり》はみすぼらしいですが、旦那様に直接会って話をしたいと言ってきた時の押し出しには、尋常ならざるものがありました。悪党には違いないでしょうが、かなりの金になりそうな気がいたします。お付き合いして損にはならないお相手かと」

取次をされた布袋屋の主は卯之吉を奥座敷に案内するよう命じた。それでも主は若干の不安を感じたらしく、恐る恐る番頭に尋ねた。

「まさか私を狙っている奴ではないだろうね」

「大丈夫でございます。旦那様に恨みを抱いている輩はすべて承知しておりますから」

番頭は自信たっぷりに答えると、主の前に卯之吉を連れてきた。

「升助さんと言われましたね。早速ですが、どのような用向きでございましょう」

「人を斡旋してもらいたくて伺いやした。ちょいとばかり危ない仕事になるかも知れねえんで、その道の人間をと考えておりやす」

「それは困りましたね。うちはまっとうな口入屋です。危ない仕事をするような人間など一人も扱っておりませんのでな」

「それは勿論でございやしょう。布袋屋さんのようなまっとうな商いをなさる方が、そんな人間を斡旋するはずがねえことは、こちらも承知しておりやす。ですが、これは、とある御旗本からのご依頼でござんしてね。金は少々掛かっても役に立つ人間が欲しいと。そこで、もしご同業者の中に、そういった人間を置いているところがねえかと、布袋屋さんを頼った次第で」

「うーん。弱りましたな。私もそのような業者がいるということは耳にしておりますが、果たしてどこの口入屋やら。それに、もしいたとしても、そんな危ない仕事ではお値段の方も随分とお高くなるんじゃないですかねえ。失礼ですが、升助さんは如何ほどご用意されているので」

　思わず舌舐めずりが聞こえてきそうな主の言い草であったが、卯之吉は気づかぬ振りで答えた。

「二百両ほど用意しておりやす。とはいえ、こちらも依頼主である高貴なお方に無駄金を遣わせるわけにはいきやせんので、役に立つ、立たないはこちらで判断させていただきてえのですが」

いきなり二百両と聞かされ、主は前に突っ込みそうな姿勢になった。それでも何とか体勢だけは立て直したが、欲の方は開けっ広げのままだ。

「それは構いません。なにせ、当店は信用第一でやっておりますからね。それじゃ、こういたしましょう。同業の中に、果たしてそのような者達を斡旋できる者がいるかどうか、明日までに聞いておくことにいたしますから明後日にでもお越しください。ところで、どのような仕事をさせたいとお考えになっているのですか」

「まずは探りの術を心得ている奴、できれば御庭番を務めた経験がある奴か伊賀者をと考えておりやす。ですが、どちらにしても命を張る覚悟がないと役にゃあ立ちやせん」

「伊賀者ねえ。それはちょいと難しいかもしれませんね。いえ、ね。いることはいるんですよ。ですが、太平の世がこれだけ続きますと、伊賀者の質も落ちましてねえ。仕事は怠ける、金を貰った後の遁《とん》ずらだけは早い、と口入屋泣かせの連中ばかりなんですよ」

「そうですかい。できれば伊賀者をと思ったんですが、そういう事情なら、布袋屋さんの勧める人間にしておきやしょう。では三日後に参りやす」

「三日後ですね。では私の方も、それまでに満足のいく者を探しておきますからね」

　他の口入屋に当たってみないとわからない、と言ったことも忘れ、三日後の来訪に念を押す主に卯之吉はさらなる餌を投げた。

「あっ、そうだ。存じよりの口入屋さんにも言っておいておくんなさい。こちらは仕事を引き受けてくれた人間に、いくらで雇われたなどとは金輪際訊きやせんとね」


　それから三日後、卯之吉が布袋屋を訪ね、奥座敷に案内されると、すでに主の周りにはたくさんの請け状の写しが散乱していた。主はその中から選りすぐった者を書付にして記しておいたようだ。

「これなんかはいかがでしょう。馬庭念流《まにわねんりゅう》の達人で、やくざの用心棒をすることすでに十件。女癖と酒癖の悪いのが玉に瑕《きず》ですが」

「そいつはちょいとばかり嫌な瑕だねえ」

卯之吉の口振りは先日に比べ、かなりがさつになっている。二百両と聞いて動揺した主を見下している証拠だ。

「では、これなんか。先日升助さんが言っておられた伊賀者でございます」

「伊賀者がいるのかい。だったらそいつを先に出しねえ」

「ですが、こちらもちょいと……」

自分から勧めてきたというのに、主は言い渋っている。

「そこに書いてあるんだろう。だったら、それを貸しねえ」

ひったくるように取り上げた卯之吉が書付を見ると、何と書かれている文字は仮名ばかりだ。

「むささびのじゅうろうた？　こいつはどんな奴だ」

「あっ、そいつですか。そいつは何でも木から木へ、むささびのように跳び回るらしいんですが、ちいっとばかり年齢の方が。何しろ、請け状を出した時が八年前のことで」

「今幾つだい」

「丁度七十になるかと」

「そうかい。じゃあ、次の奴だ。おとわのきざるってのはどうだい」

「いい忍びだったんですがねえ。自分が仕掛けた爆薬で耳をやられちまいやして」

「けっ、じゃあ、次の奴だ。おっ。やまなかのしょうきって書いてあるぜ。鍾馗様とは如何にも強そうじゃねえか」

「ああ、その人でしたら探し事はお手のもんですよ。いえ、ね。私もてっきり鍾馗様かと思ったんで、そのむささびの何とかって人に訊いてみたところ、しょうという字は見張りの意味で、ほら、その人がここに書いてくれましたが、哨鬼と書くらしいんですよ。ですが、見張りっていうくらいですから、探りの腕は期待できますよ」

「この野郎。人を馬鹿にするのも大概にしろよ。こんなものに金を出せると思っているのかよ」

「そんなに怒らないでくださいな。わずか二、三日ではこちらとしても気の利いた人間ばかりを集めるというわけにはいきません。とりあえずはこの哨鬼を使ってみてはいかがです。その間に、とびっきり危ない奴を揃えておきますから」

「しょうがねえな。で、こいつはいくらだ」

「二、いえ十両でいかがでしょう」

咄嗟に値切った主の口振りから、卯之吉は哨鬼に期待する愚を悟ったが、今は少しでも人手が欲しかった。伊佐治には言わなかったが、実のところ先日の一件では、卯之吉自身も相手を舐めてかかったと、後悔していたからだ。

お釈迦一家の人間ならば、たとえ捕まったところで自分に辿り着くことはない。だが、伊佐治はそういうわけにはいかない。万が一、敵につかまり、拷問でもされて養生所の看病中間であることがわかれば、自分の所在も割れることになる。そうなると、今まで手がけた仕事がすべて水の泡と消える。

それゆえ卯之吉は金で済むことなら、後腐れの無い裏の人間を使うべきだと考えたのである。

とりあえずは哨鬼とやらを使ってみることにし、後日、布袋屋の勧める危ない奴らが、本当に危ない奴らであることを願いながら、卯之吉は塒《ねぐら》である養生所へと帰っていった。

## 十六

朝晩の凍えるような寒さにもようやく慣れ、ここ数日は米を研ぐ手つきも様になってきた百合絵が、糠味噌を掻き廻し始めた。

凍った味噌樽に手を入れるのは、まともな主婦でも勇気がいる。

その様子を、文絵は嬉しそうに見ていた。

とりあえずは鬼娘が金棒から包丁へと得物を替えてくれたのだ。

何かあるとは思いながらも、文絵は今の好ましい状況が長続きすることを祈っていた。とはいえ、決して信用していたわけではない。その証拠に、

「佐奈絵、重箱はどこに置いてあるの」

という百合絵の耳慣れぬ言葉にはすぐに反応した。離れたところから、耳だけを研ぎ澄ます。

様子から、重箱を探し出した佐奈絵が、百合絵に手渡していることも文絵には手に取るようにわかった。

ところが、重箱は手にしたものの、直ちにそれを使うつもりは無いらしく、午後になると、百合絵は女中を連れて買い物に出て行った。

「佐奈絵、百合絵はどちらへ行くと言っていましたか」

文絵は尋ねた。

「何やら、近頃頭痛がするからと、薬を買いに行かれたようです」

「頭痛?」

生まれてこの方、幾度となく親の頭を痛めつけはしても、決して自分は頭が痛かったことなどない百合絵だ。

文絵は雪絵を呼びつけると、直ちに百合絵の後を追った。


万年堂と書かれた薬種問屋に入って行く百合絵を見届けると、文絵と雪絵は訝しそうに顔を見合わせた。

「まさか、本当に薬を買いに来るとは」

「母上、もしやこの店には私達の知らない薬が置いてあるのかもしれません」

「知らない薬とは、どのような」

「南蛮渡来の薬です。それを呑むと、急に女になってしまうのです。近頃の百合絵を見ていると、そうとしか思えません」

言い張る雪絵を文絵は呆れたように見ていたが、薬を買いに来たのが事実であること、さらには尾けてきたのを悟られてもいけないと思ったか、早々に引き返してしまった。

店の中では、突然現れた美形の娘を前に、主の長作と手代がうろたえていた。

「いらっしゃいませ」

と言ったもののその後が続かない。

このような美しい娘に、病について問いかけること自体躊躇《ためら》われたからだ。

それに加えて、進み出た女中が、

「このお方は南町奉行所与力片岡玄七様のご息女でございます。ご無礼があってはなりませぬ」

と言ったものだから、長作もすっかり恐れ入ってしまった。

長作が手代に向かって茶をお出しするよう眼で合図すると、手代は慌てて奥座敷へと引っ込んだ。

やがて手代に代わって、妻女が茶を運んできた。

百合絵は茶に手をつけることはなく、主の後ろに座った妻女に向かって話しかけた。

「親戚の子どもが時折腹痛を訴えております。女の子のことゆえ、後々何かあってはと案じているのですが、さすがに当の本人を連れてくるのは偲《しの》びないということで、私が話を伺いに参りました」

「まあ、左様でございましたか。それで、そのお嬢様はお幾つなのでございましよう」

「六歳になります」

百合絵が答えると、途端に妻女と主は顔を見合わせた。

孫の沙世と同い年だ、とでも言いたげな表情だ。

妻女は急に百合絵が身近に思えてきたようで、家にも同じ位の娘がいるからと、親身になって世話を焼いてくれた。

俄《にわ》かに多弁になった妻女が孫の話に触れるとき、一段とその表情が和らぐことに百合絵は気づいた。

二月の三日。

控次郎の長屋へ沙世が帰って来た日に、百合絵は風呂敷に包んだ重箱を持って現れた。

いきなり現れた百合絵に、沙世は吃驚した表情を見せたが、それ以上に控次郎は驚いた。

長作から沙世を取り上げられた理由が、家に芸者を引き込んだということだ。

なのに、こうして百合絵に顔を出されては、またあらぬ疑いを招きかねない。

そんな控次郎の不安を知らぬげに、百合絵は風呂敷包みをほどき始めた。

二段になった重箱の蓋を優雅な手つきで開ける。

「まあ、綺麗」

色鮮やかな手料理の数々に、目を丸くした沙世が言った。

「沙世ちゃん、初めまして。私は貴女の叔父さんに当たる七五三之介様の義姉です。七五三之介様から、今日は沙世ちゃんがやって来る日だと伺いましたので、心ばかりの料理を持参しました。沙世ちゃんのお口に合えばいいのですけれど」

いつになくしとやかな仕草で、女みたいに言い切る百合絵だが、控次郎は心穏やかではいられない。

百合絵の料理の腕は、疑いもなく下手糞だ。

その下手糞が作った料理を、今沙世が口に運ぼうとしている。

控次郎は思わず目を瞑った。

「美味しい」

沙世が感嘆の声を上げた。

——嘘だ

そんなはずがあるものかとばかりに、控次郎は沙世が食べたのと同じ物を口に入れた。里芋の煮つけだ。

「旨い」

煮つけは控次郎をして、そう言わしめるほどの出来栄えであった。

その後、次々と他の料理を食してみたが、どれも皆それぞれの素材の味をいかんなく引き出した見事なものだ。

「いやあ、百合絵さんがこれほど料理上手だとは思わなかったぜ」

控次郎はうっかりそう言ってしまったが、百合絵は気がつかなかったらしく、まんざらでもない顔をしていた。

料理はあらかた佐奈絵が作ったものだ。百合絵はそれを重箱に詰めただけで何をしたというわけでもなかった。

そんな百合絵を沙世は真剣な表情で見詰めていた。

これほど綺麗な女性は未だかつて見たことがなかった。

母様もこのようなお顔をしておられたのだろうか、と沙世は百合絵の美しい顔立ちから、母の面影を探し続けていた。

# 阿片《アヘン》騒動

一

阿片は、阿片芥子と呼ばれる植物の果殻を傷つけ、そこから抽出した乳液を煮詰め、上澄みだけを掬《すく》って作る。我が国では主に津軽《つがる》藩によって作られていたが、その量は些少であり、少なくとも庶民が手にできるようなものではなかった。吸引するとさまざまな抑圧から解放され、心地よい陶酔感を味わえること、そして人体における影響も煙草並みと言われたことから、興味本位の金持ちだけが稀《まれ》に買い求めていたらしい。だが、初めて吸った者のなかには強烈な嘔吐感を催したり、激しい頭痛に襲われるなど拒絶反応を引き起こす者も少なくなかったという。

当時の阿片は粉状のものではなく、飴状になったものを丸薬として丸め、阿片煙管に詰めて吸引するのだが、それも直接火をつけるわけではなく、燻《いぶ》された煙を一気に吸い込む方法をとった。丸め方一つで効き目が大きく左右される為、熟練の丸め掛かりを必要とした。それゆえ巷《ちまた》に頒布することは難しかったのである。阿片を売り捌く者達によって、いろいろな製法が試されたが、乾燥させて粉状にしても効果は出なかったという。

奉行から阿片密売組織の探索を任された吟味方与力の森保は、暫し吟味方を離れ別動隊の長として指揮を執《と》ることになった。年番方支配から、配下の陣容を一任された森保は肩書こそ吟味方助役であるが、切れ者の誉れも高い榊《さかき》丈一郎《じょういちろう》を次席に据えた。一時は、百合絵との縁談が決まりかけた男だ。

幼いころに父親を亡くした丈一郎は、当時無足見習の年齢にも達していなかったが、与力社会特有の助け合いにより、なんとか見習与力になることが許された。そんな息子が晴れて本勤与力になれたのも周囲の皆様のお蔭と、丈一郎の母は世話になった上役に迷惑をかけぬよう、幼いころから些かの落ち度も許さぬ厳しい教育方針の下、丈一郎を育て上げた。

その甲斐あってか、丈一郎は上役からは切れ者と重宝がられた。だが、その一方で、失態を糧《かて》に経験を積む同輩からは極端に嫌われた。

内与力の中田もそうだが、嫌われ者というのは、仕事優先を理由に他人の思惑を軽んずる傾向が強い。それが同僚のみならず、配下の同心達にも嫌われることになるのだが、気づいても尚、当人達はその重要性を認めようとはしなかった。

事実、丈一郎に八丁堀小町である百合絵との縁談話が持ち上がった時、若い与力達は大いに憤慨したが、その後、破談となったことがわかるや、与力のみならず、同心達までもが拍手喝采を送っていた。

その丈一郎が同心控室に乗り込み、一向に手掛かりを摑んでこない吟味方同心達を厳しく叱りつけていた。与力は探索に加わらない為、畢竟《ひっきょう》同心に頼るしかないのだが、その同心達がまるで役に立たなかったからだ。とはいえ、自分の親ほど年の離れた同心に対し、頭ごなしに罵倒《ばとう》しては、同心が腹を立てるのも無理は無い。日頃の横柄極まりない態度のつけが一気に回ってきた。丈一郎の手柄になる探索など糞《くそ》くらえとばかりに、同心達は職務を放棄し、無能を演じていた。

人気の無さでは双璧と言われる内与力の中田が、怒鳴り声に気づいてやってきたのはそんな時だ。嫌われ者同士だけに気が合いそうなものだが、どっこい中田も丈一郎が大嫌いであった。

「榊殿、随分と気合が入っておられるな。その調子なら、明日にでも阿片一味を捕えられそうではござらぬか。いや結構、結構。実のところ私も気になっていたのだ。御奉行が頭を痛められていた難題のうち、一つの方は片岡七五三之介殿が、いともたやすく解決してしまわれたのでな。まさかもう一方がこれ以上長引くなどとはご報告できませんからな」

思わず丈一郎が歯ぎしりするほど、毒に塗《まみ》れた厭味《いやみ》だ。

「面目次第もございませぬ。阿片一味は必ず捕えてご覧に入れますので、あと数日の猶予をお願いいたします」

悔しさを噛み殺した丈一郎が、怒りに震えた声で言う。

「左様でござるか。お若い与力衆の中でも、頭脳第一の誉れも高い榊殿の言われること、私も御奉行に嬉しい報告ができると信じておりますぞ」

中田は作り笑い丸出しの笑顔で答えた。

さらに、戻りしな思い出したように振り返る。

「おお、そうであった。片岡七五三之介殿も確かご貴殿とは同い年でしたな。有望な若者を二人も抱えた南町奉行所の前途は、いやあ明るい、明るい」

丈一郎の傷口にたっぷりと塩を塗りたくって中田は去って行った。

中田が仕掛けた嫌がらせ話は、瞬く間に奉行所内に広まり、その夜のうちにおかめで呑んでいる控次郎にも伝わった。

定廻り同心の高木が、嬉しくてたまらんと言わぬばかりに話したからだ。

「とにかく嫌な奴なんですよ、その榊って与力は。俺より二つも若いくせに、年配の同心を顎で使おうとするんですから。それが、何と同い年の養生所見廻りに後れを取ったって言うんですから、榊の面目は丸つぶれです。ざまあみろって言うんだ。控次郎先生、今宵は嬉しくて仕方がありませんので、私に奢《おご》らせてください」

高木はそう言うと、女将を呼びつけ、肴《さかな》を注文した。

「値の張らねえものをどんどん持って来てくれ」

二

「やかましいな。役人がいねえからって、ちったあ静かにさせたらどうだ」

看病中間部屋で開かれている賭場の賽《さい》の目に一喜一憂する客や患者達の声に、たまらず隣の診療室で酒を飲んでいた卯之吉が伊佐治にあたった。

「升助兄い、あいつらだっていつ死ぬかわからねえんだ。この世の名残に、ちいっとばっかり目を瞑《つむ》ってやっちゃあくれませんか」

看病中間頭の伊佐治が愛想笑いを浮かべながら言った。

「莫迦野郎。簡単に死なれちゃあ困るんだ。阿片ってえのはな、そう簡単に死なねえもんなんだ。彼方此方でくたばりやがるのは阿片の出来が悪いからだ。伊佐治、まだ先生から出来上がったってえ報せはねえのか」

「へえ、それがかなり手間取っているらしく、昨日も催促に上がったんですが、今少し待ての一点張りで」

「ふざけた医者だぜ。大方金を吊り上げようって魂胆だろうが、これ以上遅れるようなら、放っちゃあおけねえ。少々痛い目に遭わせてやるか」

「ですが、医者なんて者はろくなもんじゃありませんぜ。根性がひん曲がっていやすから、逆効果になるかもしれません。あっしが思うに、今のままでも十分稼ぎになるんじゃねえですかねえ」

「だからおめえは甘いって言うんだよ。いいか、阿片を吸う客なんておいそれと見つかるわけじゃねえんだ。それゆえ捌きやすい粉薬が必要なんじゃねえか。患者や窮民が死ぬ分には構いやしねえが、今のままではあの粉薬は使えたもんじゃねえ。正直俺も小笠原がくたばっちまったと聞いた時にはびっくりしたくらいだ。まさか自分で呑むとは思いもしねえ。まあ、あれはあれでよかったがな。小笠原の野郎、抱え屋敷のことで、このところやたらと金を無心して来やがったんでな」

「そうですよ。あの野郎こそ死んでよかったんです。女狂いのつけを仲間に背負わせようとしたんですから」

「そういうことよ。だがな、十三郎が阿片だけでなく、女や役者を宛《あて》がっているから旗本や奥女中も増えてはいるんだが、早えとこ先生に粉薬の阿片を作ってもらわねえことには、ぼろ儲《もう》けはできねえ」

　卯之吉がそう言うと、伊佐治は急に首をひねった。

「だけど妙ですねえ。あの医者が兄貴に言われてから粉薬にするまでには大した時間がかからなかったっていうのに、呑んだ人間が死んだとわかってからは、随分と間が空いちゃあいやせんか」

「そりゃあ、おめえ。医者だって後味が悪いからだろうよ。死因を探ったりとかいろいろあらあな」

「ですが、乾燥させるだけならもっと昔に出来上がっていても良さそうなもんですよ。それに兄貴が言うには滅多に死なねえってことですが、俺には患者や窮民がやけに死んでいる気がするんです。本当に阿片なんですかねえ」

伊佐治の疑問に、卯之吉が思わずどきっとした時であった。

賭場が開帳されている看病中間部屋の脇を黒い影が通り過ぎた。

「今、なんか通らなかったか」

「いえ、何も見てはいませんが」

「そうか、気のせいか」

頷いた卯之吉が自分の湯呑を取ろうとして、そこに酒を注いだ湯呑がないことに気がついた。

同時に、背後で異様な含み笑いがした。

「誰でえ」

振り向きざま卯之吉が叫ぶと、そこには覆面を外し、旨そうに酒を飲む男がいた。

「伊賀者で哨鬼と申す」

男は野太い声で言った。

暫時、吃驚《びっくりまなこ》眼を広げていた卯之吉が、にやりと笑った。

──こいつは使える
直感的にそう感じとった卯之吉は、哨鬼が手にした湯呑に酒を注いだ。

「おめえさんが哨鬼さんかい。待っていたんだよ。実はな、おめえさんに人捜しをしてもらいてえと思ってな。相手は女と男一人ずつだが、女の方はともかく男の方は見つけやすそうだ。名は鮫蔵というんだが、六尺を超す大男だ。しかも、眼の辺りに鯱《しゃち》だか鮫だかを象《かたど》った入れ墨がある」

「どの辺りに潜んでいるか、見当はついているのかな」

「だから、そいつをおめえさんに捜してほしいんじゃねえか」

「江戸市中を隈《くま》なくか。三両では引き合わん仕事だな」

哨鬼は情けなさそうな言い方をした。どう考えても、労力とは釣り合いがとれぬ報酬とみたようだ。

卯之吉は布袋屋が七両もぼったくったことに呆れたが、それには触れず、

「人手を増やしても構わねえぜ。見事捜し出したら、三十両の手間を払う。これならどうだい」

哨鬼の目を覗き込むようにして言った。

「お主は随分と金廻りが良いようだな。わかった。仲間の伊賀者を総動員してでも、捜し出してみせる。できればこの用件が片付いた後も使って頂きたいものだな」

「それはおめえさんの仕事振りにかかっているぜ」

「心得た。では五日のうちに」

飲み干した湯呑を置き、数歩後ずさると、哨鬼は闇の中に身体を溶け込ませた。


二月最初の午《うま》の日を初午という。

この日は江戸市中にある稲荷社が一斉に稲荷祭りに興じる日だ。

江戸の各町々には必ずこの稲荷社が存在する。それゆえ余所の稲荷より、地元稲荷の肩を持ちたがる江戸っ子達には恰好《かっこう》の催しと言えた。あちらこちらに「正一位稲荷大明神」と書かれた紅白の幟《のぼり》が立ち並び、お稲荷様好物の油揚げが供えられていた。

町は人で賑わい、見知った人間に会うことの方が少ないくらいだ。

そんな人込みに紛れ、卯之吉は三度《みたび》布袋屋の暖簾をくぐった。

一度は愛想を尽かした布袋屋だが、仕方なく雇い入れた哨鬼が約定《やくじょう》に違《たが》わず鮫蔵の居場所を探り出したことから、卯之吉は今一度足を運ぶ気になった。

「ようこそいらっしゃいました。お待ちしていましたよ升助さん。あれから懸命に危ない方を探しましてね。これなら升助さんに喜んでいただけるのではないかという人をやっと見つけたんでございますよ」

升助こと卯之吉に、主はこれでもかとばかりに愛嬌を振りまくと、

「そうだろうと思ったよ。今日はお稲荷さんだから、旦那さんの言い、い、いなりの値で手を打とうと覚悟してめえりやした」

卯之吉も駄洒落で応酬する。

「ほっほっほ。今日は良い日になりそうで。升助さん、私も長いことこの商いをやっておりますが、これほど物騒な人達はそうざらにはおりませんよ」

「物騒と来たかい。じゃあ、早速見せて貰おうじゃねえか」

すでに上位の立場を意識した卯之吉が主の手にした書付を取り上げようとした。だが、主はするりとその手を躱すと、大層なもったいをつけた。

「今回の方達は特別な方々でございますから、いくら升助さんといえどもお雇い

にならない限りお見せするわけにはまいりません」

「けっ、じゃあ、お薦めって奴を言ってくれ」

「かしこまりました。では手始めに吹き矢の名手はどうでしょう。十間（約十八メートル）先の虫もたちどころに射ぬくことができます。勿論、矢尻には毒がたっぷり」

「買った」

「おありがとうございます。こちらは三十両になりますが、お安い買い物でございましょう。お次は力士上がりの男で、抱きついた瞬間に相手の背骨をさば折りでへし折ることができます」

「買った。ただし、そいつは五両だ」

「えっ、五両。せめて十両というわけには……」

吹き矢の時とは打って変わって主は不満げな声を出した。

「でけえ奴は動きが鈍いや。守らせる分にはいいが、襲撃するには向かねえんだよ。第一、目立っていけねえ」

言いなりといったくせにあっさりと値切られた主は、むっとした顔で卯之吉を睨みつけた。だが、すぐさま倍の力で睨み返された。何しろ二百両の客だ。目の光にも山吹色の力がある。

　位負けした主は、膝の上に置いた書付を指で弄《もてあそ》び始めた。

　卯之吉がそんな主を宥《なだ》めるように話を変えた。

「こっちの方に自信のあるお人はいないいんですかねえ」

　自らの腕を叩きながら、卯之吉は剣の使い手を示唆した。

　主が首を振りながら顔を上げた。どうやら剣の使い手となると該当する者がいないらしく、表情も気持ち暗い。

「やっとう、の方ですかあ。武者修行に明け暮れていた時代ならともかく、このご時世ではずば抜けた力量を持つ方など数えるほどしかいませんよ。先日ご紹介した馬庭念流の先生などはいい方でして、顔つきだけはご立派でも、百姓町人しか相手にできないお侍が多いんですよ。ですから、私どもでは極力お武家様というのはご遠慮願って……あっ」

　主が急に何か思い当たったらしく声を上げた。

「ちょっとお待ちください。そう言えば先代の日録があったのを今思い出しました。半年前、蔵の中から出てきたのですが、確かその日録の中にお武家様の名が書かれていた気がします。今、取ってまいりますから」

そう断って一旦姿を消した主だが、ほどなくすると上気した顔で戻ってきた。日録をめくりながら、さも重要なことが書かれているような印象を与えつつ、主は読み続けた。その主が、時折顔を近づけては首を傾げる仕草を繰り返した。初めのうちこそ我慢していた卯之吉も、ついには辛抱しきれなくなった。

いきなり主が見ていた日録を取り上げた。

「駄目ですよ。先代は悪筆なんですから、見たところでわかりゃあしませんよ」

一応は拒んでみせたが、相手はすでに読み始めている。

高が町人風情、それも乞食のような身形の男だ。読めたところで自分と同じで仮名ぐらいだろうと、主も諦めて相手の望む通りにさせた。

ところが、その相手がこともあろうに、

「悪筆どころか、随分と達筆じゃねえか」

といったものだから、主は吃驚して聞き返した。

「升助さんは町人のくせに漢字が読めるんですか」

「読めやすよ。あっしのような貧乏人でも商人を目指すからには人のできねえことを覚えなくちゃあならねえ。これでも必死に学んだもんですぜ」

「そりゃあ大したもんだ」

主は改めて卯之吉の顔をしげしげと見直した。

世界的に見て、識字率が高いと言われた江戸市民といえども、漢字、それも草書まで読みこなせるとなるとそうそういないからだ。

褒《ほ》められた卯之吉は、まんざらでもないといった顔で日録をめくり始めた。

本当に読めるのかいな、といった表情の主が見つめる中、ほどなくして卯之吉の手が止まった。

「布袋屋さん。ここに書いてある香取の神官というのは、今どこにいるのかわかるかい」

問われた主は卯之吉の傍らに擦り寄ると、いかにも字が読めるかのように日録を眺め出した。

「わかりませんねえ。そこに書いてありませんか」

「書いてありゃあ訊かねえよ。それにしてもこれは本当のことかい。いいか、この神官てえのは先代の見ている前で、飛んでいる蠅《はえ》を十文字に斬り捨てたと書いてあるじゃねえか。布袋屋さん、この先代ってお人はこんないい加減なことを書くのかい」

「とんでもございません。親爺は真面目一方の堅物で、私同様嘘など言ったことがありません」

と嘘を言う主を冷ややかに見つめると、卯之吉は大層な見得を切った。

「此処の使用人の中に、当時のことを覚えている奴がいるんじゃねえかい。ちょいと訊いてみてくれ。この男なら百両だしてもいい、いや二百両でも構わねえぜ」

三

暫くぶりに政五郎が顔を出した。

養生所へ向かう七五三之介を待っていたらしく、楓川《もみじがわ》に出たところでいきなり横に並んだ。

以前と比べると、身体の動きも随分としなやかになっていて、顔の色つやも数段良くなっていた。根っから目明し稼業が性に合っているようだ。

「ここ数日神楽坂《かぐらざか》の方へ行っておりやして、ご無沙汰いたしやした」

「神楽坂ですか」

七五三之介は聞き返した。政五郎に渡した書付には、亡くなった患者で神楽坂に住まいを持つ者は書かれていないはずであった。

「へい。養生所で死んだという患者を調べているうちに、妙な話を聞きつけやして、とうとう神楽坂にまで足を運ぶようになっちまいやした」

「そうでしたか、ご苦労様です。でも、なぜ神楽坂に」

「御舎弟様には縁のねえ場所でございやすが、あそこには岡場所がござんす。行《ぎょう》元《がん》寺《じ》門前一帯に列をなしているんでやすが、そこの山猫に話を聞きに行ったんでやす」

「山猫ですか」

七五三之介には何のことかわからない。

猫とは芸者の隠語であり、神楽坂が山の手であることから、それを詰めて「山猫」と呼ぶのだ。

「源《げん》兵《べ》衛《え》店《だな》の長八《ちょうはち》が養生所を仮出所したっていうんで、長屋の女達が様子を見に行ったそうなんですがね。長八はぼうっとしていて、いくら呼びかけても反応がない。そこで、隣に住んでいる鋳掛屋《いかけや》の嬶《かかあ》が家の戸をぶっ壊して入ったところ、長八がいきなり襲いかかってきたっていうんです」

「その長八という男は女癖が悪いんですか」

「まあ、いいとは言えませんが、それにしてもちったあ相手を選ばねえと。なにしろ鋳掛屋の嬶《かかあ》っていうのは熊か猪《いのしし》かと見間違うくらい逞《たくま》しくできておりやす。小男の長八が挑んだところで、木に止まる蟬ほども堪《こた》えやしません。早速、嬶の前足で蹴り倒された長八は大の字になってのびちまったそうです。鋳掛屋の嬶も、てめえの馬鹿力にはびっくりしたらしく、のびた長八を背負って養生所に連れ帰ったというんですが、さすがに嬶も送り届けただけでは申し訳ねえと思ったんでしょうねえ。せめてもの詫びに長八の家を片付けてやろうと家に上がったんでさあ。そうしたら、そこになにやら紙にくるまれた粉薬みてえなものが山と積まれていたんです」

「おかしいですね。養生所の医者が仮出所の患者に薬を持たせるとは思えません。親分さんは実際にその薬を見たのですか」

「いえ、その嬶が言うには、翌日気になって見に行ったところ、その薬はきれいさっぱりなくなっていたんだそうです。そこで、その日長屋を訪ねた者がいねえかと当たってみたところ、一匹の山猫が長八の家から出てくるのを見たという者が現れたんで」

七五三之介の頭の中を嫌な予感が過《よぎ》った。

長八はぼうっとしていたという。しかも、仮出所の患者を待っていたかのように訪ねてきた者が、薬を持ち出したということはとりもなおさず、その薬が貴重なものであることに他ならないからだ。

「親分さん、その鋳掛屋の女房が見たのは本当に粉薬だったんでしょうか」

「あっしも、もしや阿片ではねえかと思い、煙管がなかったかと確かめたんですが、その嬶ははっきり粉薬だと言いやした。御舎弟様、いったいその薬は何なんですかねえ」

「私にもわかりません。ですが、今私の中で何かがくすぶっているような気がするのです。火元のわからない、とてつもなくどす黒い煙です」

七五三之介は患者の死に疑念を抱いたことが、思わぬ事態へと展開して行くことに戸惑いを感じていた。このまま政五郎に調べを続けさせたなら、養生所見廻りの自分が、足を踏み入れてはならない領域に達してしまうのではないかと危ぶんだからだ。

だが、七五三之介は思い直した。

たとえ結果的に養生所見廻りの職域を越えたとしても、患者を守るためにしたことならば仕方がないと。面子《メンツ》を潰された吟味方からは多少の厭味を言われるかもしれないが、その時は頭を下げれば良い。それよりも、七五三之介が本当に詫びなくてはならないのは政五郎に対してなのだ。これだけ働いてくれているのに、それに応える術がなかった。

「親分さん、私は養生所見廻りです。いくら調べ上げてくれたとしても手柄にできないかもしれません。ですが、患者の死因がわからぬ以上、私はその山猫が次にどのような人間と接するのか、探索を親分さんにお願いするしかないのです」

申し訳なさそうに頭を下げる七五三之介に、政五郎は大慌てとなり、身体全体を使ってそれを拒んだ。

「何てえことをしなさるんです。御舎弟様、間違ってもあっしどもに頭などお下げになっちゃあいけやせん。あっしはねえ、確かに初めは先生から頼まれやしたよ。ですがね、今は御奉行所の中に、御舎弟様のような方がいなさることが嬉しくて仕方がねえんです。手柄など、どうでもいいことじゃありやせんか」

政五郎は滅多に見せたことのない笑顔を作り上げようとした。だが、その顔は頬骨の辺りがわずかに持ちあがっただけで、犬がくしゃみをしたような顔つきに似ていた。

# 四

養生所の門が軋《きし》み音を立てて揺れた。

強烈な風に加えて豪雨だ。こんな夜は賭場を開いたところで客は来るはずがない。伊佐治は博打好きな患者にも賭場の中止を告げると、卯之吉のいる中間部屋へ顔を出した。卯之吉は徳利を片手に酒を飲んでいた。伊佐治は警戒を強めた。格別酒癖が悪いわけではないが、酒に頼るときの卯之吉は、何かしら不満を抱えていることが多いからだ。

不安げに様子を窺う伊佐治の前で、卯之吉は湯呑に入った酒を飲み干すと、無言で空になった湯呑に酒を注いだ。

卯之吉の機嫌は悪い。そう感じた伊佐治が、落ち着かない尻を小刻みに動かし始めた途端、卯之吉は伊佐治をぎろりとした眼で睨みつけた。

「伊佐治、その落ち着きの無さが、手抜かりの因《もと》になっているんだぜ」

卯之吉は凄味《すごみ》のある声を発すると、溜めに溜めたものを吐き出そうとした。

「すいやせん。二度と同じ過ちは繰り返さねえんで、勘弁しておくんなさい」

素早く感じ取った伊佐治が畳の上に這いつくばったが、無駄であった。

「運び役の長八が、てめえで粉薬を飲んでいることに気づかなかったのはどういうことなんだ。運よく、山猫が持ち出してくれたから良かったものの、万が一、長八が死にでもしたら、あの粉薬が役人の手に渡るところだったんだぜ」

「勘弁してくれ、兄貴。俺だって、長八にはさんざ言い聞かせていたんだ。今度の奴には薬の数を知らせ、二度と不心得な真似ができないようにしやすから」

「当たりめえだ。それで、欠落《かけおち》にした長八はどうなった」

「へい、長八ならお釈迦一家に言って、毎日あの粉薬を飲ませていやすが、まだくたばったっていう報せは届いておりやせん」

「そうかい。だが、肝心なのは長八があの薬を欲しがるかってことだ。その点はどうなんだい」

「それが、お釈迦一家の話では、一日中ぼうっとしてはいるが、まだ自分から欲しがるには至っていねえと」

「なら、日を空けて、飲ませるよう言っておけ。長八の方から飲みたがらなけりゃあ、愚にもつかねえ代物だってことになる」

「わかりやした。ですが、どうします。お釈迦一家の連中には、入谷辺りの浮浪者に薬を飲ませろって言っておきましたが、そちらの方も一旦やめさせておきやすか」

少しだけ落ち着きを取り戻した伊佐治が、卯之吉に訊いた。

「いや、そっちの方は引き続きやらせておけ。あの薬にどれほどの効き目があるか、どれくらいの人間が死ぬのか試してみねえとわからねえからな。その結果次第では、もうあの医者は見限るつもりだ。それにしても、あの与力には苦労させられるぜ。いろいろと嗅ぎ回ってくれたお蔭で、阿片の効き目を試すのにも、場所を選ばなくてはならなくなっちまった。伊佐治、こうなった以上、御薬園の毒草栽培人に阿片芥子をどんどん栽培させ、従来の阿片を今まで以上に増産させるようせっついておけよ」

卯之吉の言葉を聞いた伊佐治は、卯之吉が内心ではかなりの焦りを感じていることに気づいた。それでも、これだけの小言を頂戴したからには、卯之吉がこれ以上自分に向かって牙《きば》を剝《む》くことは無いだろうとも思っていた。

「兄貴、明日はあの与力も来ねえから、早速お釈迦一家に出向いて参りやす」

伊佐治が卯之吉の機嫌をとるように言うと、

「そうしな。俺も十三郎がいなくなった桃源郷を見回らなくちゃならねえ。全く気苦労が多いぜ」

卯之吉も溜息交じりに呟いた。

大横川が北十間川《きたじっけん》にぶつかる手前で卯之吉は駕籠を降りた。

広大な水戸屋敷を遥か左に見ながら、橋を渡った卯之吉は大横川沿いの道を進んだ。前方に、高い塀に囲まれた屋敷が見えてきた。

卯之吉は屋敷の東側にある門の手前で声をかけた。

通用口から、いかつい顔の武士が顔を出し、卯之吉を招き入れた。

「変わりはねえか。十三郎がいねえからって、よからぬ真似をしちゃあいねえだろうな」

なかなかの貫禄だ。

仮にも相手は武士だというのに、卯之吉は頭ごなしに言った。

「と、とんでもございませぬ。お頭と十三郎殿がおられぬ間に、黙って女を頂戴するような真似など、断じていたしておりませぬ」

「そうかい。だが、おめえさんの首にあるひっかき傷がちょいとばかり気になるぜ。まあいいや、今回のことは不意に出て行った十三郎のせいだ。大目に見てやろう。だがな、色呆けの御殿女中といえど大事な商品だ。念を押すようだが、次はねえぜ」

「はっ、肝に銘じます」

武士は卯之吉に向かって頭を下げると、ほっとしたように一息ついた。


卯之吉が桃源郷と名付けた屋敷は、名義上は旗本の抱え屋敷になっていた。借金まみれの旗本に金を渡し、御公儀に届け出させたものだ。それゆえ門構えも頑丈で、女達を囲ってある座敷牢も武器蔵を名目とした地下にあった。

周囲を取り囲む板塀は外部からの侵入を防ぐとともに、女達が逃げ出さないようにと異様に高く造られていた。中庭へは奥座敷からしか降り立つことはできないため、屋敷の北側にある武器蔵は完全に外部から遮断されていた。

その武器蔵の地下へと卯之吉は下りて行った。

白粉《おしろい》の匂いと煙の臭いが鼻をついた。

三区画に分けられた広い座敷牢の中には、二人ずつ計六人の女達がしどけない格好で、すでに煙の上がらぬ阿片煙管をくわえていた。焦点の合わぬ目でぼうっと宙を眺めている姿からは、生気がまるで感じられなかった。

女達は奥女中、武家の妻女、町娘風と客の好みに合わせた区画に入れられていた。

豪華な調度品もさることながら、きらびやかな雰囲気に包まれた寝床は、大奥を思わせるほど浮世離れしていた。

卯之吉は阿片まみれとなった女達には目もくれず、座敷牢の外にいる丸め掛かりの方を見た。女達の為に阿片を煙管に詰めるはずの丸め掛かりが、同様に阿片の煙を吸い込むことで、今は自らが阿片中毒となっていたからだ。

——ちっ、女が傷むのは仕方がねえとしても、丸め掛かりまで中毒になるとは思わなかったぜ
女達を扱いやすくするためとはいえ、換気の悪い地下蔵で必要以上に阿片を吸わせ過ぎたと卯之吉は悔いていた。

こうなったら丸め掛かりが廃人となる前に、新しい丸め掛かりを育てなくてはならないが、一端《いっぱし》の腕を身につけるまでには、かなりの時間を必要とする。

やはり、粉薬の完成を急がせるしかねえか。卯之吉がそう考えたとき、いつぞや伊佐治の言った言葉が頭を過った。

患者や窮民が死にすぎている。本当に阿片なのか、と伊佐治は言った。

――あの野郎、妙なことに気が付きやがって

伊佐治の言うことなどとるに足らないと、一度は頭から振り払った卯之吉だが、その言葉を否定できるだけの材料は見当たらなかった。

# 五

それから数日して岡野《おかの》十三郎が帰ってきた。小者から報せを受けた卯之吉は、駕籠を乗りつけ、小梅《こうめ》村の抱え屋敷へとやってきた。

「十三郎、どこにいる」

応対に出た浪人者を突き飛ばすようにして玄関をかけ上がると、卯之吉は十三郎が待つ奥座敷の襖を荒々しく開けた。

「てめえ、どういうつもりだ。高が百姓女の為に、大事な商売に穴をあけやがるとは」

顔を見るなり、怒鳴りとばした。だが、十三郎に悪びれた様子は無い。

「そう怒るな。俺だってお前に悪いと思うから、諦めて戻ってきたのだ。久しぶりに会えたというのに、突っ立ったままでは話もできんではないか。まあ座れ」

そう言うと、激昂する卯之吉を無理矢理座らせてしまった。

こうなっては卯之吉の負けだ。十三郎という男は鬼瓦を思わせる顔立ちをしているくせに、妙な愛嬌も持ち合わせている。面と向かい合ってしまえば、言いたいことの半分も言えなくなってしまうのだ。

卯之吉は忌々しさを胸に封じ込めると、十三郎がいない間に起きた一連の事件のことを話した。

「何だと。遠州屋の小倅が生きているかもしれないだと。そんな事があるものか。卯之吉、お前も見ていたはずだ。市太郎は丑之助に抱えられ、海に放り投げられ、その後で、碇《いかり》が海に投げ込まれた。浜に戻ってきた小舟には丑之助の他には誰も乗っていなかったではないか」

「俺もそう思っていたさ。だがな、鮫蔵が海に潜っていたとしたらどうだ。薄暗い波間に竹筒が突き出していたとしても、俺達には見えねえぜ」

十三郎は黙り込んだ。腕を組み、考え始めたが、やがて卯之吉のいう可能性も有り得ないことではないと思うようになった。

「だとしても、あの市太郎に何ができるというのだ。恐るるに足らん」

「十三郎、おめえがいない間に、お釈迦一家の子分共と用心棒がたった二人に完膚なきまで叩き潰されちまったんだ。一人は鮫蔵、もう一人は顔に化粧をしてた恐ろしく強え野郎にな」

「つまりお前は、その化粧をした奴が市太郎だというのか」

「そいつはわからねえ。だがな、鮫蔵は風花堂という祈禱所にいることもわかっている。そして、風花堂の行者には何でも六尺（約一・八メートル）豊かな大男が二人付き従っていることもな」

この時代、六尺を超える人などは滅多にいない。十三郎もすぐに気づいた。

「もう一人は丑之助ってことか。卯之吉、俺がいなくなったことをお前が責める理由がわかったぜ。よかろう、その風花堂とかいう祈禱所の行者が市太郎なら、鮫蔵共ども殺してやろう。その上で俺達を騙した丑之助を一寸刻みにたたっ斬ってやる」

人を斬る時の感触を思い出したか、十三郎の眼が青白い炎に包まれた。

普段の愛嬌のある顔からは想像もつかない残忍で冷たい眼だ。

卯之吉はその冷たい視線をしっかりと捉えると、十三郎に向かって言った。

「小笠原兼時も宗吉も死んだ。いや、殺されたに違えねえ。ということは今度狙われるのは俺かおめえのどちらかだ。だがな、なにもこちらから出向くことはねえよ。奴らの方から必ずやってくるさ」

六

神田川から立ち上る靄《もや》が、朝の寒さを一段と感じさせる。

その中を、白い息を吐き出しながら政五郎は帰ってきた。

控次郎に頼まれて七五三之介の手助けをしているとはいえ、毎朝日本橋の魚市場から魚を仕入れてくるのは政五郎の役割だ。

棒手振《ぼてふ》りよろしく肩から両桶を吊るし、売り物の蛸《たこ》を活かしたまま戻ってきた政五郎が、網に入った蛸を調理場に置いて家を出た。

そこで上の娘お夕に呼び止められた。

「おとっつあん、頑張ってね。お光ちゃんに代わって、先生に恩返しして頂戴ね」

「ああ、わかっているよ」

政五郎は後ろ向きのまま手を振った。

——やはりお夕にとっても忘れられない出来事だったか

政五郎の中で、あの時のお夕の泣き顔が昨日のことのように思い出された。

あれは女房のお加代がまだ「おかめ」を始めたばかりの頃だ。

目明し稼業の自分がいたのでは客の入りが悪くなる。そう考えた政五郎は、裏長屋でお夕とお光の面倒を見ていたのだが、ある日、いつものように御用の仕事で家を空けた政五郎が戻ってくると、お夕が泣きながら駆け寄ってきた。

「お光ちゃんが知らないおじちゃんに連れて行かれた」

鼻をしゃくりあげ、泣きじゃくるお夕の言葉に愕然《がくぜん》となった政五郎は、躍起になってお光を捜した。お光を見知った者には手当たり次第に声をかけ、その足取りを追った。

というのも、この時代、さらわれた子どもが戻って来ることはほとんどなかったからだ。一つの町を抜けてしまえば見知らぬ世界だ。動きの遅い役人などは毛ほどの役にも立たない。

一向に手掛かりを摑めぬ政五郎が、口では気の毒がりながらも所詮は他人事《ひとごと》と動こうとしない人間達にあって、ようやく親身になって捜してくれる人間に出会った。それが控次郎であった。

当時の控次郎はまだ二十歳前であったが、着流し姿が似合っていて、背の高さも人目を引いていた。控次郎が通りを歩くだけで娘達はきゃあきゃあと騒ぎたてたものだ。政五郎も男だけに、その頃はやっかみの方が先に立って、控次郎を軽薄才子と決めつけているところがあった。

その控次郎が向こうから歩いてきた。

政五郎は藁《わら》にもすがる思いで娘がさらわれたことを伝えた。すると、控次郎は身内の人間でもあるかのように血相を変え、すぐさま政五郎に品川《しながわ》方面を当たるよう指示すると、自分は日光《にっこう》街道沿いを当たるからと言い残し、普段の色男然とした振舞いをかなぐり捨て、着物の裾を乱しながら駆けだしたのだ。

夜になって、控次郎がお光を連れて帰ってきた時、政五郎はお加代と共に手を合わせて感謝したものだ。しかも、一緒についてきた役人の話によると、控次郎は政五郎に代わって、ご丁寧にも人さらいの男を半殺しの目にあわせたというのだ。

——お光。おめえが俺の娘でいられるのも、みんな先生のお蔭なんだからな

政五郎は今一度恩返しを誓った。

「御舎弟様、妙なことがわかりやした」

神楽坂の山猫を張っていた政五郎が四日ぶりに戻ってきた。

「やはり、長八が隠し持っていたのは粉薬でした。神楽坂には顔見知りの美喜松《みきまつ》っていう山猫がおりやして、と言っても怪しい仲じゃあござんせんぜ。その美喜松にそれとなく訊いてみたところ、どうしようもないあばずれの山猫がいて、滅多に客をとれない割には金廻りがいい。それで仲間内でも噂になっていたらしいんですが、まさにその日、間夫《まぶ》がなにやら薬らしきものを懐から落としたんだそうです。美喜松も気に入らない奴だから教えもしなかったそうですが、拾い上げてみたら、紙包みの中には白い粉薬が入っていたそうです」

政五郎の情報は、七五三之介を不安にさせた。

長八はすでに欠落しており、行方がしれない。おそらくは阿片密売一味の仕業だろうが、自分で薬を飲んでしまう長八のような男に大量の粉薬を持たせるからには、想像を超える量が生産されたということになるからだ。

七五三之介はそんな不安を胸にしまい込むと、政五郎に向かって言った。

「やはり粉薬でしたか。それにしても政五郎親分は顔が利くんですね。検死の医者もそうですが、山猫にまで見知った人がいるとは」

「まあ、検死の医者はともかく、山猫の話はこの場限りってことでお願えいたしやす。女房にでも知られた日にゃあ、痛くもねえ腹を探られねえともかぎりやせんからね。それにしても、物が阿片ってことになれば話はわかるんですが、粉薬となるとあっしには見当が付きやせん。御舎弟様、その薬は一体何なのですかね」

「私にもわかりません。ですが、金廻りが良くなったということは、その薬は高く売れるということになりますね。政五郎親分、その薬を買った人達の身元はわかりますか」

「へい。勿論調べやした。生憎、美喜松の記憶からでは確かなことがわからなかったので、間夫を張っていたところ、お釈迦の権平というやくざ者の所へ物を納めに行くのをこの目で見ました」

「そうですか。それは大きな収穫です」

七五三之介は政五郎の仕事振りを称えた。だが、一方で、これだけ政五郎が調べ上げてくれたというのに、それを生かしきれない自身の無力さを痛感していた。

患者の死を調べているうちに、多くの窮民が死んでいることがわかった。そして、ついには仮出所の患者が薬の運び役である事実を突き止めた。なのに未だに事件の全容が見えてこない。こうしている間にも、犠牲となる者は後を絶たないだろう。七五三之介の中で、次第に焦りの色が広がっていった。

七

朝から空を覆っていたどんよりとした雲が、次第にその層を重ね、午後に入ったところで雪に変わった。

傘を握った手に降り掛かる雪が人肌に溶けて水滴となり、それが一層凍えるほどの寒さを伝えた。

「ひどい雪ですね、若旦那様。これではお屋敷に戻られるのがだいぶ遅くなりそうでございますね」

足の踝《くるぶし》辺りまで降り積もった雪に難渋した茂助がぼやいた。

「そうだな。まだ道程の四半分も来ておらぬ。その上雪は降り積もるばかりだ。歩きづらさと身体の疲れを加味すると、計算上屋敷に戻るのは五つ半（午後九時）を過ぎる」

「ええっ、そんな」

七五三之介からの返答が、一層茂助を落胆させた。

算法に長《た》けているとは聞いていたが、具体的な帰宅時間を聞かされては元気も出なくなるというものだ。茂助はぶっすりと黙り込んでしまった。

いくら油紙入りの足袋《たび》を貸してくれたとはいえ、冷たくないわけではない。これからの長い道中を考えれば気鬱《きうつ》にならない方がおかしかった。

そんなことを考えていた茂助だけに、急に前を行く七五三之介が止まった時には、危うくぶつかりそうになった。茂助は何が起こったのだとばかりに、七五三之介の背後から覗き込むようにして前の様子を窺った。

蛇の目傘がくるくると回っていた。こんな大雪の日だというのに、どことなく楽しさを感じさせる、そんな動きだ。すると、

「雪の日でも出歩くのですか」

七五三之介が傘の主に、からかい気味に声をかけた。

「こんな雪の日だから出てきたんじゃないの」

傘の陰から女が顔を覗かせて言った。

「相変わらず変わった女性《ひと》だ。今日はどんな用件なのでしょう」

「お礼参り。与力様が雪道で難渋しているだろうと思い、お助けに上がったんで

すよ」

七五三之介は、女が医者の所へ届けてくれた礼を述べに来たのだと受け取ったが、助けるといわれては意味がわからない。

「助ける？　こんな雪道で、ですか」

「そこの桟橋に船を繋いであるんですよ。それで本材木《ほんざいもく》河岸までお送りしますから、乗ってくださいな」

確かに女の指差す方向には、障子船が泊まっていた。

薄暗い桟橋に、船の灯りがくっきりと浮かび上がっているのが見えた。

雪を被ったまま艫《とも》に佇《たたず》んでいるのは船頭のようだ。

女は礼だという。雪道を八丁堀まで帰る難儀さを思えば確かにありがたいが、素性のわからぬ女の言葉を鵜呑《うの》みにはできない。迷った七五三之介がどうしようといった表情で茂助を見ると、茂助は助かったとばかりに目を輝かせていた。

「ありがとう。ご好意に甘えさせていただきます」

七五三之介は桟橋から障子船へと乗り移った。

船の中には小さな火鉢が置かれていた。船には危険な代物だ。

火の粉が飛び散っただけでも障子船は燃え上がりかねない。

女は七五三之介の目の動きからそれを察した。

「与力様、大丈夫ですよ。屋根には雪が降り積もっていますし、万が一燃え移ったら、船頭がたちどころに水をかけます。それでも駄目なら、船を沈めてしまえば消えますよ」

女は凄いことを言った。

雪洞《ぼんぼり》の仄《ほの》かな灯りが女の片頬で揺れていた。

七五三之介は障子を開けた。

成り行きとはいえ、こんな狭い空間の中に若い娘と同席していることがさすがに躊躇《ためら》われたからだ。

雪は相変わらず降りしきっている。無数の小さな雪片が乱舞しながら川面に消えて行った。雪の中を一艘の障子船が通り抜けて行った。

雪見船であろう。急いでいるのは、大方、雪に飽いた通人気取りがこの後吉原か八百膳《やおぜん》にでも繰り出すつもりなのだ。その証拠に、かなり離れたところまで下ったはずなのに歓声が聞こえていた。

七五三之介を乗せた船は流れに任せて下っているだけのようで、その後も次々と他の船に追い越された。

船は一旦大川に出ると、日本橋川へと進路を変えた。

「与力様」

女の態度が変わった。いつまでも雪を眺めてばかりの七五三之介に、このままでは埒《らち》が明かないと用向きを優先することにしたようだ。女は居住まいを正すと畳に手をついた。思いつめたような眼が事の重大さを告げていた。

七五三之介は敢えて水を差した。話の内容はわからないが、思いつめた眼を向ける相手には多少の覚悟が必要だからだ。

「先に名前を伺ってもよろしいですか。話をするのに名前がわからないままでは話しづらい。かく言う私は片岡七五三之介と言います」

「しめのすけ？」

字がわからないらしい。

「七五三と書きます」

「良いお名前ですね、私は楓」

口ではそう言ったが、女が必死で笑いをこらえている様が、はっきりと伝わってきた。

七五三之介は苦笑すると、障子を半分ほど閉めた。

茂助が部屋の隅にいるとはいえ、これから切り出されるであろう話の内容が色恋沙汰にならぬ保証はない。それゆえ、閉め切ることはせず、雪景色に逃げ道を求めたわけだが、いざ目の前の楓に注目してみると、そんな気は毛頭ないらしく、いつもの楓に戻っていた。

――何をのぼせているんだ
すっかり色男気分になっていた自分が情けなく、七五三之介はもう一度半開きになった雪景色を眺めながら、楓の言葉を待った。

対岸はほとんど見えない。時折、小料理屋の軒行燈と思《おぼ》しきぼんやりとした灯りが点々と見えるだけだ。

まもなく船が本材木河岸に着こうとした時、

「七五三之介さん。雪道を帰って来たにしては早すぎるでしょう。時間を合わせる為に、もう少し雪見としゃれこみませんか」

用件を先延ばしにした楓が、またしても気を惹くような言葉を投げかけてきた。

船は再び雪の中を八丁堀沿いに流れ下って行く。

雪がすべての音を奪い、船頭の手繰る竿の水音さえもかき消した。

七五三之介が河岸に着いても立ち上がろうとしなかったことを、楓は承知したものと捉えた。船が再び大川へ出たところで、楓は話し始めた。

「七五三之介さん、私は罪人です。町人の仇討ちを禁じた御法を破る罪人なの。でも、私は罪のない父を殺し、船を奪った悪人達が許せない。そいつらは今も阿片を売り捌き、あくどい真似をしているんだから」

「貴女は今そいつらといいましたね。もしかして、阿片の黒幕を知っているということなのですか」

「知っているわ。そいつは卯之吉というんです。でも、卯之吉がどこに隠れているかがわからない」

「…………」

「卯之吉はおとっつあんに隠れて、清国《しん》から阿片と阿片芥子を密輸したんです。そして、それに気づいたおとっつあんを仲間の十三郎という侍に殺させた。その後は御役人と組んで、うちの店を乗っ取り、船まで売ってしまった」

「なるほど。貴女が夜な夜な街を徘徊《はいかい》していたのは、仇の手掛かりを捜すためだったのですね」

七五三之介は楓の気持ちを静めるよう、穏やかな口調で言った。

父親のことに触れた途端、楓の眼が異常な昂りをみせたことに気づいたからだ。

「七五三之介さん。私達は八方手を尽くして卯之吉の行方を捜しました。振り駒の弐蔵一味が阿片を売り捌いていると知り、弐蔵を襲ったのも私達です。でも、阿片の巣窟《そうくつ》は摑めなかった。そこで、お釈迦一家や卯之吉の仲間がいる薬種問屋を見張ったけど、そこも阿片を吸わせる隠れ家ではなかったんです」

楓は七五三之介の目を見るようにして詰め寄ってきた。七五三之介が再度落ち着かせようと試みる。

「楓さん。私は阿片というものをよく知りません。阿片が芥子の実から抽出されることは聞いていますが、阿片を吸うのに、どうして隠れ家が必要なのでしょう」

楓は意外そうな顔をした。養生所見廻りならば、そのくらいの知識は持ち合わせているはずだとでも言いたげであったが、それでも楓は教えてくれた。

「阿片は煙管に詰め、その煙を吸うんだけど、阿片を丸める為の丸め掛かりという者が必要なの。その丸め具合によって効力は大きく変わるのよ」

「なるほど、それゆえ隠れ家が必要なんですね。阿片を売り捌こうにも、丸め掛かりがいなくてはどうにもなりませんからね。そうか、それゆえ、阿片が広く出回らなかったということですか」

と頷いた七五三之介が急に何かを思いついた。自分が口にした言葉の中に思いがけぬ真実が隠されているような、そんな何かを。

八

二月だというのに、ここ数日はうららかな陽気が続いている。

朝晩の冷え込みは厳しくても、日中になると気温が上がり、溶けた霜柱《しもばしら》でそこら中がぬかるみになった。履き物を汚すまいと、霜の溶けきらない日陰を求め、飛蝗《ばった》のように飛び交う人達がぶつかりそうになっては会釈を交わし合う姿がそこかしこで見られるようになった。

本多元治の屋敷の前では、用人の長沼与兵衛が袴をたくしあげ、裸足に下駄履きといういで立ちでぬかるんだ地面に藁を並べていた。

不意の来客に備えて、せめて屋敷内だけは綺麗にしておかなくてはならないからだ。泥だらけの下駄によれよれの袴。その分股立《ももだち》はとりやすいのだが、袴と気づかぬ者には下男が働いているとしか映らない。

その後姿に向かって、番頭風の男が声をかけた。

「ちょっと伺いますが、こちらに長沼様というお武家様はおいででしょうか」

腰をかがめたまま、与兵衛は振り返った。

まるで鼬《いたち》が振り返るような仕草に、番頭風の男は与兵衛の背中越しに屋敷内を物色した。まさか、この爺が当の本人であるなどとは思いもしない。

「お前さんはその男にどんな用があるのかな」

「あっ、大変失礼いたしました。私は布袋屋という口入屋の番頭をしております。是非とも長沼様にお取次ぎいただきたくお願い申し上げます」

落ち着いた物言いから、下男でないことに気づいた番頭は、急遽言葉遣いを改めた。

「長沼ならばいま風邪で伏せっておる。わしが伝えてやるから、用向きを話してみい」

何故か与兵衛は謀《はか》った。すると番頭は、主人からご本人に直接用向きを伝えるようう言いつかっておりますからと、謝絶の言葉を残しながら帰って行った。

その後姿を見送りながら、

——やれやれ、年はとりたくないものだな。この屋敷にわしがいると認めるような嘘しかつけんとは
与兵衛は己《おのれ》の愚《おろ》かしさを悔《く》いた。

布袋屋の名を聞いた時点で用件はわかっていたのだから、そんな男はいないと言ってしまえばよかったのだ。

それがほんの一瞬だけ、金に目が眩《くら》んでしまったことが、いらざる厄介事《やっかいごと》を引き寄せてしまうことになった。ついつい大恩ある元治の役に立てればという思いが、布袋屋を繋ぎとめる結果となってしまったのだ。

与兵衛の胸に、江戸に出てきたばかりの頃、わずかな蓄えを使い果たし、やむなく口入屋に頼った日のことが、苦い記憶として蒸し返されていた。

それから三日が過ぎ、前回の番頭とは違う男が与兵衛の前に現れた。さすがに今度ばかりは与兵衛も名乗らずにはいかなくなった。

一見すると町人風のようだが、その目は異様なほど落ち着き払っていた。

男はいきなり懐から百両もの金を見せつけた。

「この金で貴方様にお頼みしたいことがございます」

と男は言った。

未だかつて、与兵衛が手にしたこともない大金だ。

「これだけの金となると、人を斬る仕事だな」

「へい。場合によっては、お役人もお願いするかもしれません」

「役人、同心か」

「へい、もう少し上で、与力を」

男は上目遣いに与兵衛の表情を窺いながら、思い切ったことを口にした。

どうせ仕事の内容を明かさなくてはならないのなら、二度手間にならぬよう、最初から言ってしまおうというわけだ。この金で転ばぬのなら、諦めるしかない。男の態度には、躊躇いがなかった。

「わかった。これが礼金というわけだな」

「いえ、仕事が済んだら、さらに同額をお支払いいたしやす」

要点のみを確認し合う阿吽《あうん》の呼吸じみたものを感じ、男はにやりと笑った。

「良かろう。ではお前の名と、居場所を聞いておこう」

「升助と申します。塒《ねぐら》は小石川養生所」

手ごたえを感じた卯之吉は、居場所だけは正直に告げた。残金の支払いを信用させるためには仕方がない。卯之吉にはやむなき手段と言えた。

長沼という用人の眼が、一瞬驚いたように自分に注がれたことは気づいていたが、それでも卯之吉はこの香取の元神官を手に入れたかった。

与兵衛と別れた後でもその思いは変わらなかった。

見かけの悪さは自らが実践していることでもある。外殻を外してみれば、この神官の射すくめるような視線に気がつく。卯之吉は与兵衛の尋常ならざる力を肌で感じていた。何気なく前に立った時の身体中が縛りつけられたような感覚、下手に身動きでもしようものなら、それこそ首と胴が瞬時に離れるような恐怖が蛇のように卯之吉の身体に巻きついていた。

百両など屁でもなかった。この神官を手に入れた以上、恐れるものは何もない。これですべての邪魔者を排除できると卯之吉はほくそ笑んだ。

これまでは十三郎一人が頼りだった。いくら吹き矢を遣う殺し屋や力士上がりを雇ったところで、一人二人を葬るならまだしも、多勢の敵を相手とするには無理がある。だが十三郎に匹敵する腕利きを手に入れた今ならば、遠州屋の残党である風花堂などおそるるに足らない。そして何よりも自分の顔を見たあの男を葬り去ることができる。卯之吉はそう確信していた。

病人坂を下ろうとした卯之吉を、伊佐治が袖を引っ張るようにして物陰に連れ込んだ。

「兄貴、戻ってきては駄目だ。あの与力は兄貴がいねえことに気づいていやがる」

「何っ。他の棟から身代わりになる奴を置いておかなかったのか」

「それが、あの与力は患者の顔をすべて覚えていやがったんで。それで、兄貴のことを欠落ではないかと疑っています。俺に兄貴の住まいである小泉町《こいずみ》の長屋を調べてこいと言ったくらいですから」

「まずいな、そいつは。あの与力が油断ならねえことは承知していたが、まさか患者の顔をすべて覚えていようとはな。伊佐治、調べられる前に俺の荷物から薬を抜きとっておけ」

「それが、あの与力の野郎。兄貴の欠落を疑った途端に、兄貴の荷物を調べちまったんです」

「何だと」

「すいやせん。あっという間の出来事だったので」

伊佐治が首をすくめながら答えた。

「畜生。やはり、あの与力は生かしちゃあおけねえ。伊佐治、俺は十三郎の屋敷に逃げ込むから、もし俺を訪ねて五十がらみの武士が来たならば、こちらから連絡すると言っておいてくれ。長沼というさる旗本の御用人だ」

用件だけ伝えた卯之吉が引き返そうとすると、

「兄貴、あの薬が阿片だとばれることはねえですかねえ」

不安顔をした伊佐治が訊いてきた。

「その心配はねえ。誰も粉薬が阿片だとは思わねえさ」

「でも、万が一ばれることにでもなれば、俺はしょっ引かれることになりやす。兄い、俺も一緒に十三郎旦那の屋敷に匿《かくま》っておくんなさい」

「わかった、わかった。おめえを見捨てるような真似は金輪際しねえから、もうちいっとばかり我慢してくれ。さっきも言った通り、長沼ってお人が訪ねてくるかも知れねえ。おめえがいなかったら、繋ぎがとれねえじゃねえか」

「兄い、いつも俺だけが貧乏籤《くじ》を引かされている気がするんですけど……」

伊佐治は甘えた声で不服を唱えた。

「嫌なら、手を引いてもいいんだぜ。おめえには随分と尽くしてもらったし、おめえだって、俺のお蔭で結構な銭を貯め込むことができただろう。この辺で見切りをつけられても、俺は文句など言わねえよ」

「兄いに愛想を尽かされたら、この先どうやって生きて行けばよいかわからなくなりやす。すいやせん、俺が間違っていました。ここに残って、阿片の出来を確かめます」

「そうしてくれるかい、伊佐治。やはりおめえは俺の弟分だ。粉薬の阿片も少しずつ様になってきているじゃねえか。最初のうちこそ心の臓をやられる人間が続出したが、今は二割程度に落ち着いた。これもおめえが窮民を対象とした賭場を開いたおかげよ。実験台となる窮民や患者はいくらでもいる。おめえの押しの強さで、もう少し害の無い阿片を完成させるよう先生を急きたててくれ。それともう一つ。近々あの与力を殺すことに決めたから、お釈迦一家ともまめに繋ぎをつけておくんだぜ」

時には突き放し、相手が折れてくると見れば、巧みにおだてる。卯之吉の手管に、伊佐治は情夫に操られる女郎のごとくあしらわれてしまった。

# 九

再び桜の季節がやってきた。以前は花見といえば、梅を楽しむものであったが、この頃はすっかり主役の座を桜に奪われていた。

当然といえば当然かもしれない。ひっそりと匂い立つ梅なんぞよりは、豪華絢《けん》爛《らん》に咲き乱れる桜の方が江戸っ子の性に合っているからだ。

隣家の桜を眺めながら、今年は花見に行けそうもないと、諦め顔の佐奈絵が七五三之介に甘えたような声で言った。

「旦那様に初めてお会いしたのは、私達が花見に行った帰りでございましたね。今年は旦那様も何かとお忙しいでしょうから、来年は是非とも連れて行ってくださいましね」

桜のことなどすっかり忘れていた七五三之介が慌ててその場を取り繕《つくろ》う。

「そうだったな。あのとき佐奈絵は花見の帰りだったが、誰と行ったのだ。まさか、義姉上と二人きりということはあるまい」

「そのまさかでございますよ。あの日は生憎父上がお仕事だったものですから、せめて花見気分を味わいたく、姉上と一緒に桜餅を買い求めに行ったのでございます」

「何だ。私は供を連れた優雅なお嬢様方だと思っていたのに、桜餅を買いに行っただけだったのか」

「そうなんです。少しだけでも花見気分を味わいたかったのです。ですから、来年こそは本物のお花見がしたいのでございます」

「連れて行ってやれるかもしれんな。どうせ来年も養生所見廻りだろうから、早めにお願いしておけば休みが貰えそうだ」

七五三之介が答えると、佐奈絵は少しだけ考えた。

「来年も養生所見廻りなのですか。でも、お花見もしたいです。じゃあ、来年まで養生所見廻りを許してあげることにします」

近頃は養生所見廻りの妻であることに慣れてきた佐奈絵だけに、花見に行けるのならと気持ちを切り替えたらしく、偉そうに言った。

今日は自宅勤務を許されている。七五三之介が出仕しない日ともなると、片岡家の者はいつまでも寝ているらしく、部屋から出てこなかった。

程なくして政五郎がやってきた。佐奈絵が取次に出ると、

「奥様。折角のお休みだというのに、無粋者が押し掛けてめえりやした」

今ではすっかりこの家に馴染んだ政五郎が冗談を言った。

「政五郎親分、何かわかりましたか」

着流し姿で現れた七五三之介が尋ねた。

「へい。実は五日ほど前から山猫の紐《ひも》ではなくお釈迦の権平の方へと切り替えて張っていたんですが、昨日になって、確か伊佐治っていう看病中間が権平の所へ顔を出しやがったんです」

「伊佐治がですか」

「へい。その伊佐治が養生所へは戻らず、反対方向へと向かったので、後をつけたところ、吾妻橋を渡って暫くは大川沿いを歩き始めたんですが、野郎大層用心深く、何度も途中で後ろを振り返りやす。見通しの良い場所に加え水戸様のお屋敷があるんで、咎められちゃあいけねえと尾けるのを止めたんですが、御舎弟様、もしや卯之吉はその辺りにいるってことなんでしょうかねえ」

玄関の板の間に腰をかけた政五郎が、意味有りげに七五三之介の顔色を窺った。その辺りを探れと命じられれば、すぐにでも向かうということだ。

だが、七五三之介は何も言わなかった。

政五郎は、それを七五三之介が暫く泳がしておくつもりなのだと受けとめた。

「では、あっしはこれで」

政五郎はそう言って立ち去ろうとしたが、佐奈絵が入れてくれた茶がまだ残っていることに気づくと、湯呑をとりあげ、音を立てて啜った。

帰りしな、一度は立ち上がりかけた政五郎が思い直したようにもう一度座り込み、七五三之介に小声で囁いた。

「御舎弟様、くれぐれもご用心しなすっておくんなせえ。あっしの思いすごしならいいんですが、お釈迦の権平の所に妙な連中がいたもんですから」

「妙な連中ですか。どのような人達でしょう」

「一言でいえば用心棒ですが、あっしの勘ではかなり物騒な連中です。やくざなんてえものは大抵の場合、初めの眼付けで強弱を推し量るもんですが、連中が入って行った途端に権平の子分どもは尻ごみをしやしたからね。こいつは間違いなく出入りの仕度だと、その時は思ったんですが、後になって御舎弟様が升助という患者の持ち物から薬を見つけ出したことを思い出したんです。連中が御舎弟様を狙うこともあり得ねえ話ではないので、くれぐれもお気をつけておくんなせえ」

政五郎は言いながら奥の様子を気にした。佐奈絵に聞かれては、いらざる心配をさせることになると思ったらしい。

必ずしも桜が原因とは言い切れないが、この時期になると人の心ものびやかとなり、些末なことは気にしないようになる。

老用人の長沼与兵衛が二日前から姿を消していた。

今朝になって、それと気づいたあまるが女中や母のみねに訊き回った。

問われた二人は、「えっ」と聞き返したものの「そう言われれば、今日は一度も見かけていないわね」と、気にする様子もなく、自分の用事を優先した。

誰も与兵衛がいなくなったことに気づかないんだからと、一日遅れで気づいたあまるが憤慨して元治に告げると、居室で一人、棋譜を見ながら囲碁を打っていた元治が、碁笥《ごけ》の中の石を摑みかけたところで手を止めた。

「与兵衛の姿が見えぬとな。いつからじゃ」

「昨日はいたように思うのですが」

やっとまともに取り合ってくれる人間に会えた。あまるが安堵した途端、

「では、今少し様子を見るが良い」

元治はそう言った。あまるには納得がいかない。

「父上、与兵衛はもう老齢なのですよ。どこかで転んで、起き上がれなくなったらどうするのですか。それにあの性格ですから、お父上のお役に立てないと勝手に思い込み、屋敷を去ったとも考えられます。私は与兵衛を捜しに参ります」

「待てと言ったではないか。与兵衛はお前が思っているほど柔《やわ》ではない。それに自ら出て行ったのなら、なにか考えがあってのことじゃ」

元治はそう言うと、もうあまるの用件は片付いたと見たか、再び棋譜に目をやり、碁笥の中に手を突っ込んだ。

十

日本橋から日光街道へと向かう旅人が、急に田んぼが増えてきやがったなと感じるようになったら、その辺りはもう入谷だ。

表通りに近い側は旅籠の客引きで賑わいをみせてはいるが、総じてこの辺りは農家が多かった。やくざが縄張りとするには旨みの無い場所といえたが、お釈迦の権平一家はその農家と隣り合わせの場所に居を構えていた。

肥やしの臭いがぷんぷんする。

伊佐治から仕事を回してもらったとはいえ、未だ稼ぎの少ないお釈迦一家は表通りに住むことができない。それゆえ裏手が農地で、すぐ近くに肥溜《こえだめ》が設けられていたとしても、我慢するしかなかったのだ。

思えば不運なやくざでもある。

兄弟分の振り駒一家を通じ、やっと運が開けてきたと思ったのもつかの間、その兄弟分が殺されるという事態に陥った。それが、内心では動揺を隠せずにいたものを、仕事の元締めである伊佐治に「あんたが頼りだ」とおだてられたが為に歯車が狂ってしまった。

人手など貸さなければよかったのに、ちょいとばかり大きな顔をしたがったことで、一家は壊滅状態となってしまった。活きの良かった子分どもの大半は腕や肩を折られ、なかには銛で刺された傷が化膿し、寝たきりとなった者まで出てしまったのだ。

悲劇は、それだけでは終わらなかった。これほど悲惨な状態だというのに、伊佐治がとんでもない疫病神《やくびょうがみ》を三人も押しつけてきたのだ。

とにかくひどい奴らで、怪我人の介護をしている下っ端に酒の支度をさせるのは毎度のことで、うっかり逆らいでもしたら、力士上がりの仁王《におう》という男がいきなり抱きついて来て、骨が折れるほどのさば折りを喰らわせてくる。

図体がでかい上に性格も悪いときては、やくざだって嫌がるというものだ。

しかもこの仁王という男は右の眉だけを剃っていた。

獰猛《どうもう》な顔立ちだというのに、このような真似をされてはたまったものではない。眉の無い間抜け面《づら》を笑いでもしたら大変だと、子分達は戦々恐々とする毎日を送っていたのである。

もう一人の鞭造《べんぞう》という吹き矢の遣い手も、これに輪をかけて性質が悪かった。本人は稽古のつもりかもしれないが、いきなり顔の近くに矢を吹き付けられては子分達が嫌がるのも無理はなかった。仁王とは相方の関係にあるらしく、鞭造は反対側の眉を剃っていた。

どちらも危険極まりない生き物だけに、子分達はひたすら近づかないことだけを心掛けていた。いくら物騒な奴らとはいえ、近づかない限り大きな害は無いからだ。だが、そんな奴らでも、最後の一人、長沼と呼ばれる爺に比べればまだ増しな方であった。

「この寒さは年寄りには堪える。済まぬがこの布団を貰って行くぞ」

と、病人の布団を剝ぎ取るばかりか、

「右手が使えぬのか。ならばこの機会に左手を鍛《きた》えるがよいぞ」

今度は腕の折れた者達に台所仕事や洗濯をさせた。

足の折れた者といえども例外など無い。

「赤ん坊のころは皆這って歩いたものじゃ」

と言いながら、後ろから刀の鞘で折れた脚を小突くものだから、男達は悲鳴をあげながら這いまわった。

――爺、今に見ていやがれ
と思っても、力士上がりと吹き矢の遣い手が、夜ごとこの爺の肩を揉んでいる姿を見ては、迂闊《うかつ》に手を出す気も起こらなかった。

この夜も力士上がりの男に、気持ち良さそうに肩を揉ませていた与兵衛が、部屋の片隅でごそごそと吹き矢の手入れをしている鞭造に向かって言った。

「鞭造、毒を塗っているようだが、今度もわしを狙うつもりかな」

「と、とんでもございやせん」

「ならばよい。わしも眉を削ぐよりは首を刎《は》ねる方が楽というものじゃ」

鞭造の怯えた声音を心地良さげに聞きながら、与兵衛はねっちりと言い聞かせた。

十一

おかめの暖簾をくぐった高木が、控次郎を見つけるやいきなり文句を言った。

「控次郎先生、水臭いじゃないですか。あの七五三之介殿は養生所見廻り与力だそうじゃないですか。しかもこの店の親爺でさえ手伝っているというのに、どうして私に声をかけてくれないんですか」

高木にしてみれば憤懣《ふんまん》やるかたないといったところだ。

今朝方内与力の中田に呼ばれ、吟味方が機能しないため、養生所見廻りに協力するよういわれたとき、正直高木は喜んだ。

ところが、そこで中田から養生所見廻り与力の名を聞かされた。高木は驚きを通り越し呆れかえってしまったというわけだ。

「すまねえ。俺だって本心を言えば真っ先におめえに相談したかったんだ。けどよ、おめえは定廻りだ。与力の指示を仰がなくていい立場なんだろう」

「そんな言い訳は通用しませんよ。今奉行所では阿片事件を解決するのは吟味方か、養生所見廻りかで賭けが行われているんですよ。その養生所見廻りが七五三之介殿だというのに、それを知らされていなかった私の気持ちを先生は考えたことがあるのですか」

「今考えているよ。確かに気の毒だ。それでおめえはどっちに乗ったんだ」

「乗り手の少ない吟味方ですよ。どうせなら、割り当ての多い方をと思ったんです。でも、養生所見廻りが七五三之介殿と知らされていれば、私は断固養生所見廻りに賭けました。誰も教えてくれないんだもんな。おかめの親爺には教えたっていうのに、店で顔を合わせる可愛い弟子には何も告げず、しかも内緒でこそこそと」

　一人蚊帳《かや》の外に置かれたせいか、高木の言葉には棘《とげ》がある。

「おめえ、割と嫌な性格だねえ。俺はおめえを思ってのことだと、先ほどから言っているじゃねえか。謝っている子供を叩いちゃあいけねえぜ」

「本当に謝っているんですかねえ。ならば、私が本気で手伝う意思があることを、七五三之介殿に伝えていただけますよね」

「わかった。約束する」

「頼みますよ。養生所見廻りが吟味方の鼻を明かすという前代未聞の大捕り物なんですからね。一部始終を近くで見てみたいと願っても罰は当たりませんよ。それにしても、先生といい、ここの女将といい、すっ呆けるだけすっ呆けて、あとはごめんなさいをすればいいと思っているもんなあ。亭主がいない方が儲《もう》かるなんて、なまじ的《まと》を射ていただけについつい本気にしちまったじゃないですか」

高木は情けなさそうに肩を落とすと、樽の脇に立てかけておいた刀を摑み立ち上がった。両手を合わせ拝む格好はしているものの、上目遣いに自分を見る控次郎の目が笑っているのに気づくと、ふんと顔をそむけ、店を後にした。


その夜、おかめではまさに高木の言う内緒話が交わされていた。

控次郎がおかめに七五三之介を呼び出していたのだ。

「ちいっとばかり気になることがあって、来てもらったぜ」

そう切り出した後で、控次郎は七五三之介と政五郎に向かって言った。

「おめえがとっつあんに用を頼んだのは、患者の死因について調べてもらうためだったな。だが、双八の話では、吟味方と競合しているっていうじゃねえか。それで思ったんだ。もし、おめえが阿片事件に関わっているのなら、役に立つかどうかはわからねえが、俺の知っていることを話しておくべきだとな」

控次郎にしてみれば、七五三之介に手柄を立てさせ、できれば養生所見廻りという役職から、他の役職に回してやりたいという思いが強い。それゆえ、高木から吟味方の鼻を明かしそうだと聞いた時、少しでも役に立てればと考えたのだ。控次郎は万年堂が十唐屋の後釜として目をつけられ、それを指示した駒込のやくざ一家が、風花堂に襲撃されたことを七五三之介に伝えた。

だが、

「高木さんがどのような話をされたかは知りませんが、私が調べているのはあくまでも患者の死因についてです。阿片事件を担当する別動隊の方々が追っている大奥や旗本といったものとは競合しないと思いますが」

他人と張り合うことを好まないだけに、七五三之介は遠慮がちに言った。

無論、控次郎には、そんなことはわかりすぎるほどわかっている。

「おめえは、患者の死因を調べているだけだと言ったが、すでにおめえの中じゃあ、見当がついているんじゃねえのかい。とっつあん、美喜松は長八ってえ野郎が粉薬を持っていたと証言したんだよな」

いきなり控次郎から水を向けられた政五郎は、狼狽し、すぐさま七五三之介に詫びた。

「すいやせん。あっしには神楽坂の芸者に見知った者などなく、先生ならいいだろうと訳を話しちまったんで」

「その通りです。親分さん、兄上なら構いませんよ」

七五三之介に気にする様子は無かった。控次郎は話を続けた。

「阿片てえのは、丸め掛かりが必要だというじゃねえか。その上、患者や窮民が高価な阿片を吸うなんてことは土台無理な話よ。おめえは大奥や旗本が絡んでいる事件とは違うと言ったが、養生所って所は、世間から御薬園で採れた薬を人体実験する場所だと見られているんだ。患者や救民で粉阿片を試しているってことも有り得ねえ話じゃねえ。それに、患者が大量の粉薬を持っていた理由だって、必ずしも売るとは限らねえんじゃねえか。連中にゃあ金がねえ。阿片一味が狙うのはあくまでも金持ちに限られるんだよ」

控次郎が言ったことは、蓋《けだ》し七五三之介を唖然とさせた。

患者や窮民が阿片を吸うということは、七五三之介もおかしいと思っていたのだが、長八によって運び出された薬が、売るためのものでないとは思いもしなかったからだ。

七五三之介が帰った後、またしても自分が喋ったことをすっぱ抜かれた政五郎が頭を掻き掻き、控次郎にぼやいた。

「先生、いくら御舎弟様だからって、あそこまで正直に話されちゃあ、もうあっしのことを信用されねえじゃねえんですかい」

「とっつあん、七五三《しめ》とは兄弟だ。俺達は互いのすることを一度として、疑ったことはねえ。だから俺があいつの為に頼み込んだとっつあんを、信用しなくなるなんてことは絶対に有り得ねえ」

控次郎はきっぱりといった。

十二

十五夜が柳原土手を皓々と照らし出していた。

その堤に腰をかけ、控次郎は一刻あまりも月を見ていた。

ずっと見ていると、まん丸の月が次第に近づいてくるように感じられ、やがては自分がその中にすっぽりと包まれてしまうような気がした。

それでもいいか。控次郎はそう思った。

お袖はまん丸の月が好きだった。

あの日、自分に向かって微笑んだお袖の顔は、まん丸の月の光を受け、まばゆいほどに輝いていた。二人でこの土手を歩く。ただそれだけのことなのに、お袖は弾けるような笑顔を見せてくれた。

控次郎の胸がきゅんと痛み、それが記憶を途切れさせた。

代わりに浮かびあがって来たのは病床にあったお袖の笑顔だ。

「おめえは本当に幸せだったのかい」

誰に言うでもなく、控次郎は呟いた。

自分に向けられる妻の顔は常に笑顔であった。

そして、そのことが一層控次郎を辛くさせた。

――お袖、お前の言う通りだ。沙世は万年堂で暮らした方がいいんだ。俺なんかと一緒にいたら、それこそお前と同じように沙世もどこかへ行っちまわあ
心なしか月がぼやけてきた。

控次郎は立ち上がると、土手を歩き始めた。

月が雲間に隠れたせいか、光に慣れた目が視力を失っていた。

雪駄の裏鉄《うらがね》が小石に触れるたび、耳障りな音を立てた。

急に辺りが明るくなった。月が雲間から顔を出し始めたのだ。

控次郎の目が離れた人の姿を捉え、近づくにつれ、その顔が確認できるようになった。乙松だ。控次郎は反射的に歩みを止めた。それに合わせて乙松も止まった。

乙松は、どうしようかと進退を決め兼ねている様子だ。

「帰るとこかい」

さりげない呼びかけに、乙松の目が恨めしさで濡れた。

この声をどれほど懐かしんだことか。それでも、乙松は意地を張った。

「そうですよ。悪い？」

顎をしゃくるようにして答えた。

「もう俺の顔は見るのも厭かい」

「厭ですねえ。自分の娘を手放すような人とは口も利きたくない」

口ではそう言いながらも、乙松は控次郎と並んで歩いている。

「そうだよな。さんざ世話をかけておきながら、勝手に手放しちまったんだからな」

「もう済んだことですよ。先生は先生なりに頑張ったんだから」

懸命に距離を置こうとする乙松だが、窪みに足を取られてよろめいた。

すかさず控次郎に抱きとめられたが、乙松はしたたか酒を飲んでいる。慌てて離れようとしたのがいけなかった。

今一度よろけてしまい、今度は頭が控次郎の頬に触れた。

乙松はじっとしたまま動きを止めた。

このまま抱きすくめてほしい、と乙松は祈った。

月明かりも一つになった影を映し出していた。

なのに、

「おめえ、随分と酒臭いが、芸者がお座敷で酒を飲んでもいいのかい」

控次郎は無粋な一言を投げかけた。乙松の望みは絶たれた。

「何を言っているのさ。こう見えても柳橋芸者ですよ。お座敷で酒を飲むような真似はしませんよ。いーだ」

口を突きだし、乙松は悪態をついた。

憎たらしい男に対する精一杯の抗議だが、相手は取り合ってはくれなかった。

「乙松姐さん、ここからは人目も多いや。転ばねえかどうか見ていてやるから、先に帰んな」

「おや、ご親切に。それじゃあ、主さん。またお目にかかれるかどうかわかりませんが、その節はご贔屓《ひいき》に」

芸者らしく科《しな》を作ると、乙松は控次郎を振り返ることもなく歩き始めた。

女盛りを棒に振ってまでも意地を通した四年の歳月。乙松に廻って来た偶然の出会いは、御仏が女の哀れさに手を差し伸べた最後の機会ともいえた。

少しでも男に慕情というものが残っているのなら、あのまま肩を抱いてくれたはずであった。

乙松は、控次郎が出会う直前までお袖との思い出に浸っていたことを知らない。だが、もしそれに気づいたとしても、男女の機微に精通している芸者の習性がそれを打ち消したことだろう。

胸の中で、

——今度こそおしまい
と乙松は呟いた。

控次郎は乙松と会った時から、自分達を見つめる視線を感じとっていた。

その視線が、乙松が控次郎の腕の中にいた時に、憎悪を含んだものへと変わったことも気づいていた。

それゆえ、控次郎は乙松を先に帰したのだ。

背後の気配を感じながら控次郎はゆっくりと歩きだした。

気配はその後も続き、次第に殺気を漲《みなぎ》らせるようになった。

控次郎は息を詰めた。これほど強烈な殺気を発してくる相手には、それなりの戦意を高めなくてはならないからだ。

だが、気力が蘇ることは無かった。

戦いを前にして、控次郎の気力は萎《な》えたままであった。


帰ったはずの客が泡を食っておかめに駆け戻ってきた。

「大変だあ。先生を狙っている野郎がいる」

「何だと、先生を狙っているだと。何人だ」

まさに今、店に顔を出したばかりの辰蔵が訊いた。

「一人だけど、遠目にも不気味な野郎だ」

「はん、心配いらねえよ。一人で先生に立ち向かうこと自体、土台無理な話さ」

と辰蔵が答えた瞬間、女将の痛烈な罵声が鳴り響いた。

「馬鹿言っているんじゃないよ。今日は満月だよ。先生の一番力が出ない日じゃないか」

今にも嚙みつきそうな女将の形相だ。

「いけね」

叫んだ辰蔵は客に方角を尋ねると大慌てで駆けだした。

途中で手頃な石を二つばかり拾い上げ、それを懐にしまうと辰蔵は和泉橋《いずみ》を駆け抜けた。

突然の斬り合いに、通行人の悲鳴が聞こえてきた。

その場所を目ざして走り込んだ辰蔵の目が控次郎を捉えた次の瞬間、傷口を押さえるようにして倒れ込む控次郎の姿が目に飛び込んだ。

相手の武士は止めを刺さんとばかりに刀を振りかぶっている。

「この野郎」

辰蔵の手から、怒りの礫《つぶて》が放たれた。

「がっ」

鈍い音とともに額《ひたい》を割られた武士は辰蔵を睨みつけたが、辰蔵の手にさらなる礫が握られているのを見ると、血濡れた顔のまま逃げ去って行った。

「先生、申し訳ねえ」

辰蔵の悲痛な叫びが夜空に響き渡った。

## 十三

川面に浮かぶ月を櫓が緩やかに消して行く。

人目を避けるように、楓川の岸寄りを障子船は流れ下って行った。

わずかに開けられた障子の陰から覗く視線は哀しげで物憂い。

会えるはずもない人を想い、楓は鮫蔵に船を出させていた。

恋しいという意識はまだない。だが、無性に七五三之介の顔が見たかった。

時に船は大川を下り、あるいは神田川に進路を取った。だが、最後は常に日本橋川から八丁堀が見て取れる楓川に辿りついた。

自分と同じ字をつけられた川が、楓にはどこか縁があるように思えた。

今宵も想い人は現れる様子もない。

こんな時間に七五三之介が外を出歩くはずもないのにと、埒《らち》も無い自分に言い聞かせながら楓は障子を閉めた。

船が大川を遡り始めた。

時折、身体が前後に揺れるのは、鮫蔵が櫓ではなく、竿を使い始めた為だ。櫓を使えば「ぎいぎい」という軋み音が傷ついた楓の心をかき乱す。それゆえ、鮫蔵は竿を使った。

幼い頃から楓を見続けてきただけに、鮫蔵には楓の寂しさも、楓がすがりたいと求める相手も自分ではないとわかっていた。

相模屋に戻った楓を山伏姿の揚羽が待ち受けていた。

この娘は、巫女《みこ》の身形をしている時も頭巾を被っていた。

「楓様をお守りするため、暫くは相模屋に住むよう蛍丸様に言われました」

揚羽は言ったが、その口振りが無理矢理感情を押し殺してのものであることに楓は気づいた。

「好きにすれば。あんたも山伏達も兄さんの言いなりだものね」

「そんなこと、蛍丸様は楓様を大事に思っておられるからそう言われるのです」

揚羽は必死で蛍丸を擁護した。

「そうよね。あんた達はいつだって兄さんの味方。だからこんなあたしを許せないんでしょう」

「そんなことはありません。ただ私達には、楓様がどうして蛍丸様をそんな風に思われるのかがわからないのです」

自分が責められることよりも、蛍丸が責められることに耐えられぬ揚羽はそう答えた。

楓は苛立ちを覚えた。

一向に敵対してこない揚羽へのもどかしさもあったが、楓にはそこまで蛍丸を庇う理由がどうしてもわからなかったからだ。

今こうして、楓が返答に窮している間も、揚羽の目が悲しみを訴えているように思えた。

楓は気持ちを切り替えた。今がそれを知る絶好の機会だと捉えた。

「ねえ、前々から聞こうと思っていたんだけど、あんたや七節達山伏はどうして兄さんに従っているの」

問われた揚羽は、一瞬きょとんとした顔になったが、

「蛍丸様は老師がお認めになった逸材なのです。そして、何よりも大恩ある遠州屋さんの跡取りですから」

と通り一遍の答え方をした。

揚羽はそこで話を切りたかったようだ。揚羽にしてみれば、蛍丸に楯突く楓の気持ちはわからないし、ともすれば自分が口にしたことで、余計兄妹の確執を招きかねないからだ。だが、楓に重ねて理由を尋ねられては、揚羽も話すしかなくなってしまった。

話すことによって、楓の蛍丸に対する考えが少しでも変わればと願いつつ、揚羽は遠い昔を振り返った。

孤児であった自分達が老師に拾われ、食うや食わずの暮らしをしていたこと。それを老師と親交のあった遠州屋の主人蛍助がわざわざ熊野山中までやってきて保護を申し出た。それによってたくさんの孤児達が老師の下に集まった。その後、遠州屋が悪党どもの為に命を落とし、一人息子の市太郎が熊野に逃げてきた時、復讐を誓う市太郎にこれまで学問だけを教えてきた老師が初めて武芸を教えたことなど、揚羽は楓に伝えた。

「でも、女のあんたまでどうして武芸を習ったの」

「私は女であることが嫌で嫌で仕方が無かったんです。私の母は、私と兄を捨てて男と逃げた挙句、女郎に売られました。私達が女郎屋を訪ねると、私達に気づいた母は、酔っ払い客の首にしがみついたんです。だから、私は女であることを忘れたくて、老師様にお願いしたのです。どうか男の子達と一緒に武芸を教えてくださいって」

「その老師様って、本当に武芸が達者だったの」

「はい。勿論その時はどれほど強いかなんて、私達にはわかりませんでした。でも、十年の修行を終えた時、誰も老師様の実力を疑う者はおりませんでした」

「兄さんも強くなったのかしら」

「蛍丸様は別格でした。私達は老師様が亡くなってから、一年して山を降りたのですが、老師様は死ぬ前に蛍丸様に秘伝書をお授けになっていましたから」

「秘伝書。そうか、兄さんがいつも肌身離さず持っている巻物がそれだったのね。揚羽、ありがとう。やっとあたしにもあんた達が兄さんに尽くすわけがわかったわ」

楓が礼を言っても、揚羽の不安そうな表情は消えなかった。

十四

しとしとと小雨が降り続く夜。

傘を打つ雨音が次第に近づいてきた。

寝入っていた控次郎だが、傘をつぼめる音とともに、男が腰高障子を開けて入ってきたときにはすでに起き上がっていた。

「こんな長屋に忍び込んでくるようじゃ、泥棒とは思えねえな」

暗くて何も見えないが、控次郎は話しかけることで相手の反応を窺った。

「手傷を負われたと聞いておりましたが、その様子では大したことは無さそうですね」

穏やかな口調で返された声が、男の素性を控次郎に告げた。

「蛍丸だったのかい。俺に頼み事でもできたかい」

まだ目が闇に慣れていない為、顔は見えないが、控次郎は声の主が蛍丸であると確信していた。

「控次郎殿、また万年堂が狙われます。お釈迦の権平を見張っていた山伏から知らせがありました。敵はどうやら仲違《なかたが》いをしたらしく、そのうちの一隊がお釈迦一家の子分どもを連れ、一家を離れました」

「それだけで万年堂が狙われることになるのかい」

「私の勘がそう告げております」

「なら確かだ。蛍丸、襲われるのは何時だ」

「明晩、子《ね》の刻（午前零時）を過ぎた頃かと」

「わかった。ありがとうよ。ところで、俺に何をしてほしいんだ」

控次郎は訊いた。昼間ではなく、こんな夜更けに来るのは、よほど急を要する時か、人に聞かれたくない話に違いないからだ。

闇の中、控次郎は蛍丸の気配を頼りに耳を澄ました。

幾度となく躊躇いを感じさせる息遣いが聞こえ、かなりの時間を費やした末に蛍丸はようやく口を開いた。

「妹がご貴殿の弟御を慕っております。ですが、所詮は道ならぬ恋。願わくは、弟御を誤った道に進まぬよう導いていただきたく参上いたしました」

「おめえが直接言うわけにはいかねえってことだな」

「私は幼い頃、妹に惨《むご》い仕打ちをいたしました。それが原因なのか、泣き虫だった妹は気が強くなりました」

蛍丸の声音が寂しげに感じられた。

祖父の長作が、先ほどから豆腐しか食べない沙世を気にしていた。

ここ数日、沙世が豆腐しか食べないと女房から聞かされていたせいだ。

「お沙世、いろんなものを食べなくては元気が出ませんよ」

長作は遠回しに言い聞かせた。誰でも子供の頃は好き嫌いがある。それでも偏った食事は摂らせたくない爺心からきていたのだが、もう少し早く気づいていたなら、長作もこんな失態を犯さずに済んだはずであった。

それは沙世が控次郎のところから戻った翌日に始まっていたのである。

母のことを少しでも知りたい沙世は控次郎に尋ねた。

「父様、母様はどんなお花がお好きだったのですか」

さんざ考えた挙句、控次郎は首を横に振った。

「では、好きな食べ物なら覚えていますか」

これについても確たる記憶は無かったが、何も知らなくては沙世ががっかりすると思い、

「豆腐かなあ」

控次郎はそう答えた。ただそれだけのことなのだ。

ところが、そんなことなど露知らぬ長作は、遠回しに言い聞かせても一向に豆腐しか食べない沙世を見かね、思わず言ってしまった。

「お沙世。お豆腐しか食べないと死んでしまいますよ」

俄《にわ》かに沙世の顔が歪み、ついには激しく泣きだしてしまった。

長作夫婦はうろたえ、何とか機嫌を取ろうとしたが、沙世の嘆《なげ》きは収まらない。その後も長作夫婦は永いこと膝を突き合わせ思案を繰り返したが、最後まで理由はわからなかった。


長作夫婦が床に就き、手元を照らす行燈の灯も消された頃。

万年堂と同じ町内にある裏長屋から、辺りを窺うように家の外へと抜け出した人影が長屋の木戸を開き、物陰に身を寄せた。

また一人、また一人と抜け出してくる人影で物陰に収まりきれなくなると、先にいた影達は次なる物陰を求め、小走りに駆けだした。

養生所に入った借り主が、八か月の療養期間中も家賃の支払いを約した為、そのままにして置かれた長屋には、驚くほど大勢の人間が潜んでいた。

初めは用心深く身を屈めていた集団も、人気《ひとけ》の無さと暗い闇に、次第にその意識が緩みだすようになった。

のっそりと浮かび上がる影もあれば、通りを走り抜ける影も出てきた。

明らかに俊敏と思える影が物陰に伏せると、その陰を追って、さほど動きの良くない影が近寄っていった。

「哨鬼、万が一用心棒がいたなら俺達が食い止める。おめえはその間に万年堂の餓鬼をかっさらってくれ」

頭領面をした伊佐治が言うと、

「升助殿の話では、かなり腕の良い用心棒がいるということだが、お主達だけで大丈夫かな」

哨鬼は小馬鹿にしたように言った。

「舐めるんじゃねえぞ。そんなことは百も承知よ。どんなに腕の立つ用心棒だろうが、闇夜の吹き矢は防げっこねえんだ」

伊佐治は鞭造が潜んでいる方角を顎でしゃくった。

今回の襲撃は、卯之吉に直訴してまで請け負った仕事であった。

阿片を売り捌くことができず、ここ数日機嫌の悪い卯之吉の気を引くべく、伊佐治は万年堂の餓鬼をさらってくるだけでなく、卯之吉の顔を見たという用心棒を殺す手立てを考えていた。

「おめえで大丈夫かな」

と不安視する卯之吉に向かって、し損じることがあれば死んで詫びる、とまで言い切っただけに、何としてもやり遂げなくてはならなかった。

後ろでは、吹き矢を手にした鞭造が虎視眈々《こしたんたん》と用心棒を待ち受けている。

頃は良し、伊佐治は自らを奮い立たせると、月明かりの中へ躍り出た。

権平の子分達がそれに続く。大柄で動きの鈍い仁王は最後列だ。

通りの角にある万年堂を目指し、伊佐治が四つ角の中央付近へと足を踏み入れた。前方に長身の男が立っていた。

「やはりいやがったぜ」

内心の怯えをけどられぬよう、伊佐治は余裕のある振りをした。

「野郎ども、敵は一人だ。叩き殺せ」

伊佐治の檄《げき》に、子分達は左手一本で刀を提げている控次郎に向かって躍りかかった。その先頭にいた二人が、いきなりのけぞるようにして倒れ込んだ。

地面に小石の落ちる音がした。

音の正体を摑めず、伊佐治が首を傾げたそのとき、通りの向こう側から同心と思われる男が目明しを連れて駆け寄ってくるのが見えた。

伊佐治は泡を食った。こんな夜中に同心がいるということは、捕方も待ち伏せているに違いない。

そんな不安を見透かすように、正面から左手一本で刀を振りかぶった用心棒が猛然と襲いかかってきて、ものの見事に子分の一人を斬り捨てた。さらには自分の周りにいた子分達が、まるで何かをぶつけられたようにのけぞって倒れ込んだ。

伊佐治は臆《おく》した。

恥も外聞もなく身を翻《ひるがえ》すと、鞭造の潜んでいる場所へと逃げ出した。

背後からは用心棒が追いかけてくる。それを背中で感じながら伊佐治は鞭造がいる物陰に目をやった。伊佐治の眼が、吹き矢を握り締めたまま地面に転がっている白い腕を捉えた。

「げっ」

伊佐治の顔が恐怖に慄《おのの》いた。間髪容れず、それをあざ笑うかのようにゆっくりと幽鬼のごとき影が浮かび上がった。鞭造を屠《ほふ》った血濡《まみ》れの刀身を引っ提げ、与兵衛が伊佐治の前に立ち塞がった。

同じ頃、沙世の口を手でふさぎ裏木戸から抜け出した哨鬼も、宗十郎頭巾を被った蛍丸に行く手を遮られていた。

「伊賀者も地に落ちたものだな。夜更けに忍び込むようなこそ泥紛《まが》いの所業しかできぬとは」

蛍丸が嘲った。子供を返せとは言わず、蛍丸は哨鬼が沙世を人質にしないよう、哨鬼の誇りだけを穢《けが》した。

狙い違わず、怒りを露わにした哨鬼は、沙世を足元に置くと刀を抜いた。眼は蛍丸を睨みつけ、耳は自分が置かれている状況を探る。

逃げるにしかず。哨鬼はそう判断を下すと、刀を左手に持ち替え、素早く右手で手裏剣を取り出した。その手裏剣を構えながら、少しずつ蛍丸との距離を詰め、退路を広げた。

それに合わせて蛍丸が後退する。

また一歩、哨鬼が間合いを詰めた。

手裏剣で牽制し、逃げ道を確保した哨鬼が身を翻したその時、哨鬼は自分の周りで蠢《うごめ》く山伏達に気づいた。

低い姿勢を保ったまま、山伏達は三方から哨鬼を包み込んでいた。

「仕留めよ」

蛍丸が山伏に向かって叫んだ言葉が、哨鬼にとって最期の記憶となった。飛蝗《ばった》のように飛びかかる山伏。その正面からの剣を哨鬼はまともに受け止めてしまった。立て続けに襲い来る二本の刀を防ぐ術は、すでに哨鬼に残されていなかった。三位一体の剣が次々と哨鬼の身体を貫いた。

山伏達が哨鬼を葬り去る間も、蛍丸は沙世に駆け寄ると、惨たらしい殺戮《さつりく》の現場を見せないよう、自らの身体で沙世の目を覆っていた。

「心配することは無い。ほら、父上がやってきたぞ」

蛍丸は駆け付けた控次郎を見届けると、その場に沙世を残し、立ち去っていった。

十五

万年堂が襲われた報せは、翌朝一番に政五郎によってもたらされた。

一時は沙世が人質に取られるところだった、と政五郎から聞かされた七五三之介は、昼間は役人達が事件現場を検分しているはずだから、夜になったら控次郎の元を訪れ、対策を講じるつもりでいた。ところが七五三之介が奉行所から戻っ

てくると、出迎えた家族に混じって、そこに沙世の姿があった。佐奈絵に訳を尋ねると、

「姉上が万年堂に行き、沙世ちゃんを引き取ってきたのです」

と俄かには信じ難い言葉が返ってきた。

百合絵の口から、控次郎と沙世を見かけたという話は七五三之介も聞かされていたが、それだけのことで、わざわざ沙世を引き取ってくるとは思えない。

そこで今一度、佐奈絵に尋ねると、佐奈絵は意味ありげな眼で、「にこっ」と笑った。こうまでされれば、いくら男女の仲に疎い七五三之介でもわかる。

（近頃は炊事も手伝うようになったと聞いていたが、やはり義姉上も女であったということか）

と、そんな失礼なことを考えていたら、居間の方から、沙世の笑い声が聞こえてきた。弾けるような笑い声だ。

百合絵と雪絵に遊んでもらっているのがよほど嬉しいらしい。

珍しいことだな、そう感じた途端、七五三之介は気づいた。

今まで、沙世があれほど子供っぽい声で笑うのを聞いたことがなかったからだ。

七五三之介は沙世が百合絵達と一緒にいることで、無意識のうちに、大人の女性だけが持つ柔らかな温かみを、母のそれと錯覚しているのだと感じた。物わかりが良いというだけで見落としていた沙世の寂しさを、七五三之介は改めて思い知らされた気がした。

陽が落ちた小梅村は道行く人もまばらだ。

点在する家々のほとんどが百姓家で、無駄な灯りを灯さないため、月の無い夜ともなれば辺りは真っ暗になった。その上、地形的にも三本の川に挟まれていることから、早々と人通りが途絶えてしまうのだ。

江戸市中からさほど離れていないのに、夜の帳《とばり》に包まれるのが早い。

卯之吉がこの場所を桃源郷とした理由がこれであった。

密かに阿片を吸わせるだけでなく、客が喜びそうな女達を宛がう場所としても、この村は適していた。

卯之吉は客に宛がう女として、奥女中を選んだ。遠州屋の手代であった頃、仲間に引き入れた小笠原兼時が旗本であることを鼻に掛け、「望むなら奥女中を抱かせてやってても良いぞ」と尊大ぶった口を利いたことがきっかけとなっていた。

大金を落としてくれる大身旗本や大店の商人達を相手に、その伽《とぎ》を奥女中にさせたならば、必ずぼろ儲けができると卯之吉は考えた。

その目論見《もくろみ》通り、計画は進んだ。小笠原兼時が言うところの、御目見得以下の奥女中に狙いを絞ったのである。

奥女中は御目見得以上、御目見得以下に分かれていた。御目見得以上は親の死に目以外は滅多に大奥から出られないが、御目見得以下ともなると、年季奉公であるため、許可が下りれば帰宅が可能であった。

卯之吉は大奥付の役人に知り合いが多い小笠原と、御典医付きの医師に顔が利く宗吉を使い、金で転ぶ人間を探しだすと、奥女中達に桃源郷の噂を流し、一方ではお目見得以下である奥女中の宿下がりの日を調べさせた。

禁欲生活を送る奥女中だけに、そういった噂にはすぐに反応した。

自らも興味がある所へ、上役からは偵察を要請される。

宗吉に案内された水茶屋から、目隠しをされるという恐怖体験の後、役者とみまごうばかりの男衆に取り囲まれたという夢のような話は、たちまちのうちに、大奥に広まった。

桃源郷を訪れる奥女中は次第に増え、いつしか快楽と阿片に溺れた女達が、大奥に戻ることなく、座敷牢で暮らすこととなった。

だが、卯之吉は未だ富を得るまでには至っていない。

あと三年、桃源郷がこのままの状態を維持できれば、莫大な財産を手中に収めることができると、卯之吉は計算していた。売り物になる奥女中は次々と手に入る。あとは阿片の確保と、邪魔者の排除であった。

桃源郷の奥座敷で、卯之吉は万年堂襲撃の、成否の報せを待っていた。

苛立ちが顔に出ているのは、報せに来る相手が予定の刻限を過ぎても戻らぬせいだ。

「お頭」

襖の向こうから声がかかり、その後で音もなく襖が開けられた。卯之吉の前に、ひどく風体の上がらぬ男が進み出た。

猫目《ねこめ》と言い、哨鬼が連れてきた伊賀者の一人だ。だが、卯之吉が帰りを待ち侘びていたのはこの男ではなく伊佐治であった。

猫目は検分役に過ぎない。伊佐治が先に帰って来たなら、襲撃は上首尾に終わったということだが……。

覚悟はしていたが、改めて報告を受けると、卯之吉も失望の色を隠せなかった。

「やはりそうかい、伊佐治は死んだのかい」

「間違いない。お頭に言い付かった通り、わしは検分役に徹した。生憎哨鬼が殺される現場を見ていた為、伊佐治が斬られる所を見たわけではないが、伊佐治の遺体は確認した。吹き矢を握ったまま殺されていた男と一緒にな」

猫目の物言いには感情というものが欠如していたが、卯之吉がそれについて咎め立てることはなかった。猫目が見せた冷徹な監視、それこそが卯之吉の期待したものであったからだ。

卯之吉は気持ちを切り替えると、与兵衛について訊いた。

「長沼先生はどうした。あの先生がそうたやすく斬られるはずはねえだろう」

今までの報告を聞く限り、与兵衛の名は出ていない。すると、

「長沼というのはあの年寄りか。そう言えば襲撃前に伊佐治が怒っていたな、爺がいないと」

与兵衛の力量を知らない猫目は、さほど気にもとめていない様子で答えた。

「いない……」

卯之吉は呟くような声で訊き返した。驚きというよりは、悪い予感を感じているような口振りだ。ついには首をひねり、思案をし始めた。

与兵衛を雇った時の阿吽《あうん》の呼吸めいた応対が、卯之吉の中では信頼に足るものと信じきっていたからだ。だが、そんなことは知らない猫目は自分の義務を果たすべく、その場の状況を卯之吉に伝えた。

「お頭、今は爺の詮索をする時では無い。それよりも三位一体となって哨鬼を屠った山伏と、奴らを束ねる白装束の武士の正体を探る方が先だ。わしとて、あのような者達が現れるなど、お頭から聞かされておりませんでしたからな」

「何っ」

驚きのあまり卯之吉は言葉を失った。苦々しげな表情がその衝撃の強さを物語っていた。白装束の男が遠州屋市太郎だとは思っていたが、まさか万年堂の用心棒と繫がっていようとは思ってもみなかった。

今は猫目の存在も目に入らず、卯之吉は黙り込んでしまった。

頭に包帯を巻いた武士が木刀の先に縛り上げた岩を、左手一本で持ち上げた。息《いき》み声が中庭に響き渡った。

包帯の主は十三郎だ。乙松に手を出した憎い男を、今まさに仕止めんとしたところで礫を額に受けてしまい、引き上げざるを得なかった。そのため、十三郎は荒れていた。

「十三郎。また額の傷が開くから、その辺で止めておけ」

たび重なる呻き声に、煩わしさを感じた卯之吉が止めに入った。

「俺に構うな」

十三郎は頭に血が上っていた。卯之吉の制止を撥ね退けただけでなく、卯之吉を無視するかのように再び木刀を握ると左腕に力を込めた。

どうせまた女絡みだとわかってはいたが、卯之吉もこれ以上強くは言えなかった。腕力では到底及ばぬ相手だ。

卯之吉が見詰める中、岩が少しずつ動き始め、やがてゆっくりと地面を離れた。信じ難い力だ。しかも十三郎は木刀の端、つまり柄に当たる部分の一番下を握っている。初めてみた者は膂力《りょりょく》の強さに呆れるが、卯之吉は左手一本で木刀を握るこの稽古の中に、十三郎の秘儀が隠されていることを知っていた。

一汗掻いた十三郎が縁側に座ると、卯之吉はその隣に腰掛け、おもむろに言った。

「十三郎、構うなと言われた以上、くどく言うつもりはねえが、おめえがその稽古をする時は、相手がかなりの手練《てだれ》ということだろう」

「それがどうした」

「おめえにはやってもらいてえ仕事がある。それをする前に、怪我でもされては困るんでな」

「ふん、俺の腕が信じられぬということか」

「そうじゃねえ。俺が言いてえのは、俺の頼みを蹴ってまで、そいつと遣りあわなきゃならねえのかってことだ」

「ううむ、何とも言えんな」

「なら、それでいい。俺にとっちゃあ、おめえは何物にも代えがたい相棒だったんだが……」

「おい、よせ。卯之吉、何を言う気だ」

十三郎は慌てた。普段は対等に言い合っていても、いざとなれば、卯之吉頼みであることを露呈してしまった。

「だったら、俺の頼みを先に聞いてくれ。そいつを相手にするのはその後だ」

卯之吉は冷ややかに言った。

十六

鈍色《にびいろ》の川面を叩く鯔《ぼら》の跳ね音だけが辺りに木霊《こだま》した。

寝静まった山谷堀の夜空に、十六夜の月は止まったままだ。

その中を一艘の障子船が戻ってきた。

桟橋から離れた場所に船を舫《もや》ると、繋いであった小舟に乗り移った男女が陸地に降り立った。

男は小舟の舳先につけてある綱で舟を誘導すると、川底に沈めてあった綱を銛の先で引っ掛け、それに結んだ。

再び綱が川の中へと投げ入れられると、小舟はいつもの停泊場所にゆっくりと戻って行った。

綱を投げ込む音につられたか、また鯔の跳ね音がした。

男女は辺りを警戒しながら、今は廃屋と化した船宿へ近づいて行った。

生暖かい風が鼻面を掠めて通り過ぎる。男はその風に血の臭いが含まれている事に気づき、足を止めた。

「鮫蔵、どうしたんだい」

「血の臭いです。それに、いつもなら出迎えるはずの揚羽が姿を見せねえです」

鮫蔵がそう答えた時、廃屋の雨戸が音を立てて蹴り破られ、中から一斉に刀を抜いた浪人達が飛び出してきた。さらにその間を割るようにして、覆面をした首領格の男が進み出た。

「何処へ行っていたのかは知らぬが、随分と待たせてくれたものだ。おまけに客のもてなし方も知らぬ女を置いて行くとは礼儀知らずも甚だしい。女には礼儀を教えておいたが、果たして身に付いたかどうかな」

首領格と思える男が目を向けた先には、浪人達に引きずられ血塗れになった揚羽の姿があった。

「お前達、揚羽によくもこんな真似を」

怒りに身体を震わせながら、楓が叫んだ。

それをあざ笑うかのように首領格の武士が顔を覆った頭巾をずらし、正体を見せた。頭には包帯が巻かれていたが、鮫蔵にはわかった。

「てめえは十三郎」

思わず叫んだ鮫蔵につられ、楓も見知らぬ顔の男を睨みつけた。継母にいじめ抜かれ、屋敷の奥に軟禁されていた楓は仇の顔を知らなかった。

そんな楓を救いだしたのが、やはり幼少時、漁師の子供たちにいじめられて育った鮫蔵であった。遠州屋蛍助が殺されたと知った鮫蔵は、がなりたてる遠州屋の女房を尻目に、楓を遠州屋から連れ出していた。

楓の顔を、十三郎は品定めするような目で見た。

「ふん、俺の好みではないが、まあまあ人並みには育ったようだな」

如何《いか》にも興味がないといった風の十三郎が後ろを振り返った。それを合図と見た浪人達が、一斉に駆け寄り、鮫蔵と楓の周りを取り巻いた。

「楓様、俺の背中から離れねえでくだせえ」

絶体絶命の窮地だというのに、鮫蔵は楓に向かって呼びかけると、重さ十貫はあろうかという鯨捕り用の銛を高々と振りかざした。

鮫蔵は長く逞しい腕を目一杯伸ばし、銛を旋回させ始めた。

銛は次第に速度を増し、もはやその動きを肉眼で捕えることは出来なくなった。不気味な唸り音だけが漠然と鮫蔵との間合いを伝える。

鮫蔵が一気に二間の距離を詰めた。刹那、竜巻と化した銛が浪人達の刀を次々と跳ね上げた。血と肉片が舞い上がった。

鮫蔵の桁《けた》はずれの膂力に浪人達は成す術もない。旋回する銛に抗《あらが》おうとする気力もなく、只、只、後退を余儀なくされた。

鮫蔵が身体の向きを変えた。それは背中に庇った楓を小舟に逃がすため、鮫蔵が退路を広げようと十三郎から眼を離した瞬間でもあった。

十三郎が鮫蔵に向かって数本の荒縄を放り投げた。

縄は鮫蔵の銛に絡まり、余った縄の先端が背後にいる楓の顔面を叩いた。

「あっ」

倒れ込む楓の姿に気づいた鮫蔵が声を上げた。銛は旋回を止めた。

十三郎がゆっくりと歩を進め、勝ち誇ったように言った。

「鮫蔵、おとなしく漁師をしていればよいものを。田舎者がのこのこと江戸までやってくるから命を落とす羽目になるのだ」

十三郎は、悠然と長刀を引き抜いた。

鮫蔵の銛が、もはや突きだされる以外にはないと確信していた。

じりじりと距離を詰め、鮫蔵の突きを誘う。

鮫蔵が一歩退いた。併せるように十三郎が一歩前へ出る。

また一歩、鮫蔵が後退した。

鮫蔵の背中が、楓に当たった。

一瞬、振り返った鮫蔵が楓に向かって弱々しく笑いかけた。

「楓様、俺が必ずお守りしますから」

視線を戻した鮫蔵が十三郎に向かって銛を投げつけた。銛は十三郎の残像だけを貫いた。長刀が月明りに煌《きら》めいた。

虎落笛《もがりぶえ》が夜空に響き渡り、鮫蔵の身体がどうっと地に墜ちた。


「これが遠州屋の娘かい」

当て落とされた上、後ろ手に縛られたまま畳の上に放り出された楓を見ながら、卯之吉が訊いた。

「そうだ。お前が言うから生かしたまま連れてきた」

すでに刀の手入れをし始めた十三郎が、楓の方を見もせずに答えた。

「よくやってくれたぜ。これなら、あの小うるさい御典医も気にいるはずだ」

「あの助平医者か。あんな奴では養生所の医者と変わらんだろう。威張り腐るばかりで、役に立つとは思えんぞ」

「おめえの言う通りさ。だが、何もあいつを使おうってわけじゃねえ。御典医ともなれば、多くの医者を従えているんだ。その中にゃあ、一人ぐらい頭が切れて、金に転ぶ奴がいる」

「なるほどな。そこまで考えていたか。だがな、捕えられたお釈迦一家の中に、この屋敷のことを知っている奴がいるかもしれぬ、ということは考えたのか」

「その心配はいらねえ。奴らが知っているのは矢場の二階までよ。その点は伊佐治にも良く言って聞かせておいたからな」

そう言うと、卯之吉は再び気を失っている楓の横顔に見入った。

十三郎は刀をかざし、しきりと刃先を気にしている。鮫蔵を斬ったことで、刀にはかなりの歯こぼれが生じていた。

「研ぎに出しても直らんかもしれんな。ところで卯之吉、次は誰を斬らせるつもりだ。与力か、市太郎か、それとも万年堂の用心棒か」

刀を左手に持ち替え、柄というよりは柄頭に小指がかかるほど、柄下を握りしめた十三郎が訊くと、

「与力だ。他の奴らはともかく、あいつだけは仕事の邪魔になる。だがな、十三郎、猫目の調べでわかったんだが、万年堂の用心棒と与力は実の兄弟だ。一方だけ殺しでもすると、もう一方がいきり立つ」

猫目に万年堂と控次郎を見張らせていた卯之吉は、すでに万年堂には沙世がいないこと、そして、本多控次郎という田宮道場の師範代が、その与力の屋敷に出入りしていることも調べ上げていた。

「わかった。つまり、二人一緒に片づけろって言うことだな。それでいつ殺《や》ればいい」

「それも考えてあるぜ。万年堂の小娘を引っさらってきたその後だ」

「意味がわからんな。あんな小娘をさらってきたところで、与力が出張ってくるとは思えん」

「それが出てくるのさ。ありゃあ、用心棒の娘だ。つまり与力の姪ってことさ。しかも、今は与力の屋敷に匿われていやがる。自分の屋敷から連れ出されたとあっちゃあ、与力も知らん顔はできめえ」

「ふん、よく調べたものだ。さすがは伊賀者だ」

そう言うと、十三郎は武器蔵へ向かい、代わりの刀を探しに行った。

## 十七

七五三之介が養生所から戻ると、珍しく佐奈絵が一人で出迎えに出た。いつもに比べると気持ち表情が硬い。それでもすぐに理由がわかった。

「先ほどより吟味方与力の森保様がお見えになっております」

とのことだ。七五三之介が佐奈絵に案内されるまま、玄七の部屋へと向かうと、いきなり部屋の中から笑い声が聞こえてきた。

「只今戻りました」

玄七に向かって、丁寧にお辞儀をした七五三之介が、改めて森保の方へ向き直ると、森保は七五三之介の挨拶《あいさつ》を待たず、持ち前の人好きのする笑顔を振り撒きながら言った。

「七五三之介殿、お疲れでござった。まだ夕餉を摂られていないとは思いつつ、無遠慮にも押し掛けてまいりました。ご容赦いただきたい」

森保は年長者らしからぬ謙《へりくだ》った物言いをした。

七五三之介は戸惑うばかりだ。すかさず玄七が助け舟を出した。

「森保、この七五三之介という倅《せがれ》は真面目だけが取り柄でな。年長のお主にそのような言い方をされては却って恐縮する。それにここは奉行所ではない。固く考えず、さあ一献行こう。佐奈絵、七五三之介の盃も持ってまいれ」

玄七は、森保の方から訪ねて来てくれたことが嬉しいらしく、すこぶる機嫌が良かった。

佐奈絵が持ってきた盃を七五三之介が受け取ると、玄七は自ら酒を注いだ。

「七五三之介、森保が阿片事件を任されたことは知っておろう。これは南町奉行所のみならず、北町奉行所を挙げての事件だが、なんとしても南で解決せねばならぬ。北に月替わりとなるのは、あと十日。御奉行も気を揉んでおられる。今日森保が屋敷へ参ったのは他でもない。阿片事件を解決する上で、お前の協力を願ってのことだ」

と、玄七が言ったところで、森保は七五三之介の方へ向き直った。

「先日定廻り同心の高木が、薬種問屋を襲った一味を捕えたのは七五三之介殿も知っていよう。それが今朝方一味の一人が口を割ったのだ。それにより、次々と白状するに至ったのだが、連中のいう桃源郷なる場所はわからず仕舞い、つまり彼らは両国にある矢場の二階に客を案内するだけで、その先は伊佐治なる者しか知らなかったというのだ。だが、肝心の伊佐治は死んでしまった。そこで七五三之介殿が、他にも何らかの手掛かりを掴んでいるのではないかと伺った次第。何分にも、伊佐治は養生所の看病中間であったのでな」

森保は玄七に言われたとおり、年長者らしい物言いに変えていた。

七五三之介は一礼すると、伊佐治が死んでから今日までの間、患者達から聞きだした証言を森保に伝えた。

伊佐治の死を知った看病中間達が動揺している機を逃さず、彼らを病棟の外に追いやり、患者達から話を聞きだしていた。

その結果、患者達に対する看病中間達の暴力や、伊佐治が時々小石川御薬園の毒草栽培人と会っていたことも判明した。

七五三之介は年配与力への敬意を心掛けながら言った。

「私のような若輩者では御薬園に足を踏み入れることはできません。ですが、もし御薬園を調べることが可能ならば、芥子の存在を確認した後、毒草栽培人を捕えることができます。さらに、毒草栽培人は阿片を作り出す人間と通じているはずですから、そちらも捕えることが可能ではないかと」

小石川御薬園は幕府直轄の薬園であり、小普請組岡田理左衛門《おかだりざえもん》が管理していた。それゆえ七五三之介のようなひよっこ与力では、正規の手順を踏んだところで、相手にされない場合があるのだ。

「なるほど。だが、どれが芥子なのか、われわれにはわからぬが」

「湯島横町に堀江順庵という医師がおります。その方は長崎で修業中、異国の阿片芥子を見たことがあると申されておりました」

森保は、「ならば」と思わず腰を浮かせかけた。

これで面目が保てる、と先走ってしまったのだが、隣には玄七がいる。

森保は今一度座り直し、ちらっと玄七に目をやった。玄七はすまし顔で、万事心得ておるとばかりに頷いてみせた。

「七五三之介殿、かたじけない。それでは、早速その堀江順庵という医師を連れて、毒草栽培人を捕らえてまいる」

そう言い残し、森保は七五三之介の屋敷を後にした。

それから日を経ずして、小石川御薬園の毒草栽培人、ついで小石川養生所医師中山良石《なかやまりようせき》が召捕られた。

これにより、奉行から別動隊の長として阿片事件の探索を任された森保はひとまず面目を施す形となったが、老中から仰せつかった大奥や旗本の間ではびこる阿片の密売組織については、未だ手掛かりさえも摑めていなかった。

森保もその点については重々承知しているようで、あの日以来、何かと七五三之介を頼るようになった。

「同心どもは全く役に立たんのだ。かといってこのまま捨て置くわけにもいかぬ。大奥の御女中や旗本が出入りするとなれば、かなり大掛りな場所、例えば旗本屋敷のような所だとは思うが、七五三之介殿、何か気になる場所でもござらぬかな」

と、森保に訊かれた七五三之介は、以前伊佐治が吾妻橋を北の方角に向かって歩いて行った、という政五郎の話を思い出した。

政五郎はその辺りに卯之吉の隠れ家があるのではないかと疑っていた。

確かにその通りだとは思う。

だが、大川沿いを北上したからといって、場所を特定できぬまま役人をうろつかせては、卯之吉一味を警戒させることにもなりかねない。それゆえ、七五三之介は黙っていたのだが、

「せっかく、阿片の供給を絶ったというのに、歯がゆいことだ」

森保の愚痴めいた言葉を聞いた瞬間、はたと閃《ひらめ》いた。

――供給を絶つ、そうか。ならば客の出入りを断ってやれば、卯之吉は干上がる

客足が途絶えれば、従来の阿片は使い物にならない。楓が言うように、阿片は丸め掛かりという人間が必要だからだ。となると、新薬である粉阿片に頼らざるを得ないが、七五三之介の見る所、あの粉薬は使い物にはならない。

きっと追い詰められた卯之吉は、新薬を作ろうと、動き出すだろう。

七五三之介はそれを森保に告げた。

「これまでは、敵の隠れ家が広範囲に亘《わた》り過ぎていて、口に出すこと事態躊躇われる状態でしたが、今の森保様のお言葉を伺っているうちに、阿片の黒幕をあぶりだす策が見えてきたような気がしてまいりました。ですが、その前に今一度自分の足で調べ、敵が隠れている範囲を絞り込む必要があるかと」

「さようか、ならば任せる。今や七五三之介殿とわしは一蓮托生。お主がすることに口を差し挟むつもりなど毛頭ない。後詰はわしがする」

森保は力強く言い切った。その上で念を押すことも忘れなかった。

「万が一調べる過程でその場所が特定できたならば、その時は何をおいても連絡

をいただきたい。一味を一網打尽にするためには、万全の布陣で臨まねばならぬからのう。そうだ、使いの者が誰であろうとすぐにわかるような符牒を決めておこう。七五三之介殿の一字をとって、『七』というのはどうかな」

手柄を一人占めさせぬ心憎いまでの手配りであった。

十八

白昼、屋敷にいるはずの百合絵と沙世がかどわかされた。

知らせを受けた七五三之介は、直ちに同心支配の堀池に事情を話した。堀池はすぐに屋敷に戻るように勧めてくれたばかりか、暫くは定橋掛兼任という形をとってくれた。これにより江戸の橋を見回るという名目で、百合絵達の足取りを追うことができる。

屋敷に戻った七五三之介は、佐奈絵から事情を聞いた。

佐奈絵の話では、田宮道場の使いだという男が息急《せ》き切って片岡家の門を潜ったのは、まだ昼を少し回った頃であったという。

控次郎が稽古中、頭部に裂傷を負い、こちらに本多控次郎様の弟様がいらっしゃると聞いて伺ったとかで、佐奈絵と一緒に応対に出た百合絵は、佐奈絵が止めるのも聞かず、沙世を連れて道場へと向かったそうだ。

沙世と百合絵の安否は気遣われたが、七五三之介は控次郎のことも気になった。かどわかしの目的が沙世であったなら、次に狙われるのは控次郎に間違いないからだ。沙世を人質にされたならば、控次郎に勝ち目は無い。

「佐奈絵、兄上にお怪我は無かったのだな」

佐奈絵のことだ。そんなことは言われなくてもやっているだろうとは思いつつ訊いてみた。

「はい、道場の方ではそのような事実は全くないと申されました。それで、義兄上様は家にお帰りになられたと伺いましたので、茂助をやってお伝えしておきました」

案の定、佐奈絵に手抜かりは無かった。しかも控次郎だけでなく、政五郎にも知らせを出していた。佐奈絵が急に背伸びをし、七五三之介の肩越しに門の方を見だしたので、つられて振り返ると、そこに政五郎の姿があった。

七五三之介と眼が合うと、政五郎は小走りに駆け寄ってきた。暫く顔を見せなかったのは、お釈迦一家があった入谷から吾妻橋にかかる一帯を探っていたからだと政五郎は言った。

「道々茂助さんから仔細は伺いやした。御舎弟様、やはりかどわかした犯人は卯之吉一味なんでござんしょうかねえ」

「その可能性が高いと思います。卯之吉は阿片の栽培場所を押さえられただけでなく、子分達をも失っています。卯之吉が兄上を恨みに思っていることは間違いありません。親分さん、私が案じているのは、もし沙世を人質に取られたなら、兄上は戦うことなく、自分を犠牲にするということなのです」

政五郎もそう感じていたらしい。

「御舎弟様、まだ陽が落ちるまでには大分あります。お指図をお願いいたしやす」

一刻の猶予もならぬとばかりに、七五三之介を急かせた。

「わかりました。私は以前親分さんが伊佐治を見かけたという吾妻橋以北、それも大川の東側を調べるつもりでいます」

入谷から吾妻橋にかかる一帯は、すでに政五郎が調べ済みだ。

佐奈絵に言って、無紋の羽織、野袴、菅笠を用意させ、与力と気づかれぬ身形に着替えると、七五三之介は政五郎を従え、一気に吾妻橋まで駆け抜けた。

そして吾妻橋から北へ向かって北十間川に差し掛かったところで、七五三之介と政五郎は二手に分かれた。

大川に沿って北上すれば、水戸屋敷の先は、ほとんどが村ばかりだ。森保ではないが、奥女中や旗本が出入りするような場所があるとは思えなかったが、七五三之介は念のため、政五郎には大川沿いを当たってもらうことにした。


大横川を渡り、横十間川に沿って右へ曲がった所に寺があった。

そのまま通り過ぎようとした七五三之介を、懐かしい声が引き留めた。

「七五三《しめ》、こっちだ」

路地を入った山門の陰で控次郎が手招きをしていた。

「兄上、どうしてこんな場所に」

七五三之介が尋ねると、控次郎は懐から手紙のようなものを取り出した。

「与兵衛だ。昨夜のうちに置いて行きやがった。障子に挟んであったから、家を出る時にゃあ気がつかなかったが、戻った時には気づいた。おめえに阿片の巣窟が両国橋にある矢場の二階であることを知らせてやれってな。あの爺、おめえの為に、悪党の仲間に加わっていたみてえだ。沙世と百合絵さんがかどわかされたことを知ったのはその後だ。俺は与兵衛が言う矢場の二階を見てきたんだが、とてもじゃねえが人を囲っておけるような場所じゃあなかった。それで人通りの少ない場所を選んでここへきたら蛍丸がいやがった。それから暫くして、おめえが来たってわけさ」

七五三之介には蛍丸という人間に心当たりがない。そこで聞いてみた。

「そうだったな。蛍丸って言うのは風花堂の行者だ。そいつが言うには、三日前の晩、蛍丸の妹がさらわれて、蛍丸と配下の山伏が行方を追っていたらしい。蛍丸には妙な霊感じみたものがあってな、次に狙われるのは沙世じゃねえかと見張らせていたらしい。だが、あいつは詫びていた。妹の行方を知る為とはいえ、沙世と百合絵さんをみすみす奴らの手に渡してしまったことをな」

「兄上は今、その蛍丸という方が風花堂の行者で、さらわれたのが蛍丸の妹だと言われましたね」

「そうだが、何か気になることでもあるのかい」

「はい。その妹というのは、多分楓という娘です。そして、かどわかした男はおそらく卯之吉と言い、楓が仇と狙う男です。楓の父親を殺害し、芥子の花を抜け荷したばかりか、役人と組んで船まで売り払ってしまったそうですから」

「なるほど、そういうことだったのかい。七五三《しめ》、やっと事件の全容が見えてきたぜ。俺も卯之吉のことは蛍丸から聞いていたが、予想以上に頭の切れる奴だ。舟を売って得た金だけでは飽き足らず、阿片を吸わせるためにあんな屋敷まで造っていやがった。こんな大がかりの金儲けを考える奴が、患者や窮民を相手に阿片を売るはずはねえ。やはりあの粉薬は、新薬の阿片と見た方がよさそうだぜ。それとな、沙世はともかく、百合絵さんや楓さんをさらったのは、あの屋敷で客に夜伽《よとぎ》をさせる為だ」

控次郎の言葉を聞くと、七五三之介は表情を曇らせた。

一刻でも早く百合絵や楓を助け出さなければ、二人がどんな目に遭うかわからないと案じた為だ。だが、控次郎は心配無いといった。

「卯之吉っていうのは、用心深く周到な奴らしい。百合絵さんや楓さんを使って商売をするにしても、今すぐにじゃねえ。高く売れる時期を狙うはずさ」

「わかりました。兄上が未だにここにおられるということは、それを見越していたからなのですね」

「それもあるが、明るいうちは近づけねえんだ。何しろ、田んぼの中の一軒家で敵に発見されやすい。人質を盾《たて》に取られちゃあ、手も足も出ねえからな。そこで、今蛍丸がどこか忍びこめる場所がねえか探っているところさ。蛍丸の話では、屋敷の周囲は異様に高い塀で囲われていて、塀は上に行くほど薄く削ってあるらしい。人が乗り越えようとすりゃあ、たちどころに割れてしまうそうだ」

「では、私もその屋敷を見ておきたいと思います」

「それがなあ、生憎《あいにく》、百姓の所から借りてきた野良着は一人分だ。もうじき蛍丸が戻ってくるから、それまで待つしかねえんだ」

どうやら控次郎は、七五三之介が考えるような手はすでに打っているようで、その言葉通り、程なくして蛍丸が戻ってきた。

蛍丸は控次郎の隣に七五三之介がいても、さほど驚きをみせなかった。山伏達に命じ、彼方此方からの情報を集めていただけに、蛍丸は七五三之介のことも知っていた。

「屋敷への侵入は難しいようです。東側の門を突破しようが、塀を打ち破ろうが、人質を助け出す前に、敵に気づかれてしまいます。そこで、どちらを選ぶかとなれば、やはり塀だと思い、塀から七間（約十二・六メートル）ほど離れたところにある大きな榧《かや》の木に登ってみました。榧の木は葉が密集しているので、見つからないと思ってのことでしたが、嫌な物が眼に入りました。塀を乗り越えられないよう、無数の切り立った竹が逆さに植えられていたのです」

蛍丸は強行突破の難しさを告げた。その蛍丸に向かって七五三之介は訊いた。

「榧の木の高さはどれくらいでしょう」

それは蛍丸が首を傾げるほど、意味不明な言葉であった。

## 十九

夜は色とりどりの雪洞《ぼんぼり》や燭台で照らし出される座敷牢だが、女達の声が外に漏れぬよう窓が設けられていないため、灯りの灯らぬ昼間は一面闇の世界と化していた。それでも互いの顔が確認できるのは、明け放たれた階段の戸からわずかに陽が射すせいであった。

閉じ込められた座敷牢の中で、百合絵は自分の胸に沙世の顔を埋めさせた格好で抱きしめていた。

煙草のような嫌な臭いが漂っていた。それゆえ、百合絵は袖で沙世の鼻を塞ぎながら、沙世に害が及ばないことだけを心掛けていたのだ。

その沙世が顔を上げて言った。

「百合絵様、此処はどこなのですか。父様のお怪我は大丈夫なのでしょうか」

「お父上様のことなら心配はいらないと思いますが、どうやら私は悪い人達に騙されてしまったみたい。与力の娘だというのにね。でも、何としても沙世ちゃんのことは私が守りますから、怖がらないでね」

百合絵が言うと、沙世は大きな目で見詰め返し、こくんと頷いた。人を疑ったことなど、一度としてないようだ。

再び百合絵が抱きしめると、沙世はその温かい胸の中で、じっとしたまま動かなくなった。

そのいじらしさから、百合絵はつい余計なことを言ってしまった。

「きっと、お父上様が助けに来てくれます。お父上様は沙世ちゃんの為ならどんなことをしても助け出さずにはいられないのよ。それまでは私が沙世ちゃんを守ります。そして、ここを出られたらきっとお父上様と一緒に暮らせるようにしてあげますからね」

百合絵にしてみれば少しでも沙世を元気づけたかっただけのことだ。これまで自分の意を押し通して生きてきた百合絵には、好きな人間と一緒にいたいくらいの願いは叶えられて然るべき、という思いがあった。

だが、いきなり沙世の顔が寂し気になったことに気づくと、百合絵は慌てた。

「沙世ちゃんはお父上様と一緒に暮らしたくないの」

返答は無かった。

沙世は黙りこみ、俯《うつむ》いてしまった。

下を向いた沙世の表情は、百合絵には見ることができない。だが、悲しみの強さが痛いほど伝わってきた。

百合絵は困惑した表情で、とりあえず沙世を抱きしめると、自分が言った言葉を振り返ってみた。思い当たる節は無かった。百合絵が自分の言動を後悔するに至ったのは、手に冷たい滴のようなものを感じた時だ。

はっとなって沙世の顔を覗き込んだ百合絵が悲しみに顔を歪め、懸命に泣き声を立てまいとしている沙世に気づいた。

百合絵は言葉を失い、抱きしめた腕に力を込めた。

愛しさが心の奥から込み上げてきた。

「ごめんね」

百合絵は詫びた。詫びながら、まるで母親のように頬ずりを繰り返した。

沙世は泣くのをやめようと幾度となくしゃくりあげ、必死で息を整えた。喉の奥から突き上げてくる苦しみに耐え、沙世はようやく理由を告げた。

「父様は御旗本で、沙世は町人の子なのです。ですから、沙世は父様と暮らしてはいけないのです」

「誰がそんなことを言ったの」

百合絵は聞き返した。

「お祖父様です。父様は私がいなければ御旗本に戻れるのだと、お祖父様は言われました。ですから、沙世は父様とは一緒に暮らせないのです」

「そんなことはありません。控次郎様は旗本に戻れるくらいで沙世ちゃんのことを見捨てたりはしません。私が約束するから。ここを抜け出すことができたら、必ず沙世ちゃんが控次郎様と暮らせるようにしてあげます」

「…………」

「沙世ちゃん、私の言うことを信じて。沙世ちゃんが控次郎様と一緒に暮らしたいように、控次郎様も沙世ちゃんと暮らしたいのよ」

知らず知らず百合絵はそれが自分に課せられた使命だと思うようになっていた。それまではお父上様と距離を置く言い方をしていたものが、控次郎様という呼びかけになったことにも百合絵は気づいていなかった。

陽はすでに山並へと隠れ始めていた。

その中を稲穂の陰に身を潜め、控次郎は抱え屋敷の北側へと進んで行った。

その後を蛍丸と二人の山伏、少し遅れて、七五三之介と政五郎が残して行った目印を頼りに駆けつけた辰蔵が付いて行く。

七五三之介の肩には、何重にも巻かれた縄の束が載せられ、その一本が辰蔵が身体中に巻きつけた縄へと繋がっていた。政五郎はすでに森保のところへ知らせに走っていた。この時刻では、森保は奉行所を辞している。したがって政五郎が行くしかなかったのだ。

七五三之介は敵に悟られず、進入する手立てがあると言った。

「屋敷の近くに大きな榧の木があります。高さはおよそ六丈（約十八メートル）、そこから屋敷の上を縄で通します」

意味はわからなかったが七五三之介の言うことなら間違いないだろうと、と手分けして近くの農家から縄を借り集めてきたのだ。

「四十七間（約八十五メートル）の長さになるまで、縄を結んでください」

七五三之介は言うと、訳が知りたい辰蔵が訊いた。

「あのお、御舎弟様、どうして四十七間とわかるんでしょう」

他の者も、一斉に七五三之介の方を見た。やはり気になっていたようだ。

「私は先ほど百姓の身形になって、木の高さと、屋敷の長さを測ってまいりました。あとは三平方と開平法で算出しました。開平計算は算盤がないので、半九九を用いました」

「えっ」

何を言っているのか、誰にもわからない。

開平法とは、平方根の数値を求める計算方法のことをいう。

今は使う人も少なくなったが、この時代の数学者には必須の算法だ。

被除数を下から二桁ずつに区切り、一番上の区分にある数の平方根を求める。

これを初根とし、被除数の上部から初根の平方を引き去る。次に初根を二倍したもので残りの被除数を割って行く。根の倍の数で割って行くことから、倍根法といわれるが、これだと頭の中に描かれた算盤に、二倍した数も置かなくてはならないので、記憶する桁数が増える。だが、半九九を使うと、見つけ出した根で次々と割って行くため、桁数は増えない。初めに被除数を五掛け（半分）にして置くというひと手間はあるが、暗算には適していた。

——算盤ってのは、こんなこともできるのかい
控次郎は感心しながら当時を振り返った。

確か七五三之介が七歳の時だ。

長兄の嗣正が数学塾で習った算盤をぱちぱちと弾くのを見て、それを羨ましそうに見ていた七五三之介に、与兵衛が自分の算盤を持ってきて教えてくれた。

控次郎はそれを転がして遊んだだけだったが、七五三之介は興味を持ち、その後も与兵衛から手ほどきを受けていた。

七五三之介の上達ぶりに驚いた控次郎であったが、もう一人の男の凄さも認めないわけにはいかなくなった。

——あの爺、何でも知っていやがる

二十

七五三之介が糸の付いた小石を力任せに放り投げた。糸は山伏が背負う笈《おい》の中にあったものだ。

石は敷地を遥かに越え、屋敷の向こう側へと落ちていった。

それを辰蔵が拾い上げ、向こう側から素早く手繰り始めた。

七五三之介の手からするすると糸が出て行き、荒縄との結び目が手元を擦り抜けたところで、縄は一気に木の上へと角度を変えた。繋ぎ合わせた縄にはいくつもの結び目がある。その結び目が塀にかからないよう、縄の送り手が樹上にいる控次郎に代わったためであった。荒縄は徐々に屋敷の上空を通過し、終《つい》には榧の木のてっぺんから屋敷の向こう側へと、一直線に張られた。

控次郎が榧の幹に三重ほど廻した荒縄を縛りつけた。

「控次郎殿、先陣を承《うけたまわ》る」

そう言い放った山伏姿の蛍丸は、仰向けにぶら下がった体勢のまま交互に足をかけ、瞬く間に縄を下って行った。

控次郎が慌ててその後を追ったが、着物の裾が邪魔になるばかりでなかなか先へは進めない。そうこうしている間に、中庭の中央に達した蛍丸は軽やかに空中から庭へと飛び降りた。

屋敷の向こう側では、三人の山伏が懸命に縄を支えていた。もう少しで控次郎が屋敷の上空を通過するという時に、西側からその状況を見守っていた辰蔵が手を挙げた。

ところが、そのまま少しだけ弛《ゆる》ませれば、控次郎は高い位置から飛び降りることなく中庭に降り立つことができたのだが、三人が同時に弛めた為、加速のついた縄は制御が利かず、縄は塀を跨いだ。そこに控次郎の重さがかかった。

何分にも、田んぼばかりの静かな場所だ。派手な音が屋敷中に響き渡った。

「すわっ、何事ぞ」

母屋からも離れからも、浪人達が一斉に飛び出してきた。

その数、二十余。よくもこれだけ、と思うほどの浪人達が控次郎と蛍丸を取り囲んだ。

あまりの多さに、控次郎が呆れたように言う。

「蛍丸、ちいっとばかり忙しくなったぜ。半分ずつ請け負っても一人十人はくだらねえ。おい、そこの浪人、勝手に動くんじゃねえよ。数を間違えるじゃねえか」

敵の人数を数えそこなった控次郎のぼやき声に、背後にいた蛍丸は、くすりと笑った。

浪人達の表情に警戒の色が浮かんだ。

これだけの危機的状況下に置かれながら、一人はふざけたことを言い、もう一人の方は笑っている。

浪人達は戸惑った。

まともな人間ならば、逃げ場を求めてうろたえるはずだ。ところが山伏姿の男は、まるで取り囲まれるのを期待するかのように、庭の中央へと歩み出ると、悠然と周囲を見回した。

「控次郎殿、この者達は私に任せて、貴方は人質を助け出してください。私の勘では、多分あの武器蔵です」

自分を取り巻く浪人達など全く気にする風もなく、蛍丸は言い放った。

高く張り巡らされた塀が影を落とす中、庭の中央に立ち尽くす蛍丸だけが月明りに映し出されていた。

その光景に、控次郎も思わず目を奪われた。

月光を浴び、浪人達を睥睨《へいげい》する蛍丸の姿は凛々《りり》しくもあり、頼もしい限りだ。

とはいえ、如何せん敵が多すぎた。控次郎は人質を救出に行くべきか迷った末、蛍丸に訊いた。

「おめえの勘なら確かだろうが、一人で大丈夫かい。二十人はいるぜ」

「手頃な数です」

外連味《けれんみ》を感じさせぬ蛍丸の声が返ってきた。

浪人達の面に、一様に怒気が生じた。

いずれも全身に殺気を漲《みなぎ》らせ、蛍丸の周囲を埋め尽くすように取り囲んだ。

狼の群れが獲物を狩るように、じわじわと包み込んだ輪を縮めて行った。

中心までの距離が、二間（約三・六メートル）となった時、懐に手をやった蛍丸が二挺の鎌を取り出した。

鎌は誰一人見たことのない形状をしていた。柄の部分まで鉄製で出来た二挺の鎌は、反対側にも鋭い突起があり、鎖ではなく、黒い紐状のもので持ち手の部分が繋がれていた。その鎌を両手に握り締め、蛍丸が月明りにかざすと、光を受けた紐状の部分がつやつやと輝いた。紐は女人の髪を編んで作られたことを知らしめていた。尊師の秘伝書を基に、蛍丸が作り上げた二挺鎌であった。

鎌が旋回を始めた。蛍丸は紐状の部分を持ち、右の鎌は自分を中心に弧を描くように、そして左手で握る紐との間に若干の弛みを持たせると、左の鎌を小さく縦に回転させた。

二挺の鎌は蛍丸の指先一つで、その軌跡を変えた。

唸りを上げ、その都度間合いを変えて襲い掛かってくる鎌を、浪人達が見切るように間合いを詰めた時だ。

突然、弧の中央で蛍丸が踊るように体をくねらせた。次の瞬間、右の鎌が浪人者の身体に絡みつくように放たれた。躱す間も与えず、勢いよく蛍丸の手元に引き寄せられた鎌は、血しぶきとともに、浪人者の身体を背後から切り裂いた。

一旦手元に引き寄せられた鎌は、蛍丸の指先で小さく一回転すると、次の瞬間には大きな弧を描いて襲いかかった。さらには、右の鎌に気を取られた敵めがけ、左の鎌が牙をむいて襲いかかった。

「ぐわっ」

浪人達は肉を削がれ、血に塗《まみ》れた。想像を絶する二挺鎌の威力に腰砕けとなり後退を余儀なくされた。

「俺は信用していたぜ」

嘘か真か、呟いた控次郎が長刀を引き抜いた。浪人達を蛍丸一人に任せると、武器蔵へと走った。前を塞《ふさ》ぐ浪人者など意に介さず、打ち込んできた浪人者の肩口を刀の峰で叩いた。

「ぐしゃっ」という鎖骨の折れた感触が刀を通して伝わってきた。

控次郎は鍵のかかっていない武器蔵の戸を開けると、地下へと続く階段を駆け下りた。階段の下には、見張りのような男が樽に腰掛けていたが、控次郎は身構える暇《ひま》も与えず、男の胴を峰打ちにした。

敵を殺さぬためではなかった。刀に血糊が付くことを嫌っただけのことだ。まだ敵は大勢いる。それらの敵と戦う前に、刀を血脂で汚すことはできなかった。

「父様」

沙世の呼びかけを聞いた控次郎は倒れている男から鍵を奪い取ると、沙世と百合絵のいる座敷牢の扉を開け、その後で別の座敷牢に閉じ込められていた楓を助け出した。

「挨拶は抜きだ。蛍丸が助けに来ているぜ」

控次郎は沙世を抱いた百合絵と楓を背に、地下蔵の階段を駆け上がった。

そして百合絵に外へ出ないよう指示を送ると、控次郎は武器蔵を背にして、浪人達の前に立ちはだかった。

庭の中央では、蛍丸が踊るように身体をくねらせながら二挺の鎌を操り、浪人達を追い詰めていた。

二挺の鎌が最大一間半（約二・七メートル）の間合いを瞬く間に詰め、次々と浪人達を葬り去っていた。

その鎌が、突然動きを止めた。

夥《おびただ》しい血を吸いつくした二挺の鎌は、新たな敵を前にして旋回を止め、蛍丸の手の中へと呼び戻されていた。

それは、絶対的優位を保ち続けてきた蛍丸が、初めて脅威にさらされた瞬間でもあった。

蛍丸がじりじりと後退を始めた。

眼は暗がりから不気味な光を放ち続ける三本の穂先に注がれていたが、蛍丸に先程までの余裕はなかった。

その様子は、武器蔵から離れることができない控次郎にも伝わった。

二挺鎌の射程とほぼ同じ長さの槍が三方向から繰り出されては、蛍丸に勝ち目は無い。控次郎は居ても立ってもいられなくなった。

それほど槍の威力は絶大だ。刀が槍に勝つことはまず有り得ない。運よく、手元に入り込めれば勝機もあるが、三本の槍を躱すのは至難の技といえた。

控次郎は自分を取り巻く手負いの浪人達を睨みつけた。

「でえいっ」

威嚇《いかく》の咆哮を上げると、敵の刀を弾き飛ばし、その顔面を刀の峰で容赦なく叩きつけた。だが、すでに血だらけとなった浪人達は恐怖心も失せ、幽鬼のように立ち塞がった。

控次郎の眼が苛立ちを告げ、蛍丸を追い詰める長槍の武士団の後ろで、刀を鞘ばしらせた武士の姿を捉えた。

満月の夜、自分に手傷を負わせた邪剣の遣い手であった。

控次郎に戦意が欠けていたとはいえ、蛇のように鎌首をもたげる太刀筋と、鬼瓦を思わせる顔立ちは、はっきりと覚えていた。

男は槍を構えた武士の後方で、蛍丸に狙いを定めていた。万が一槍を躱したとしても、そこに生じるわずかな隙を逃すまいと、虎視眈々《こしたんたん》と狙っていた。

「蛍丸、そいつに気をつけろ」

控次郎が叫ぶのと、槍が突き出されるのはほぼ同時であった。

右へ躱すと見えた蛍丸が、左にいる男の足元目がけ転がった。

控次郎が山伏相手に見せた三位一体の攻撃から逃れる唯一の戦法だ。

しかも蛍丸の鎌は、一瞬のうちに左にいる敵の脚を切り裂いていた。

誤算は、四人目の敵が待ち構えていたことであった。

鎌を繰り出したことで、わずかながら蛍丸の身体は伸び、起き上がるのが一瞬遅れた。

十三郎必殺の剣が存分に蛍丸の腹部を薙いだ。

蛍丸の着衣が乱れ散った。切り裂かれた腹部からは夥しい血が湧き出た。手ごたえは十分のはずであった。だが、十三郎は苦々しげに吐き捨てた。

「ちっ、鎖帷子《くさりかたびら》を着こんでいたか」

用意周到な相手を睨みつけると、止めの刃を振り被った。

「やめねえか、この鬼瓦」

今はやむなし。控次郎は蛍丸を救うべく、武器蔵から離れた。

その時、屋敷を取り囲んでいた三方の塀が音を立てて砕け散った。

破壊された塀の上部から梯子の先が見え始め、そこから顔を覗かせた捕方が、中庭に向かって、一斉に梯子を降ろし始めた。

その先頭に立って七五三之介と奉行所へ報せに走った政五郎が駆け下りてくると、控次郎は一言、「武器蔵を頼む」と言い残し、蛍丸に向かって槍を構える敵目がけ斬りかかった。

槍を構えた武士が体勢を入れ替えようとした時は遅かった。

武士は槍を握る手を砕かれ、顔面に力任せの峰打ちを喰らうことになった。

控次郎は十三郎と、最後に残った槍の遣い手に向かって身構えると、蛍丸に呼びかけた。

「すまなかったな。俺が遅れたばっかりに、おめえに手傷を負わせてしまった。この詫びはあとできっちりとするからな」

控次郎の呼びかけに、蛍丸は痛みをこらえながら言った。

「詫びは無用です。それよりも私に代わって、仇の片割れであるこの男を斬ってください」

「わかったぜ。俺もこの男だけは許すつもりはねえよ」

控次郎は闘志に燃える眼を十三郎に向けた。


半月が屋敷の上空で、弱々しい光を放っていた。

そのわずかな光を右目に宿し、控次郎は十三郎を睨みつけた。

その眼力をまともに受け、十三郎はようやく気付いた。

「貴様だったか、色男。二人だけで、これだけの相手を倒すとは見上げたものだが、お前とはすでに勝負づけが済んでいる。何度立ち合っても俺の勝ちは変わらぬぞ。だが、その前に、貴様は槍と闘わねばならぬ」

そう言うと、十三郎は後方へと退いた。

代わって、長槍を構えた武士が進み出た。

すでに襷掛けとなった武士は草履を脱ぎ、白足袋のまま地面を踏みしめていた。しなやかで重厚な足捌きが、なみなみならぬ遣い手であることを知らしめた。控次郎は右に回った。

槍に弱点があるとすれば、わずかに利き手と反対側に回られることだけだ。

だが、それと気づいた十三郎が、素早く控次郎の行く手を遮った。

二人に挟まれては手も足も出ない。控次郎は左へと回らざるを得なくなった。

槍を構えた武士の後方に、十三郎が重なるように移動した。

槍の遣い手が一歩間合いを詰めた時、控次郎がおもむろに言った。

「おいおい、仲間を後ろから斬ろうって言うのかい」

十三郎も驚いたが、それにも増して武士は驚いた。

どうやら、日頃から信頼関係は成り立っていないようだ。

武士の眼が不安そうに泳ぎ始める。

そこを控次郎は突いた。槍の穂先が一瞬固まった隙を逃さず、脱兎のごとく駆け寄った。遅れて突き出された槍を刀の峰で滑らすと、そのまま相手の肩口目がけ強烈な突きを入れた。

もんどり打つように、武士は頭から後方へと倒れ込んだ。

呆れたように十三郎が言う。

「おい、色男。随分と卑怯な真似をしてくれるではないか」

「ふざけるんじゃねえぜ。槍なんぞを使いやがって、卑怯もへったくれもあるもんか。大体女子供を人質に取ろうって奴が、人間様の言葉を喋ること自体、厚かましいんだよ」

控次郎の切った啖呵が、引き金となった。

怒りに顔を震わせた十三郎が長刀に素振りをくれた。

控次郎も血濡れた刀を下段に落とした。

顔を真っ赤にした十三郎に対し、控次郎の表情は啖呵を切ったばかりとは思えぬほど静まり返っていた。

その静かなる佇《たたず》まいに、十三郎は違和感を覚えた。先夜のこの男には気迫がなかったが、今宵は静けさの中にも、闘志が感じられた。

――油断はできぬ
幾度となく修羅場を乗り越えた経験が十三郎に教えた。

大きく息を吐き出すと、十三郎は相手の平静を乱すべく舌峰を用いた。

「せっかく命拾いしたというのに、再び現れるとは、お前も相当めでたい奴だな。だが、安心しろ。あの芸者は俺が身受けして、存分に可愛がってやる」

相手を逆上させようという意図が見え隠れした。

だが、控次郎は動じない。それどころか、

「残念だったな。乙松はおめえのように脂《あぶら》ぎった男は嫌いだとよ。いや、乙松に限った訳じゃあねえ。おめえのように腕ずくで女をものにしようとする奴を好むのは、憚《はばか》りながらこの世にはいねえんだよ。いい機会じゃねえか。一度あの世とやらへ行って、雌鬼が逃げるかどうか試してみたらどうだい」

口の悪さには定評のある控次郎が、手加減なしの悪態をついた。

たまらず十三郎が長刀を大上段に振りかぶる。そこへ、

「今宵は満月じゃねえ」

控次郎がぽつりと言った。その顔には憎々しいまでの落ち着きが感じられた。

「おのれ」

逆上した十三郎が猛然と襲いかかった。

予備動作も見せず上段から電光石火の早業で斬り下げた。かろうじて躱した控次郎に構える隙を与えず、くるっと返した刃先を月明りに煌《きら》めかせると、今度は下から上へと、光の糸を引き連れ豪剣を走らせた。控次郎が帯びている脇差の柄頭が激しく鳴った。

控次郎は刀を合わせようとはしない。それを十三郎は逃げた、と捉えた。

下段に構えた十三郎が、逃がさぬとばかりに間合いを詰め、力任せに斬り上げた。刹那、

——この前もここから始まった
冷静に振り返った控次郎が、強烈な斬り上げを紙一重で躱した。

十三郎の頭上で回転した豪剣が烈帛《れつぱく》の気合いもろとも打ち込まれた。

——来た
控次郎の予測にたがわず、振り下ろされた刀の柄から十三郎の右手が外れた。

左手一本で柄頭を握った毒蛇のような刃先が、鋭角に突きだされた。

満を持し、敢えて刀を併せぬまま八双に置いた控次郎が、一番敵の力が伝わりにくい鍔元《つばもと》で受け止めた。

十三郎が、それと気づいた時には遅かった。

がら空きとなった籠手《こて》に一撃を加えると、返す刀で、十三郎の頸動脈を薙《な》いだ。

前のめりに、ゆっくりと十三郎の身体が大地に向かって倒れこんで行った。

控次郎は詰めていた息を吐き出すと、急ぎ蛍丸のもとへ駆け寄った。泣きじゃくる楓に抱きかかえられたまま、蛍丸は力無く二挺の鎌を繋ぐ紐の部分を見つめていた。十三郎の強烈な刃を浴びたことで、髪で編まれた紐が切れかかっていた。裂け目からはささくれた黒髪が露出していた。その裂けた部分をいとおしむように撫でる蛍丸を見て、楓はやっと気づいた。

「揚羽のものね、兄さん。この髪は揚羽だったのね」

頼みの十三郎が斬られたことで、卯之吉は素より、警護の武士や浪人者の士気は崩れた。すでに屋敷の中に収まりきれなくなった捕方が、次々と武士や浪人者を縛り上げていた。

卯之吉は召捕られ、猫目も捕まった。深手を負った者達は戸板によって運ばれて行った。

捕縛された者達全員が連れ出された後、森保の命を受け検視役にあたっていた榊丈一郎が、七五三之介に向かって会釈をした。

蛍丸と楓らは人知れず、消えていた。

二十一

おかめでは、板場に戻った政五郎が久しぶりに包丁を振るっていた。

政五郎得意の蛸料理が次々と卓に並べられ、事件解決の祝いが行われていた。

事件には直接関与することができなかった高木が、生の蛸をつまみながら言った。

「蛸って言うのは歯ごたえが堪らないねえ。押し返すような弾力と口の中一杯に広がる絶妙な甘さ。畜生、こんなもんで騙されねえぞ。俺だってその場にいたかったんだ。誰か一人でも教えてくれりゃあなあ、きっとその場にいられたんだ」

未だに根に持っているのか、高木は再びこの話を蒸し返した。

控次郎が素早く話を変える。

「ところで、双八。奉行所じゃあ、七五三之介の裁きにけちをつける動きは出てねえかい」

　控次郎は、七五三之介が楓や風花堂一味を見逃したことで、奉行所内にその是非を問う声が上がってはいないかと案じていたのだ。

「誰がそんなことを言うんです。いや、言えるんですかってんだ。事件の顚末《てんまつ》を知っているのは七五三之介殿だけですよ。吟味方だって、下手に騒ぎ立てれば、自分達が事件の全容を摑んでいないことを曝《さら》け出すようなもんだ。だいたい七五三之介殿が吟味方に進むこと自体、御奉行が手柄を認めたってことなんです。奉行に楯突く与力などいるはずもありませんや」

　高木の言葉は、その場にいる全員に快く受け入れられた。

　控次郎は安堵の表情を浮かべ、女将は珍しく高木に酒を注いでやった。

　座は和《なご》み、盛り上がりを見せるようになった。

　堪らず政五郎も板場から出てきて、座に加わった。

　今までの遅れを取り戻そうと、政五郎は普段の無愛想が嘘のように饒舌《じょうぜつ》になった。

「そう言えば、あの行者の鎌は凄かったみてえですねえ。あっし達が駆け付けた時にはほとんどが手負いになっていましたからねえ」

この話は知らねえだろうと、得意げに喋った政五郎だったが、

「でもな、とっつあん。二挺の鎌を繋ぐ紐は揚羽という娘の髪を編んで作られたものなんだ。その娘はもうこの世にはいねえんだよ」

控次郎がそう口にした途端、政五郎はあとの言葉を呑み込んでしまった。

控次郎は胸の中で蛍丸に語りかけた。

――生きているんだぜ。楓さんや山伏があんなにおめえのことを心配していたじゃねえか。惚れた女が死んだからといって、後を追うんじゃねえぜ

# 一〇〇字書評

切・り・取・り・線

**購買動機**（新聞、雑誌名を記入するか、あるいは○をつけてください）

| | |
|---|---|
| □（　　　　　　　　）の広告を見て | |
| □（　　　　　　　　）の書評を見て | |
| □ 知人のすすめで | □ タイトルに惹かれて |
| □ カバーが良かったから | □ 内容が面白そうだから |
| □ 好きな作家だから | □ 好きな分野の本だから |

・最近、最も感銘を受けた作品名をお書き下さい

・あなたのお好きな作家名をお書き下さい

・その他、ご要望がありましたらお書き下さい

| | | | | | |
|---|---|---|---|---|---|
| 住所 | 〒 | | | | |
| 氏名 | | 職業 | | 年齢 | |
| Eメール | ※携帯には配信できません | 新刊情報等のメール配信を 希望する・しない | | | |

この本の感想を、編集部までお寄せいただけたらありがたく存じます。今後の企画の参考にさせていただきます。Eメールでも結構です。

いただいた「一〇〇字書評」は、新聞・雑誌等に紹介させていただくことがあります。その場合はお礼として特製図書カードを差し上げます。

前ページの原稿用紙に書評をお書きの上、切り取り、左記までお送り下さい。宛先の住所は不要です。

なお、ご記入いただいたお名前、ご住所等は、書評紹介の事前了解、謝礼のお届けのためだけに利用し、そのほかの目的のために利用することはありません。

〒一〇一－八七〇一
祥伝社文庫編集長　坂口芳和
電話　〇三（三二六五）二〇八〇

祥伝社ホームページの「ブックレビュー」からも、書き込めます。

http://www.shodensha.co.jp/bookreview/

祥伝社文庫

# 浮《う》かれ鳶《とんび》の事件帖《じけんちょう》

平成27年12月20日　初版第1刷発行

著　者　原田孔平《はらだこうへい》
発行者　竹内和芳
発行所　祥伝社《しょうでんしゃ》
東京都千代田区神田神保町3-3
〒101-8701
電話　03（3265）2081（販売部）
電話　03（3265）2080（編集部）
電話　03（3265）3622（業務部）
http://www.shodensha.co.jp/

印刷所　堀内印刷
製本所　積信堂
カバーフォーマットデザイン　中原達治

 ISBN978-4-396-34171-8 C0193